叛骨

陸奥宗光の生涯〈上〉

津本 陽

潮文庫

目次

叛骨　陸奥宗光の生涯〈上〉

陸奥陽之助

慶応三年（一八六七年）の大坂は豪雨がつづき、しばしば洪水の被害をうけた。前年六月、長州再征に十余万の幕軍をさしむけ、その指揮をとっていた将軍家茂《いえもち》が大坂城中で病死したのち、征長作戦は中止され、市中の景気は落ちこんでいた。

「天下の台所」といわれる大坂の経済がふるわない。諸国の商人が資金をたくわえ、西国からくる物資が、下関、尾道、兵庫の港で水揚げされて売られる。

また荷を積んで九州辺りからやってくる廻船が大坂に寄港せず、江戸へ直送されてゆく。そのうえ諸物価が高騰して庶民は生活の不安におびやかされてきた。

世情は騒然として天神祭のみこしが出ない。七夕《たなばた》の笹飾りも町筋に見えない。市中には集団となった強盗が徘徊《はいかい》して、夜になると道を往来する人影がなくなった。

梅雨の頃から尾張、三河、遠江《とおとうみ》一帯で伊勢神宮のほか諸国の神社のお札、お守りが天から降り、大騒ぎになっていると聞こえてきた。

「ほんまかいな、誰ぞがいたずらをしていよるんやろ。あほらし」

聞きながすうちに、大坂でもはじまった。

九月なかばに京町堀の瀬戸物問屋の屋根、おなじ京町堀の米問屋の屋根に伊勢神宮のお札が降った。

お札が降るとそれを神棚に置き、灯明《とうみょう》、お神酒《みき》をあげねばならず、近所から祝いにくる人がふえるばかりである。

騒ぎたてるうちに緋縮緬《ひぢりめん》の長襦袢《ながじゅばん》をつけた男女が、踊りこんでくる。笛、太鼓を打ち鳴らして喚《わめ》きたてる。

〽ええじゃないか、ええじゃないか。お前が蛸《たこ》なら俺も蛸、たがいに吸いつきゃええじゃないか。

そのうちに、

〽これをくれてもええじゃないか。これを飲んでもええじゃないか。

などといいだし、四斗樽を運ばせ飲みほうだい。家族は炊きだしに走りまわらねばならない。

そのうち市中の至るところにお札のほか恵比寿、大黒の神体、小判、一分銀《いちぶぎん》、文銭《もんせん》、離縁状、借用証文などが降るようになってきた。

お札が降った家には、顔を見たこともない群衆が祝いと称してなだれこんでくる。もてなしの酒肴がすくないときは家内を土足で走りまわり、家具をぶちこわす。

騒動は京都、大坂から兵庫、淡路、阿波、讃岐《さぬき》へひろがってゆく。

大坂町奉行所が取締ろうとしても、近寄ることさえできない。

騒動がひろがっていた十一月十七日の日暮れがた、幕府外国奉行が軍艦で兵庫に到着し、ただちに早かごで夜を徹して大坂城へむかおうとしたが、人足を一人も雇えないのでやむなく西宮に一泊して、翌日大坂に到着できた。

その頃、兵庫開港、大坂開市の式典に出席のため、京都から大坂城へむかったイギリス公使館日本語書記官アーネスト・サトウも、同様の見聞をした。

燃えたつような赤い着物を着て喚きたて踊り狂う人の群れをかきわけ前進するのに彼らは苦労した。めずらしいヨーロッパ人がくるのを民衆は目もくれなかったのである。

世情は急速に変化していた。

土佐藩参政後藤象二郎《ごとうしょうじろう》が海援隊長坂本龍馬《りょうま》の献言によりつくった、大政奉還策の建白書を、土佐藩から幕府へさしだしたのは十月三日であった。

大政奉還の文字は書中に記さなかったが、第一条にその意が明記されていた。

「天下の大政を議定するの全権は朝廷にあり。すなわちわが皇国の制度法則、一切万機、必ず京師《けいし》の議政所より出ずべし」

国政の権限は幕府から朝廷に奉還させ、あらたに上下の議政局を設け、議員たちの討論により議決をする。

能力をそなえた公卿《くぎょう》、諸侯、人民から人材をえらび顧問として、官位、爵位を与え、在来の無能な高官と交替させる。

外交はまず外国との平等な条約をむすぶことからはじめる。また古来の法令をとりいれた、永遠にすたれることのない大憲法をつくる。海軍は拡張し、御親兵により禁裏《きんり》を守護し奉る。

金銀物価は外国と平均すべくさだめる。

徳川慶喜《よしのぶ》は建白書をうけいれるとして、十月十三日に在京四十藩の重役を二条城へ召集し、彼らの意見を聞いたが、特に異論は出なかった。

慶喜が大政奉還に同意したのは、新体制ができあがっても、国政の最高権力者が自分であることに変わりはないと思ったためである。イギリス公使パークスに送った書信にも、「政権を朝廷に返還するが、幕府の立場はなんらの変化もない」と記した。慶喜の官位は内大臣である。幕府天領、全国諸侯、社寺の領地はそれぞれ定まっている。新政府を運営する機能、財政資金をそなえているものは、幕府のほかにはなかった。

長州藩とともに倒幕の挙兵をすると公言していた薩摩藩が、大政奉還に同意したのは、いま反対すれば諸藩の弾劾《だんがい》をうけると判断したためである。

在京の薩摩藩軍監西郷吉之助（隆盛《たかもり》）、大久保一蔵（利通《としみち》）らは、王政復古の大号令を公布するとき、朝廷内部の武力倒幕派を率いる公家《くげ》岩倉具視《ともみ》らとうちあわせ、新政権から将軍慶喜を排除し、幕府勢力を撃滅する方策をひそかにたてていた。

土佐藩海援隊長坂本龍馬はまもなくおこる政変により、発足する新政府の議会制度による国家体制についての提言をアーネスト・サトウからうけるため、海援隊士長岡謙吉、中井弘三を横浜へ派遣した。

長崎で英語を学んだ長岡は、アーネストにあてた後藤象二郎の紹介状を持っていた。

後藤は慶応三年（一八六七年）七月六日夜、イギリス軍艦イカルス号の水兵二人が、長崎丸山遊郭の路で酒に酔い寝ているうちに、何者かに斬殺された事件につき、パークスと交渉していた。パークスは後藤に会うと、中国の大官たちを威嚇《いかく》していうことを聞かせたのと同様の手段をとり、鞭で床を蹴りたて、テーブルを叩き大声で叱りつけた。

だが後藤は動揺せず、アーネストに告げた。

「こやつは気が狂いよったか。こがな無礼は見逃がせんき、話しあいは打ちきるぜよ」

パークスはするどい視線をむけ、厚い胸を張る後藤を見て、応対を変えた。

強力なイギリス艦隊を浦戸湾に侵入させ、高知城下を砲撃するとの威嚇の効果がないと知るとたちまち軟化して、長崎で下手人探索をすることにした。

結局、犯人はつきとめられず探索は打ちきられた。後藤はその後アーネストと交流をつづけていた。

アーネストは公使館をたずねてきた長岡らに告げた。

「私は外交、憲法、財政についてのあらましは答えられるが、議会の運営についてはよく知らない。十二月になれば兵庫開港、大坂開市にのぞみイギリス公使館が大坂へ移る。

そのとき書記官ミットフォードから議会についての説明をさせよう」

長岡たちが京都へ帰ると龍馬は後藤に頼まれ、越前老公松平春嶽《しゆんがく》にあてた山内容堂《ようどう》の親書を届けるため、福井へ出向いて留守であった。

長岡、中井は海援隊士がよく泊まる沢屋という四条通りの宿屋に泊った。

そこには陸奥陽之助《むつようのすけ》（のちの宗光）という若い海援隊士がいた。彼はかつて紀州藩の寺社奉行、勘定奉行、熊野三山御寄付金貸付方総括、御仕入方支配という要職を独占していた伊達宗広（千広）の六男であった。

藩政を動かし財政を発展させ、国学者としても高名な宗広の活躍は、朝廷と諸大名のあいだに知れわたっていた。宗広は自分をひきたててくれた老公が亡くなったのち、藩内の対立勢力によって断崖からつき落とされるような目にあわされた。彼と陽之助の転変の時代のあらましをたどってみる……。

伊達宗広は第十代紀州藩主徳川治宝《はるとみ》に重用されていた。治宝は幕府の命令で文政七年（一八二四年）に七子斉順《なりゆき》を家督相続させ、第十一代藩主としたが斉順は早逝し、第十二代を継いだのはその弟斉彊《なりかつ》であった。

斉彊もまた嘉永二年（一八四九年）三月に、三十歳で江戸屋敷で命をおえた。あとを継いだのは、斉彊の息子菊千代（のちの家茂）である。

第十三代当主となった菊千代は四歳であるので、政治の実権は祖父の治宝が握っている。この頃から国元派と江戸屋敷派の対立がはげしくなってきた。

宗広の権勢は、嘉永五年（一八五二年）十二月に、老公治宝が亡くなったのち、すべて消えうせた。幕府に近い立場にいる江戸付家老水野土佐守が、自分に都合のよい幕命をうけ、国元派の勢力を一掃したためである。

宗広は幕府の内示があったとして家禄財産を没収され、和歌山城下から南へ二十五里（約百キロ）離れた、附家老安藤帯刀《たてわき》三万八千八百石の領地田辺へ流され、囚人として九年近い歳月を過ごした。

伊達一族は和歌山城下から十里（約四十キロ）外へ放逐《ほうちく》された。

当時小次郎と名乗っていた陽之助たちは宗広の引きたてをうけていた豪商や高野山別当（長官）らの尽力を受けたが、長い忍従の歳月を送らねばならなかった。

長兄伊達宗興以下十人の家族が、六畳、四畳半、四畳と、四畳の板の間だけのちいさな百姓家で暮らした。

小次郎の母政子の実家渥美《あつみ》家も、三千百石の家禄をすべて改易されていた。小次郎は九歳まで広大な屋敷で大勢の家来、女中にかしずかれていた生活が一変するが、毎日近所の農家の手伝いを懸命にするようになった。

幼い小次郎ははたらきながら経をくちずさむようにくりかえす。

「復讐じゃ、復讐じゃ。水野めを破滅させるぞ。きっとやる。復讐じゃ」

小次郎は伊達家の知己をたより、大和《やまと》五条代官所の学館教授のもとで、代官になるための勉強に、必死にとりくむ。天領（幕府直轄地）の代官になって、紀州藩の水野らの勢力を弱めてやりたい。

どのような学問にも喰いついてゆく小次郎の熱情は復讐にあるというのを知った高

野山政所《まんどころ》の別当はその噂を聞くと、江戸へ遊学させてやろうと思いついた。江戸の芝二本榎に高野山江戸出張所がある。小次郎を寺男としてそこへ住みこませるのである。

小次郎は安政五年（一八五八年）の春、十五歳で江戸に出て文久元年（一八六一年）まで漢方医の下男、あるいは学塾の下僕となって苦学をかさねた。

その年の六月、水野によって改易処分をうけていた宗広が、旧国元派三百余人とともに赦免《しゃめん》された。

六十歳になった宗広が和歌山に帰り家族と再会したが、昔の屋敷には戻れない。八百石の禄をうけていた宗広のあとを継いだ長兄宗興に与えられた禄は、わずか三十五石である。

小次郎はまた江戸へ戻ったが、父宗広と話しあった天下の形勢を忘れられなかった。宗広はいった。

「わしは田辺の牢に九年もいたが、世の中はこのさきおおいに変わるぞ。お前は江戸でなにを勉学しておったか」

「安井息軒《そっけん》、水本成美先生のもとで学僕としてはたらき、儒学をおさめて参りました。銭さえあれば湯島の昌平黌《しょうへいこう》へ入りたいと思うております」

「そうか、儒を学び幕府役人となるのもよいが、この先は幕府よりも薩長をはじめとする尊王攘夷《そんのうじょうい》派が、頭をあげるのではなかろうか。幕閣の連中は時勢を読んでおる。それゆえに藩もまたわしのような者さえ赦免するようになってきた。お前はそっちのほうへ乗るのもおもしろいぞ。尊攘をとなえる連中は、諸藩の下士じゃ。こやつらは強い。やり損じても失うものがないさかい、いかなる難局に及んでも、てこでもあとへ退かんわい。

先祖代々十石の者はずっとその身分で腰をかがめて生きてきた。そやつどもがメリケンの黒船がやってきてのち、頭をあげる機がめぐってきたのを嗅ぎつけたのや。そいつらは目上の上士どころか殿さんでも幕府でも打ち倒すつもりや。朝廷では三十石ぐらいの下っ端の公家がそいつらと組んで動いてる。どうや、これからおもしろい目を見ることができるかも知れんぞ」

小次郎は江戸へ戻ってまもなく昌平黌に入学したが、宗広の説く天下の形勢の変動は彼の胸中をゆるがしていた。

藩政の中枢で敏腕をふるった宗広は、牢獄で九年を過ごしたにもかかわらず、赦免されるとたちまちするどい嗅覚《きゅうかく》をはたらかせ、小次郎と当主宗興に前途の方針を与えた。

まず三十八歳で藩の小普請《こぶしん》組士となった宗興に、今後の藩のとるべき政治方針の献策をくりかえさせ、却下されても屈しなかった。

薩摩、長州、土佐、肥前などの大藩は、外国の開港要求に対する施策につき、幕府に協力する体制をとっているが、紀州は幕府御三家であるにもかかわらず、まったく政事にかかわろうとしない。

藩主茂承《もちつぐ》は江戸藩邸に住み、国元の支配は家老たちに一任したままであった。

宗興の献策方針は、こののち外国からの圧力がつよまる傾向を憂い、朝廷と幕府の協力を密にするよう、藩がはたらきかけねばならないという点にある。

宗広は朝幕協力の方針を献策させたのち、宗興を脱藩させ江戸におもむかせるつもりであった。捕らえられても脱藩した理由は朝幕協力の献言がいれられなかったためであるといえば、藩は宗興を処断できなくなる。朝廷の意向にさからうことになるためだ。

宗広は紀州藩経済を掌握していたとき、紀州から京都、大坂、兵庫の豪商たちとふかい交流をつないでいた。

彼の仕えた治宝公は寛政四年（一七九二年）二十二歳のとき、藩領伊勢松坂にいた国学者本居宣長《もとおりのりなが》を城下へ召しだし、五人扶持を与え国学を学び、その没後は高弟大平《おおひら》を養子として相続させた。

そのため京都の公卿を和歌山へしばしば招いたので、宗広は当時の知己を朝廷に多く持っている。

宗広がこれらの知己を動かせば、宗興が脱藩しても紀州藩の処罰をうけるおそれはすくない。まず宗興を江戸へおもむかせ、時勢をうかがわせたうえで一家をあげて脱藩し、紀州藩の情況を朝廷、幕府に直訴し、水野土佐守以下の藩重職を処罰させるのだ。宗広はいう。

「あやつらは、わしを九年間田辺に押しこめたので、なんのはたらきもできぬおいぼれになってておろうと思うてるやろうが、なかなかにそうは参らんぞ。あいつらを切腹、改易させるまで追いこんでやるわい」

いま幕府政事総裁職にある松平春嶽は、かつて井伊直弼と政治対立していた。そのとき水野土佐守は井伊に協力した政敵であった。

宗広は田辺から和歌山へ戻って五カ月後の文久元年（一八六一年）十一月、宗興をひそかに江戸へ出向かせた。

小普請組士の宗興がいなくなったことは藩庁に気づかれなかった。宗興は高野山荘官の尽力で、江戸愛宕嶋の円覚寺という真言宗の寺に宿泊し、さらに薬研堀《やげんぼり》の貸家に移る。

小次郎は宗興と同居し、昌平黌での儒学勉強をやめ、兄とともに長州、土佐、水戸、薩摩など尊皇攘夷の運動をおこなっている藩の志士たちと合流した。

志士は幕府の威勢を無視し、家中の奉行をおそれず、これまでの藩の規制をまったく無視して処士横議《しょしおうぎ》という、諸藩の志士たちと自由に集合し、旧政を排除するための相談をしてはばからなかった。彼らはおおかたが下級武士であった。

上級武士は従来の藩制を重んじるため、封建制度を崩壊させる尊攘運動には参加しない。小次郎はあたらしい社会秩序をひらくために、志士たちが命をかけて動いているのを知った。

「こんなどえらいことを考える連中が、数も知れんほどふえて、江戸やら京、大坂を往来してるとは知らなんだ。幕府の小役人になるために儒学にうちこんでおったのは、まことにむだばたらきであったわい」

小次郎は長州藩士桂小五郎（木戸孝允《たかよし》）、同藩若党伊藤俊輔（博文）、土佐藩の乾《いぬい》（板垣）退助らと知りあった。

伊藤とは気があう。伊藤は現実を冷静に見て行動する人物で、旧体制にこだわることがなかった。日本に開国を迫ってくる国際社会は、資本主義のもとに発展してきた財力を尊重する、「地獄の沙汰も金しだい」の世のなかであった。

武士はこれまで禄米を城下町で金銭に換えて生きてきた。江戸は世界の大都市である。大藩の城下も都市化していた。金銭を支払わねば生活必需品から贅沢《ぜいたく》品に至るまで、なにひとつ手に入れられない。

幕末に至って庶民の生活がゆたかになるにつれ、米価が富裕な商人たちによって上下させられるようになって、侍の武力は商人の金銭の威力に侵害された。このような現状を武士たちは打ちやぶり、あたらしい秩序をつくりだそうとしている。

伊藤は現実を鋭敏に把握していた。

「これからの世は、士農工商という身分でなりたっていかんようになろうが。商人は百姓を金力でおさえちょる。武士は禄米だけで生きていけんので、内職をすることになるんじゃや。商人は物の売り買いで利をかせぎおって、諸物の職人もあいつらに使われる。

いまじゃあ商人が金貸しをしおって大名、武士を裏で操りおるけえのう。こんな世間を放っときゃ異国の奴らにつけこまれて国を取られかねん。そうならんようにするには屋台骨を組みかえにゃいかん。腐りきった幕府に舵とりを任せとりゃ、船は沈むけえのう」

農民は商人の財力に屈し小作人となりさがっていた。

小次郎は志士たちと交流をかさねるうちに、わが前途を危険に満ちているが途方もない新時代をきりひらこうとする尊攘活動に向けることに決心した。

伊藤俊輔は十二月十二日の夜、高杉晋作《しんさく》、久坂玄瑞《くさかげんずい》らとともに品川御殿山《ごてんやま》に建築間近のイギリス公使館を焼きはらう。さらに同月二十一日の夜、歴史における廃帝の前例を幕府の指示により調べているとの噂が出ていた、国学者の塙次郎《はなわ》（忠宝《ただとみ》）を殺す過激な行動をあらわした。

伊達宗興は江戸に約一年間滞在してのち文久二年（一八六二年）十一月はじめに江戸を離れ、和歌山へひそかに帰った。彼は友人の横井次大夫《じだゆう》に会った。次大夫は藩御用人の弟で大御番組頭二百石の上士である。

彼は藩政改革の志を持っている。宗興は江戸へ出奔していた事情を告げた。

「わしが和歌山を抜け出たのは、江戸へゆき天下の形勢をうかがってくるためであった。このさき諸藩有志は攘夷実行のために幕府を倒さねばならぬと、さかんに動いておる。幕府が衰えたときは、御三家の紀州もそのあとを追うことになるぞ」

「それは一大事ではないか。どうすればよかろうのう」

「藩に献言しても握りつぶされる。思いきって本藩を脱走し京におもむき、朝廷の公家衆と組んで尊攘のはたらきをいたしておる志士たちに会い、われらの後楯を頼んだのちに、江戸へ出府して幕府へ直訴をするのじゃ」

幕威が衰えていても、藩士の脱藩はやり損じれば破滅の運命を辿らねばならない。

宗広は藩庁が手を出せないように京都の公卿を通じ、あらかじめ薩長土の尊攘三藩有志の保護を得る約束をしていた。

彼の国学、歌学における盛名は全国に知られていたので、和歌山城下にいながら脱藩の段取りもすべてととのえられた。

京都へ出てのちの世話をみてくれるのは、中川宮朝彦親王侍臣の三宅定太郎ときめていた。三宅は宗広一家をただちに土佐藩応接掛の平井収二郎の保護のもとに置く手配をしてくれた。

横井次大夫は宗興から事情を聞かされ、このまま和歌山にとどまるよりもともに脱藩して、藩政改革を幕府に直訴すべきだと決心し、家族をあげて京都へむかうことにした。

文久二年十一月二十七日の夜更けに、伊達、横井両家は家財を売りはらい脱藩して、十二月一日に四条小橋の宿屋に到着した。

両家の行動はすべて伊達宗広の指示によるもので、めざましい成功をあらわす。薩長土三藩の志士が力を貸し、中川宮、関白近衛忠熙《このえただひろ》に宗興、次大夫を謁見《えっけん》させるようとりはからい、情況は急速に展開していった。

宗興たちは中川宮から御書という紹介状を頂戴し、江戸に出向き幕府政事総裁松平春嶽に紀州藩の実情を指摘する直訴状をさしだすという、予想をこえる前途の変化をよろこぶばかりであった。

文久三年（一八六三年）正月二日、宗興たちは松平春嶽に謁見《えっけん》をゆるされ、書院に伺候した。

「紀州よりよくぞ参った。直訴状をさしだすがよい」

宗興たちは感動に身をふるわせ、二通の文書をさしだし、紀州藩家老、水野土佐守以下の悪政を指弾する十六カ条の内容につき、命ぜられるままに懸命に言上した。

春嶽は熱心に聞きとったのち、声をたかめて答えた。

「直訴のおもむきしかと聞きおきたれば、日を置いてしかるべき策を下すべし。さればそれまで待っておれ。あいわかったか」

「もったいなきお手厚きおはからいのほど、ただ御礼申しあぐるばかりに存じまする」

宗興たちはながらくの水野らへの怨恨の思いを、幕府総裁が迅速にうけいれてくれたことに、こみあげてくる熱涙を禁じえなかった。

宗興、次大夫は三田薩摩藩邸にかくまわれる。小次郎も同居した。

彼らは藩邸で薩摩の岩下左次右衛門、大久保一蔵、吉井幸輔。長州の周布《すふ》政之助、桂小五郎、伊藤俊輔。土佐の乾退助、小笠原唯八。越前の中根雪江《せつこう》。肥後の宮部鼎蔵《ていぞう》ら尊攘派の有力志士たちとの親交をふかめた。

小次郎は薩長など尊攘を主張する大藩の勢力が、幕威を怖れなくなっている実情をくわしく知ることができた。

紀州藩は目付役小浦惣内らを江戸へ派遣した。宗興と次大夫を捕らえるつもりであったのだが、処断をおこなうまえに中川宮、公家勢力、薩長土の保護をうけていると知ると、たちまち態度を変え二人を登用した。

幕府老中の内命があったので、次大夫は紀州藩御書院番格伏見御屋敷奉行として知行二百石、宗興は旧知行三百石を与えられ、藩外交方として用いられることになった。

小次郎は京都粟田口《あわたぐち》にいて紀州藩のために公家衆との交流をさかんにおこなう父宗広のもとにいて、世情の変化を観察していた。藩から仕官を求められても、応じない。

「父上を改易したときもえげつなかったが、兄者をはたらかせて実績があがると見たら、五百石、六百石と眼のまわるいきおいで禄高をあげてゆく。

世間の動きにあわせて引きたてるけど、様子が変わったらたちまち奈落の底へ突きおとす。そんな奴らの下ではたらけるかい。家中のしかるべき家に養子にいけとの甘い言葉に乗ったら、薄情な藩庁の連中にまた父上と同様の地獄へつき落とされるような目にあいかねんわ」

土佐藩郷士の坂本龍馬という身のたけ六尺に近い巨漢が、伊達家の寓居をたずねてくるようになったのは、将軍家茂が尊攘実行の期限を朝廷に奉答するため、おびただしい供揃えを連れ上京し滞在している、文久三年（一八六三年）春であった。

高知城下の坂本家一族は国学をまなんでいたので、龍馬は宗広の盛名を慕いおとずれたのである。二十九歳の龍馬は、九歳年下の小次郎と気があい、実弟のようにかわいがった。

小次郎は幕府軍艦奉行並をつとめ、海軍を率いる勝麟太郎《りんたろう》（安芳、海舟）の門弟として、股肱《ここう》のはたらきをしていた龍馬から、これまで知らなかった天下の形勢について、さまざまの事実を奔流のように脳中へ注ぎこまれた。

宗広は日頃からいっていた。

「攘夷の実行はむずかしくはなかろう。異国の兵が日本に入りこむことは、たやすくはできん。しかし大坂と江戸をむすぶ廻船の往来は、軍艦でとめられる。そうなったら物の値段はうなぎのぼりや。

食うに困った百姓町人は国じゅうで一揆をおこす。そのとき異国がそいつらに力を貸したら、至るところにイギリスやらアメリカ、フランス、オロシア（ロシア）らの根城ができてしまう。

そうなったら尊攘どころではないわ」

龍馬は宗広の意見が現実を的確にとらえていると小次郎にいった。

「俺は先月、勝先生の添え状（紹介状）を持って大越《だいえつ》に会うて近頃の天下の動きを聞かせてもろうてきたぜよ。国家大難のときにいかな舵取《かじと》りをすりゃええか、胆《きも》のでんぐりかえるような話を、いろいろと教えてくれたがじゃ」

大越とは小普請組士で蘭学を研究していた勝麟太郎を抜擢した、幕府重職大久保越《えっ》中守忠寛《ちゅうのかみただひろ》である。

越中守は幕府蕃書《ばんしょ》調所総裁、駿府《すんぷ》町奉行、京都町奉行、外国奉行、大目付をつとめ、いまは閑職にいるが幕府の内情は知りつくしていた。越中守は龍馬がおどろくばかりの事実を教えてくれた。

「去年の暮れに外国奉行の竹本正雅が、イギリス代理公使のニールに聞いたがじゃ。明年春に将軍が上洛して、天皇《みかど》に攘夷はなしがたいと申しあげるが、お聞きいれがなくば西南諸藩と幕府が戦う大乱がおこるやも知れん。

そうなりゃイギリスは幕府の味方をするかと聞いたら、何らかの手を打つとゆうたそうじゃ。竹本はつぎにフランス公使ベルクールとアメリカ公使プリュインにおなじことを聞くと、これも万一のときは味方をするとゆうたそうじゃ。幕府が外国に助けられりゃ、日本はあいつらの属領になるんぜよ」

幕府が開港後の貿易によって莫大な利益を得ているので、艦隊編成のためアメリカ、オランダに軍艦建造の注文をしているが、それができあがっても、運転する乗組員が養成されていない。

「大艦巨砲がなけらにゃ日本は異人の属国になるばかりぜよ。外国と戦うのは中風病みの年寄りが、力士と相撲をとるようなものじゃ」

小次郎はその後龍馬と行動をともにするようになり、四月に大坂北鍋屋専称寺にある勝麟太郎の海軍塾に入塾した。

小次郎は四年あまりの歳月をあわただしく過ごした。海軍塾で航海にもっとも重要な算術、代数、幾何、三角函数、平面三角法、対数などの習得に、抜群の成績をあらわす。運転作業も幕府艦船で訓練をかさねた。

海軍塾は神戸に移転した。が、元治元年（一八六四年）そのあと間もない六月五日に京都三条小橋池田屋で、攘夷志士三十余人が集合していたのを新選組が襲い、大半を斬殺し捕縛した。

前年の政変で薩摩、会津連合軍に京都から追放されていた長州藩がこの事変を憤り、天皇警護の目的であいついで市中へ乱入し、薩摩軍、会津軍と七月十九日から二十一日にかけて戦闘をおこない、市中で大火災をおこし退却していった。

幕府の政治方針がかわり、紀州藩執政として千石の禄をうけていた伊達宗興は、池田屋騒動の数日前に国元での蟄居《ちつきよ》を命ぜられた。軍艦奉行として二千石をうけ、安房《あわの》守《かみ》と名乗っていた勝海舟は、十一月に役儀を免ぜられ江戸の屋敷に謹慎した。

小次郎は龍馬に従い薩摩藩にかくまわれ、汽船で長崎から上海へ往復し、貿易事業にあたった。慶応元年（一八六五年）小次郎と六人の同士は薩長連合という危険きわまりない政治運動をすることになった龍馬とわかれ、長崎に出て「亀山社中」という密貿易の機関をつくった。

紀州藩では同年六月に伊達宗興を罪人として入牢させ、宗広を幽閉した。陸奥陽之助と改名していた小次郎は、龍馬のいない亀山社中から慶応二年（一八六六年）にはなれ行方をくらます。同士たちに制裁されるおそれがあったためである。彼は長崎のアメリカ人宣教師のボーイとなり、イギリス帆船に水夫として乗りくみ、英語を修めていた。

陽之助は薩長連合を実現し、幕軍の長州再征を挫折させた龍馬が、慶応三年（一八六七年）四月、土佐藩に属する海援隊を組織すると、ただちに入隊し貿易活動に敏腕を発揮した。だが十一月十五日、龍馬は京都で何者かに暗殺された。

その日、陽之助は外泊しており、十七日の午後、定宿の沢屋に戻り龍馬の死を知った。唯一の後楯を失った陽之助は、危険に身をさらしつづける野獣の感覚をはたらかせ、濃霧のたちこめた前途へむかい進みはじめた。

利刃の切れ味

坂本龍馬が暗殺されてのち、陸奥陽之助は十二月七日の夜、土佐藩陸援隊、海援隊の同志十五人とともに、京都油小路花屋町下ル西側の天満屋《てんまや》という旅館に宿泊している紀州藩公用人三浦休太郎（安）を襲撃した。

神戸で材木業をさかんにいとなんでいる、和歌山出身で陽之助と旧知の間柄である商人加納宗七が、龍馬に刺客をさしむけ殺害させたのは三浦であると知らせてきたためであった。陽之助はそれが事実にちがいないと思いこんだ。

龍馬は慶応三年（一八六七年）四月、海援隊の運転資金をかせぐため、伊予国大州藩船百六十トンのいろは丸を半月五百両の使用料で借りうけ、大坂で茶、生糸、杉板、米などを買い、上海で売りさばくことにした。

成功すれば大儲けするはずであったが、龍馬は不運であった。四月十九日に龍馬は陽之助をふくむ海援隊士十四人のほか、大坂への旅客を乗せたいろは丸で長崎を出港したが、五日めの二十三日深夜、備中国《びっちゅうのくに》の沖あい六島《むつしま》の海上で、長崎へむかう紀州藩軍艦明光丸と衝突した。

八百八十七トンの明光丸にのしかかられたいろは丸は乗員、旅客のすべてを明光丸に移乗させ、人の被害はなかったが、浸水したので備中鞆港《ともこう》へ曳航《えいこう》してもらう途中、沈没してしまった。

衝突の原因はすれちがうときいろは丸が右へ船首をかわしていなかったためである。明光丸の艦首に衝突の痕跡が残っていた。だが龍馬はいろは丸が沈没したのち、考えを変えた。

――このままじゃ腹を切らにゃならんがか。そのまえに無理を通して、非は紀州にあるといいはり、賠償金をとったら命も助かり海援隊もつぶれんですむ――

龍馬はわが衰運に死にもの狂いの抵抗をはじめた。

いろは丸沈没の海事審判は長崎奉行所で一カ月ほどおこなわれた。海援隊は不利な状況証拠により追いつめられたが、龍馬は土佐藩後藤象二郎、長州藩木戸孝允、薩摩藩西郷吉之助、五代才助（友厚）らに助力を求め、紀州藩に政治圧力をかけてもらった。

その結果、審判は確証なしという結果となり、九月十日に打ちきられた。そのあと土佐藩側は紀州藩を恫喝《どうかつ》して、八万両以上の賠償金を支払わせることとした。

薩長土肥の西南雄藩が倒幕戦をはじめるのは間近と見られていた世情のため、紀州藩は苦汁を飲まざるをえなかった。

陽之助は三浦休太郎がその怨根《えんこん》をはらそうとして、龍馬を暗殺したと思ったのである。彼は事件のときいろは丸に乗っており、事情をくわしく知っていた。

陽之助は三浦休太郎襲撃の資金百両を加納宗七から借りうけ、十二月七日の五つ半(午後九時)過ぎに天満屋へ斬りこんだ。

三浦は会津藩に、身辺の護衛を新選組斎藤一、大石鍬次郎ら十人の隊士に依頼していた。

陽之助たちは備前岡山藩士と名乗って二階にあがる。居合の名人といわれる十津川郷士中井庄五郎がまっさきに抜き討ちに斬りかかったが、三浦は軽傷を負っただけで屋根へ逃げる。

狭い屋内ですさまじい斬りあいがおこったが、陽之助たちは三浦をとり逃がした。味方は中井庄五郎が死亡、竹中与三郎が深手を負った。新選組は宮川信吉が死亡、梅戸勝之進が深手という互角の結果であった。

そのあと海援隊士は長岡謙吉だけが京都で単独行動をとり、他は長崎に戻り土佐藩の指示に従うことになった。

天満屋の斬りこみのあと、陽之助は行方をくらましたが、後藤象二郎のもとにひそんでいたようである。

時勢は急速に変転していた。十二月八日、朝廷は長州藩の上京差しとめの命令をとり消す。さらに勅勘《ちょっかん》により蟄居《ちっきょ》していた攘夷派の公卿《くぎょう》たちも、罪を免ぜられた。太宰府にいた五卿も帰京をゆるされる。西南雄藩が岩倉具視《ともみ》、中山忠能《ただやす》ら討幕派の公家《くげ》を動かし、大政奉還を終えた徳川慶喜《よしのぶ》を破滅させる行動をおこしたのである。

翌九日、それまで御所の警衛についていた会津、桑名の軍勢が退去を命ぜられ、かわって尾張、越前、薩摩、土佐、安芸藩が御所に入った。この措置をとったうえで、同日申《さる》の七つ（午後四時）禁裏《きんり》小御所で御前会議がはじまった。

天皇の御書付に従い、摂政《せっしょう》、幕府、関白、伝奏《てんそう》、議奏、守護職、所司代など従来の職制がすべて廃され、総裁、議定、参与の職があらたにつくられた。

御前会議の席上、議定となった中山忠能が、徳川慶喜はすべての官職をしりぞき、領地を返上せよと通告した。会議に参加した大名のほとんどは、耳を疑い動揺した。土佐藩老公山内容堂は激しく反論した。

「このたびの変革は腹黒い者どものたくらみである。王政復古の議をおこなうとき、なにゆえに凶器をそなえた兵を禁中に充満させるのか。

二百余年天下の治政をおこなった徳川家の実績を認めず、大政奉還をなされた慶喜公に辞官納地を強制するのは、公議ではなく暴挙である。このたくらみをくわだてた公家衆は、幼主に従うふりをいたし政権を盗みとるべしとされておらるるでござろう」

会議に列席する諸藩重職は参与に任じられていたが、彼らの薩摩藩をのぞくすべてが容堂の意見を正当であると認めた。

会議が紛糾して休憩に入ったとき、岩倉具視は安芸藩主浅野茂勲《もちこと》を控の間に呼び、告げた。

「容堂殿が王政復古の大号令をお受けなはらぬときは、刺し殺しまっせ」

小御所の庭には薩摩藩兵が充満しており、外部との連絡はまったく断たれている。

浅野は家老辻将曹に命じた。

「この由を後藤象二郎に伝えて参れ。さもなくば容堂殿は仕物《しもの》（謀殺）にかけられようぞ」

危険を知った容堂は、会議再開ののちは反論しなかった。

陽之助は新政府と徳川家との間に決戦がおこなわれるであろうという、後藤象二郎の推測に同感であった。徳川慶喜が辞官納地にたやすく応じるはずがない。

徳川家と薩長土肥が戦えばどうなるか。慶応二年（一八六六年）六月、第二次幕府征長総督となった紀州藩主徳川茂承が八万といわれる幕軍を指揮して、芸州、石州、小倉、上関の四道から攻めこませた。

迎撃する長州勢は高杉晋作、山県狂介《やまがた》（有朋《ありとも》）らが指揮をとる、奇兵隊、遊撃隊、八幡隊、集義隊など民兵諸隊が主力で、幕軍と比較にならない寡勢である。

陸奥陽之助はその頃、長崎から上海辺りまで潜行しており、龍馬の留守がちな海援隊から離れていたが、町人に身をやつして六月なかばの炎天下に、関門海峡をはさむ小倉口の合戦を見物し、幕軍の実情を知った。

幕軍は小倉城に五万ほども集結していた。小倉のほかに肥後、久留米、柳川、唐津の軍勢、八王子千人同心らをふくむ大軍であった。

関門海峡をはさみ睨みあうのは奇兵隊、長州藩報国隊千人ほどである。長州勢は丙《へい》寅丸《いんまる》、乙丑丸《いっちゅうまる》という小型蒸気船が、それぞれ癸亥丸《きがいまる》、丙辰丸、庚申丸という三隻の帆船を曳き、夜明けがたから田の浦、門司の小倉藩砲台へ発砲する。

幕軍の砲台はただちに応戦せず、四つ（午前十時）を過ぎて、間遠に砲声をひびかせはじめた。

田の浦港に入った長州軍艦は、幕府用船二百余艘《そう》を焼き、砲台からフランス式元込め野戦砲、弾薬を奪って引きあげた。

幕府の大艦隊は小倉沖に碇泊していたが、まったく反撃行動をとらなかった。千トンの富士山丸、千六百七十八トンの回天丸は、長州側が砲撃をうければ逃げるしかない戦艦であったが、なぜか海戦を挑んでこなかった。肥後、小倉の軍艦も行動をおこさない。

寡兵の長州勢が幕軍を圧倒するのは、敵の士気がふるわないためであった。長州征伐に命をかけるという戦意がない。中国地方の諸藩兵は、長州に親しみを持っており、たがいの損害を避けようとした。

また幕軍の兵制は旧式で、洋式銃砲を用いての迅速な行動がとれなかった。元亀《げんき》、天正《てんしょう》時代、軍団は大・中・小さまざまの身分に応じた兵を率いる侍大将がぶどうの房のように結集してなりたっていたが、いまも数百年前とかわらない甲冑《かっちゅう》武者が、汗みどろになり、馬に乗っている。

赤、黄、青と兜《かぶと》の忍《しの》び緒を染めた色が頰につき、滑稽ともあわれとも見えた。旗幟《きし》一本を太綱で支えるために、雑兵《ぞうひょう》三人がよろめく足を踏んばって進む。兵のほとんどは刀槍を身につけた殺手《さって》隊で、鉄砲隊もいるが大砲、鉄砲のおおかたが火縄銃であるので、有効射程は百メートル、射撃速度は二十五秒に一発である。

イギリス製新式ミニエー銃は射程千メートル以上、紙製弾薬筒を用いた先込め式ではあるが射撃速度は比較にならない。

長州藩は攘夷を実行し、関門海峡を通航する外国船を砲撃したため、元治元年（一八六四年）八月、イギリス、フランス、アメリカ、オランダの連合艦隊十七隻の攻撃をうけ敗北してのち、西欧諸国の軍事能力を高く評価するようになった。

連合艦隊の備砲二百七十余門、水兵三千人、海兵隊二千人によって長州藩は二日間で四十二門の大砲を砕かれ、砲台を海兵隊に占領され、砲六十余門を奪われる大敗を喫した。

長州藩は四国艦隊と講和したのち、猛然と兵制、軍備の改革にとりかかり、坂本龍馬の仲介で薩摩藩と攻守同盟をむすんで、民兵隊の増強を急いできた。

陸奥陽之助は軍勢の多寡《たか》よりも兵制改革、火力の強化が戦いの勝敗を決することを眼前に見て、幕府勢力が辞官納地に従わず、薩長土肥と干戈《かんか》をまじえても、勝つ見込みはないと判断していた。

幕府はそののちフランス式兵制を採用し、新式銃砲を装備し火力を増強していたが、士気において長州民兵隊とまったく違う。その事情を陽之助は完全に把握していた。

――紀州家中でも上士は多くの用人、召使い、下男、女中を使い、ゆたかな暮らしむきやさかい、いまのままの生きかたがいつまでもつづくことを願うてる。

オランダ語や英語を習得するのはむずかしい。西洋の数学、物理化学などを勉強して覚えこむまでには難儀な思いをせんならん。上士らは世間が変らんでも、いまのままで生きてたらええと思うてる。

兵制を変えたら、いままでのように家来に囲まれて偉そうに出陣できん。おおかたが鉄砲かついだ銃兵にされるさかい、あほくさいやろ――

徳川家には、フランス政府が協力すると申し出ていた。薩長側にはイギリスが後援をするかも知れない。

だがそれは実現しない様子であった。徳川、薩長がいずれも彼らの戦力をたのめば、日本がその属国となるおそれがあることを知っているためであった。

後藤象二郎は新政府の参与に就任しているので、内情をくわしく陽之助に語った。

「慶喜公は辞官納地をするといわず、大坂城におって城下には何万とも知れん幕軍がいゆう。海にゃ薩長の持たん幕府の大海軍がおるがじゃ。慶喜公は外国に対し、大政奉還はしたけんど国政は前と変らずとりおこなうというちょるしのう。幕府と薩長の一戦がかたづかにゃ形勢がどう動くかまっこと分からんろう」

京都を守る薩長勢は四千余人である。大坂にいる旧幕軍は一万五千人が戦闘に参加の支度をととのえていた。装備も洋式の銃砲をそろえていた。

大坂に布陣しているだけで旧幕軍は勝利を手中にできる。強力な海軍が大坂湾に展開しており、開戦後は薩長の援軍が西上してきても砲撃して撃退する。

京都の薩長軍は孤立無援となり、兵糧《ひょうろう》、弾薬に窮して自滅あるいは退却せざるをえなくなる。

新政府は慶喜に辞官納地の交渉をすすめようとするが、応じないので条件をゆるめようとの動きをあらわす。

薩摩藩では幕府側から戦いをおこさせるため、慶応三年十月頃から浪人を江戸芝・三田の薩摩藩邸に呼び集め、伊牟田尚平、益満《ますみつ》休之助が指揮して市中で放火強盗をはたらかせていた。

悪事をおこなう浪人たちを、岡っ引らが見張っていると薩摩屋敷からあらわれ、市中を荒らしまわったのちそこへ消えうせることがわかった。十二月十二日には江戸城西の丸が火の気のない座敷から発火して焼けうせた。

その直後、江戸市中の警備をおこなっている庄内藩主酒井忠篤の屋敷と藩兵屯所へ浪人たちが発砲するなど乱暴狼藉をはたらいた。

庄内藩主は激昂した。江戸城で浪人への対策を講じる会議がひらかれた。

「薩摩屋敷に火を放ち、盗賊どもを残らずうち殺せ」

「なんの手ぬるきことをいうか。大砲を撃ちこめ。それほどのことをいたさねば気が収まらぬぞ」

市中見廻りをする藩士諸隊のなかには、新徴組という剣術達者をそろえた部隊もある。

十二月二十四日の会議の席上で、酒井家から過激の議論が出された。

「薩摩屋敷を砲撃いたさねば、市中巡察をどれほどおこなうも、何の役にも立たぬゆえ、当家の江戸見廻りはこの先ご免こうむりたし」

このとき幕府は薩摩の誘いに乗ってしまったのである。

薩長が幕府勢力と開戦の直前であった十二月二十一日、陸奥陽之助がイギリス公使館日本語書記官アーネスト・サトウに会うため、大坂城外に設けられたイギリス公使館をおとずれた。

陽之助は後藤象二郎の紹介状をさしだし、サトウに面談できた。サトウは後藤と親しい間柄である。後藤は今後外国との交渉がふえるのでサトウを秘書として高給で雇おうとしたが、イギリスの役人は家来にはできない。それで英語の読み書き、会話のひととおりができる陽之助を身辺に置き、サトウに近づけようとしたのである。

イギリス公使館が大坂に移ったのは、兵庫の開港と大坂の開市が慶応三年十二月七日（新暦一八六八年一月一日）に新政府においておこなわれるのを確認するためであった。

大坂にはイギリス、フランス、イタリア、プロシア、アメリカ、オランダの外交団が滞在していた。彼らは十二月十三日に京都から大坂城に入った徳川慶喜に同月十六日、謁見をゆるされた。

慶喜は外交団に告げた。

「このさき全国の衆議によって国家の政体が定まるだろう。それまでは条約に従い諸外国と約束した事柄は成立させてゆく。その国際関係は私が責任をとる」

外交団は前将軍の政治上の立場が不安定になっている事情を察したが、京都の新政府がこのまま国政の指揮に成功するとも思っていなかった。

慶喜は平和のうちに政体の変更がおこなわれるのを望んでいるが、新政府が武力を行使するときは当方も武力で応じるとの意志を口にしたので、外交団は前途の波瀾を予想した。

騒然とした空気のただよう大坂にとどまっていたアーネスト・サトウは、十二月二十三日の日記に紀州出身の土佐藩士陸奥陽之助という若い男がたずねてきたとしるしている。

後藤がサトウに陽之助をひきあわせようとしたのは、新政府における自分の立場を強化するため、陽之助をサトウとパークスに接近させ、少壮官僚としての足がかりをつくらせるつもりであったと推測できる。

陽之助は、外国公使らが天皇をおしたてる新政府を承認するために、いかなる手続きをとればよいかと聞いた。

旧幕軍との決戦をひかえた新政府に、外交問題の専門家はいないので、外国使臣との連絡をとる方法を知る者はいない。

サトウの日記によれば、初対面の陽之助との話しあいは、外国公使の新政府承認問題であった。

サトウは陽之助の質問に答えた。

「承認を求めてくるのは新政府からで、こちらがなすべきことではないのだ。元将軍はこののちも国政をおこなうと約束してくれており、新政府は外交についてまったく会談を求めてこないので、私たちは旧幕府と交流をつづけているのだ」

陽之助はサトウの真意をすぐに理解した。

サトウは新政府が国政をおこなうのであれば、外交全般について責任を負うことを旧幕府に伝えたうえで、外国公使を御所へ招き、天皇の地位を海外へあきらかにすべきだといった。

陽之助はサトウに告げた。

「私は後藤の使者ではなく、自分の考えを申しあげるだけですが、つぎのような段取りでやるのはいかがでしょう」

まず皇族の一人が大坂城へきて、城内で外国諸代表と会い、徳川慶喜も同座して今後の外交政務の辞任を表明し、そのうえで皇族が王政復古の宣言をする、という案を陽之助がいうと、サトウは即座に同意した。

陽之助はこの意見交換を終えたのち、公使ハリー・パークスとも面談した。彼はこの内容を意見書にまとめ、議定の岩倉具視にさしだした。

その内容は、のちにあらわした『小伝』に記されている。

「維新政府の急務は、開国進取の政策を実行することである。まず行うべきは、現在大坂に駐在している各国公使に王政復古の実現を告げ、維新の主義政策をあきらかにして、おおいに外交を促進すべきである」

岩倉具視は外国に対する新政府承認についての提言をはじめて聞いたので、おおいによろこび、陽之助の意見をただちに採用した。


その後の政治情勢は急転した。

十二月二十四日の夜明けまえ、庄内藩兵らは江戸の薩摩藩邸を砲撃して焼きはらった。邸内にたてこもっていた薩摩藩士は、留守居役以下二十人ほどが斬り死にをとげ、四十人ほどが捕縛された。

伊牟田尚平ら六十余人は品川から薩摩軍艦に乗り、逃げうせた。

幕府の大兵が薩長との開戦が必至であると見て江戸から大坂へむかい、二十八日に大坂城に到着し、薩摩藩邸焼討ちの情勢を伝える。

薩長と旧幕府の対立はきびしくなるばかりで、慶喜は軽挙妄動をいましめるが、ついにおさえきれなくなり、朝廷に「薩藩罪状書」をさしだすことになった。

「討薩表」といわれる書面には、「十二月九日の小御所会議における新政府の決裁は、すべて薩藩の私意によるものである」という薩藩弾劾の意志をあらわすものであった。

旧幕府歩兵、会津・桑名両藩兵は、正月二日から慶喜公の前駆と称し、大坂から京都へ進みはじめた。総兵力は一万から一万五千に及ぶといわれていた。鳥羽《とば》街道は狭く、伏見の町は碁盤の目のように街路が交叉している。薩長兵は道の四つ角に十字砲火が集中できるよう、鉄砲を配置していた。

野砲には小銃弾を入れた袋を装塡し、榴弾《りゅうだん》として用いることにした。

「わいどま、袋の鼠《ねずみ》じゃ。どうせ死ぬなら敵を一人でん多う殺せ。いけなもんか」

「そじごあんそ」（そうでございましょう）

両軍の戦闘がはじまったのは、正月三日の午後であった。

薩長勢は四千余の寡兵で戦わねばならず、死にもの狂いになっていた。旧幕軍は大兵力で装備もいいので気がゆるんでいた。兵数にまさる威力を発揮するためには、道幅の広い山崎街道から入京すべきであったが、彼らは薩長勢がこちらの延々とつづく隊列を望見しただけで、おそれをなして退却するだろうとたかをくくっていた。

三日の戦いでは伏見口、鳥羽口と両面の戦場で、旧幕軍はわずか千五百人ほどの薩長銃砲隊の猛射撃に、なすところもなく敗れた。

四日未明まで両軍の激闘がつづいたが、ついに旧幕軍は後退をはじめた。旧幕軍は大坂へ潰走《かいそう》し、慶喜は一月六日の夜に大坂城を出て、八日に徳川家の軍艦開陽丸で江戸へ帰っていった。

大坂の治安が新政府軍隊によって回復されたのち、一月十一日に薩摩の寺島陶蔵(宗則)、五代才助、中井弘蔵、長州の井上聞多《もんた》(馨)、伊藤俊輔、土佐の陸奥陽之助の六人が、新政府の外国事務局御用掛に任命された。

イギリス公使ハリー・パークスを通じ、陽之助を新政府外交の重職につけようとした後藤象二郎の工作が、功を奏したのである。

陽之助が望外の出世を遂げられたのは、後藤象二郎がわが耳目としたいと願ったほど、英語の知識に長じているとともに、天下の形勢を察する鋭敏な触角をはたらかせたためである。父宗広と同様に事にのぞんで臆することがなく、余人の及ばない奇略縦横の才をあらわすことができ、剃刀《かみそり》と呼ばれるほどの切れ味を発揮する。

慶応四年(一八六八年)正月から二月末までに攘夷思想を残す武士と外国人との衝突が、あいついでおこった。正月十一日、備前岡山藩兵と英仏水兵が神戸で銃撃をかわした。二月十五日には堺港警備の土佐藩部隊が、酩酊《めいてい》して乱暴をはたらいたフランス水兵を殺傷する。

同月三十日にはイギリス公使パークスが、御所へ参内の途中二人の武士に襲撃された。陽之助はこれらの事件解決にかかわり、敏腕をふるった。

三月になって陽之助は権《ごん》判事に任ぜられ、外交事務の忙しい横浜への転勤を命ぜられたが、彼はたまたま肺炎を病み危篤といわれるほどの重症であったので、横浜ゆきはとりやめ、京坂神にとどまることになった。

彼は病床でわが立場をさまざま考えるうち、不満がこみあげてきた。

官僚として紀州藩出身の経歴を思えば、後藤、パークスらの尽力によって足早に出世の大道を進みはじめたように見られているが、新政府の重要な部門を占めているのは、薩長を中心とした藩閥を背にした愚か者ばかりではないかと思うのである。

彼は四月になって辞表を提出した。後藤に養われていた無名の青年が、突然外国事務局御用掛に、さらに権判事に任じられ、わずか三カ月が過ぎたばかりである。

もし辞表を受けとられ浪々の身となれば、官僚としての前途は閉ざされてしまうおそれは、充分にあった。

だが若い陽之助は官途を閉ざされたときは、あらたな方向へむかい自分の能力を試してみようという冒険心をたかぶらせていたので、政府に対し辛辣な内容の辞表を出した。その結果官途を封じられたときはどうするか。

日本がこののちヨーロッパ諸国に伍して近代国家としての発展をしてゆけるのか、政治、軍事、経済において混沌としてなにひとつ前途の見通しのつかなかった時代である。

陽之助ほどの才能をそなえた男であれば、官途を去れば別の社会で生きる道はいくらでもあった。

当時英語の読み書き会話ができるだけで百両の月給を貰える勤め先があった。蒸気船を動かす能力があるだけで、船舶会社は先をあらそって雇いいれようとする。

辞表の内容はつぎのようなものであった。

「つつしんで申しあげます。

当今皇威は四海にかがやき、めでたくご新政がおこなわれるなかにも、能力のある者をすべて登用され、諸国の武士、民間にいたるまで、その立場にかまうことなくお用いなされたのは、五カ条の御誓文のご方針にもたがわず、野に遺賢なしとこのうえもなく見事なご政令で、民草はともどもに感じいっております。

しかるに私は若輩の書生でありながら抜擢していただき、外国事務局権判事の重職に就任させていただき、深重の皇恩は山もなお低く海もなお浅しと存じ、士たるわが身の光栄は、なにをもって比類すればよいのでしょうか。

このようなご恩を思えば、粉骨砕身して皇恩の万分の一にも報い奉らなければなりません。人選は政務の根本で古今に通じてもっとも難事とされています。ことに源頼朝以来武家が掌握してきた大政を、皇威によって朝廷に復し、後醍醐天皇のご憂苦なされた御志をつらぬこうとおはからいのさかんなとき、重大な安危のわかれめにあります。

このときにおいて、愚かな者が僥倖によって重任につき、あるいは門地によって顕職につくようなことがあれば、今日の朝廷に不穏をもたらす一大事と存じます。

いま朝廷諸官には賢者が在職し、選挙に過ちがないとは存じますが、私自身の才の乏しさをかえりみて推測すれば、千人のうちあるいは一、二が誤って選ばれた者がいるやも知れず、愚人が在職し遺賢が在野する害が重大ではないとはいえません。

その利害得失はわずかではありません。ついては私のような才なく卑小な者は、僥倖により在職するもっとも極端な者です。しかしたやすく辞職すればせっかくお選びいただいた立場を汚し奉ることになり、進退をどうすべきか度を失っております。

しかしご新政をおこなわれるうえで、私のような愚者は明鏡の埃のようになりはてますので、過日伊達少将殿（議定兼外国事務局輔伊達宗城《むねなり》）まで辞任を嘆願に参りましたが、お聞きいれなく、やむをえずふたたび願い奉るしだいです。赤心の志を深くご憐察下さい」

陽之助上書の真意は門閥、藩閥の庇護のもとに新政府の役職にくいいり、役得をむさぼる、無能のやからがはびこる実態を指摘することにあった。

陽之助の上書は世上で評判になり、門閥の人事方針により高位に就いた者を暗に指弾する内容に同感する者が多く、木版刷りで巷間に配られたほどであった。

政府は陽之助の上書を黙殺し、外国事務局権判事の職に加え、会計官権判事兼任を命じた。陽之助に与えられた会計官としての難問題は、旧幕府がアメリカに新造を依頼していた甲鉄艦（ストーン・ウォール号）ができあがり、横浜に到着していたのを、新政府に引き渡させる交渉であった。

甲鉄艦はアメリカ南北戦争（一八六一～六五）の際に南軍が建造したもので、戦闘能力は非常なものであった。艦体は木造であるが、鉄板で装甲しており、猛砲撃をうけても耐えられる。

排水量は旧幕府海軍「回天」の千六百七十八トンとほぼ同様であったといわれているが、馬力は回天の四百馬力の三倍千二百馬力に達する。

備砲は四門だが、七十ポンドの砲三門と、三百ポンドの巨砲をそなえており、海戦においては迅速に行動し、おそるべき破壊力を発揮した。

旧幕府は甲鉄艦の代金五十万両のうち四十万両をアメリカに支払っており、残金は十万両である。

アメリカは戊辰戦争が開始すると、旧幕府、新政府のいずれにも味方をしない局外中立の姿勢をとった。そのため横浜に到着した甲鉄艦を旧幕府に引き渡すことを拒んだ。

海軍がきわめて弱体な新政府は、アメリカが拒んでも、なんとか頼みこんで甲鉄艦をわがものとしたい。だが、そうなったとしても、残金十万両を調達するのは、戦費不足に悩み京坂の豪商たちから莫大な借金をして懸命のやりくりをしている新政府にとっては、きわめて見込みが薄い。

新政府ではこの困難な交渉を陽之助に任せることにした。彼の父伊達宗広がかつて紀州藩執政として非凡の手腕をふるった経歴は、ひろく知られていた。

そのうえ陽之助は海援隊で交易事業の担当を、坂本龍馬から托《たく》されていた時期がある。このため大坂の豪商とのあいだに密接なつながりを保っていた。

陽之助は困難な使命をひきうけた。

「俺は十万両を大坂の町人らに頼みこんで借金してやるぞ。またアメリカが中立するさかいというて甲鉄艦を引き離さなんだら、政権を幕府から返された新政府が引きとって当然やというてやる。

それでも応じぬときは、旧幕府の借財を返さぬというたら、いやでもこっちを向きよるやろ」

陽之助は慶応四年（一八六八年）閏《うるう》四月十四日、大坂で鴻池《こうのいけ》屋、加島《かじま》屋など豪商十数人を呼びだし、甲鉄艦購入についての未支払金十万両を年利一割五分で借りいれる交渉に成功した。

経済上の信用がない新政府に才覚のすぐれた大坂商人が、気をゆるすはずがない。陽之助はいまの窮境を隠さずに説明し、協力をしてくれたときには、金利のほかにしかるべき報償を与えると説いた。

陽之助は十万両の借金の相談をその場でまとめてしまった。水際だったかけひきが世間の話題になり、大坂歌舞伎の中村鴈治郎《がんじろう》が「大坂町人」という外題《げだい》で芝居にした。

甲鉄艦はアメリカとの交渉もととのい、新政府に引き渡された。新政府副総裁三条実美《さねとみ》は、陽之助の手腕におどろき、岩倉具視にあてた手紙で感嘆している。

「甲鉄艦買入れにつき、陸奥陽之助は大坂で数日のうちに十万両の現金を調達した。これは尋常のことではない。すべて同人の苦心によるものであるから、格別に褒めてやっていただきたい」

剃刀の切れ味をあらわした陽之助は、会計官権判事を免ぜられ、大坂府権判事に任命された。

うねりに乗って

陸奥陽之助が大坂府権判事に任命されたのは、慶応四年（一八六八年）六月であった。彼は当時兵庫県知事であった伊藤俊輔とさかんに往来し、親交を密にして時には知事邸に幾十日も泊まりこみ、「国家将来の大計」を談合しあった。

陽之助は紀州藩執政として藩財源をめざましく開発した伊達宗広の子である。新政府の要職についている人々は、おおかたが諸藩下士の出身で、商業の実態を知らなかった。

陽之助は商人の内情を伊藤らにくわしく説明した。

「商人は信用が大事やさかい、表向きは実直なはたらきをしてみせるが、裏では買いあおりをやり買い控えをやって売り手を動揺させ、一攫《いっかく》千金をつかみ取る魔法みたいな商いをやる奴らじゃ。廻船を使うて離れた土地と物産を取引きする問屋商人は、いなか商人を口先でだまくらかして鞘《さや》かせぎをいたす。

幾人かの問屋がなれあい、買う気がないように見せかけ、投げ売りさせる。株仲間という制度は、幕府、諸藩の後楯をもろうて、国産品専売をやって、莫大な富をかき集める商人がつくりあげたものや」

商人たちが資力を生かし、百姓、職人に金を貸し、収穫物、製品を「踏み倒し値段」と呼ばれるほどに値切り、仕入れる実情を陽之助が語ると、伊藤らは感心する。

「そんなことを常時いたす奴ばらのもとに、金銀が集まるのは当然だな」

商人がはじめてやる仕事は行商であった。商売をしてゆきつ戻りつするうちに、将来発展すると見込みをつけた土地に出店を置き、日常に消費する雑貨を売り、金をたくわえれば質屋をいとなむ。

地方の富豪といわれるものは、材木屋、呉服屋、酒造業者であった。酒造をいとなむのは、前身が質屋、両替屋であった者が多い。

酒屋に金を貸しつけ、担保として預かっていた建物、酒倉のすべてを、借金不払いのためうけとらざるをえなくなり、ついに酒造を手がけざるをえなくなることが多いためであった。

このようにして巨富をたくわえた商人は、結局は大規模な高利貸しになった。大名、武士、百姓はその好餌《こうじ》とならざるをえなかった。米価は一定の値段を保っているが、生活水準が向上してくるにつれ、多品種少量生産の諸商品が値上がりをつづけ、生活難に追いたてられた者は、高利の金銭を借りなければ暮らせなくなってくる。

高利貸しは武士の禄米を翌年の分まで前貸付けをして、莫大な利益をとりたてる。

陽之助はひそかにうそぶいた。

――いままで士農工商と身分は分けられていたが、その実は商人が世のなかを操る金の世のなかであった。この先も金が仇の世間にかわりはなかろうが、文明国家としてのかたちがととのうさかい、旧来の陋習《ろうしゅう》はかたっぱしから打ちこわして、風通しをよくしてやれるわい――

明治二年（一八六九年）四月、兵庫県知事伊藤俊輔は辞職し東京へ移った。封建制度廃止を陽之助らとともにとなえ、反対派に狙われたためである。政府は七月に伊藤を大蔵少輔《しょうゆう》（局長）に任じ、陽之助に兵庫県知事の後任を命じた。

だが陽之助は八月に知事を免職させられた。政府部内で開進派と見られた伊藤が嫌われ、彼の友人である陽之助もおとしめられたのである。

伊藤は大隈《おおくま》重信とともに、しきりに上京をすすめてきた。応じないまま日を過ごしていると、政府から命令書がとどいた。

「貴君を大蔵大丞《だいじょう》として函館（箱館）に出張させるので、至急に出京せよ」

陽之助はいったん上京したが、函館で会計の仕事をして歳月をついやすつもりがないので、高官の位をはなれると告げた。

「実は肺のぐあいがまだよくならんので、この際和歌山へ帰って養生をしてくるよ。和歌山では藩庁の仕事をたまにやるつもりじゃ」

伊藤、大隈らは陽之助を政府にひきとめようとしたが、応じないまま大坂へ帰った。陽之助は明治元年（一八六八年）のうちに結婚していた。妻蓮子の残した消息はきわめてすくない。彼女は大坂難波新地の芸妓であったが、三井の番頭吹田四郎兵衛の養女として、二十一歳で陽之助の妻となった。蓮子は明治二年三月五日に長男広吉を産んだ。

陽之助が帰藩する決心をしたのは、同年五月に旧幕軍がたてこもっていた函館が官軍に占領され、六月には薩摩、長州、土佐、肥前の四藩が建白して版籍奉還が実施されたためである。

このように戊辰戦争が終わるとともに、新政府の基盤がかたまったように見えたが、全国ではいつ内乱がおこるかわからないという噂がひろまるばかりであった。

版籍奉還によって藩主にかわり藩知事という行政官が新政府のもとで発足したが、知事の任についたのは、旧藩主であった。

その体制では中央集権国家の到来はいつになるか、見当もつかない。それよりも、権力抗争の大戦が薩長勢力の対立によって勃発しかねないと世人は危ぶんでいた。

大戦がおこったとき、紀州藩はどう動くか。その実力は薩長にくらべても劣ることなく、充実していた。

慶応二年（一八六六年）六月にはじまった第二次長州征伐で、紀州藩一番家老水野大炊頭《おおいのかみ》の指揮する、法福寺隊という民兵隊が奮戦した。芸州口《げいしゅうぐち》で長州奇兵隊と激戦をくりかえし、二十回も衝突して長州勢を蹴散らしたのである。

法福寺隊というのは、紀州和歌浦法福寺住職北畠道龍《きたばたけどうりゅう》が、檀家《だんか》の男たちを集め、万延元年（一八六〇年）四月に創始した民兵隊であった。

道龍は文政三年（一八二〇年）九月に、浄土真宗本願寺派法福寺住職・北畠大法の嫡子として生まれた。法福寺は北畠親房《ちかふさ》の孫徳千代が、祖父の没後、了空入道と称し草創した由緒のふかい寺院である。

道龍は父方の伯父で紀州藩校学習館教授である知空に、真宗学、禅学を学び、母方の伯父浦野撲齋に大学を学ぶ。

また銃馬、刀槍、柔術の武芸十八般を学び、天才の名をほしいままにした。成人するまでに、剣術は相手の下半身を狙う特徴のある柳剛流、槍術は宝蔵院流と大島流、柔術は天下に名高い関口流、兵法は甲州流を会得した。いずれも免許皆伝を得ており、家中ではその威力を畏怖《いふ》されていた。

父大法は彫刻絵画に才を発揮して、法福寺内陣、外陣に見事な彫刻を残したが、壮年に至って早逝した。

道龍は二十歳のときに寺を弟に継がせ、京都本山の勧学行照寮に学び、さらに勧学禅譲寮で研鑽《けんさん》をかさね、助教の地位を得た。助教は全宗派の僧侶のうちからわずか数人が与えられる、強い権威を得られる称号であった。

道龍の学籍名は南英であった。宗門の僧は得度すると、学籍名と席袈裟《せきげさ》を与えられる。席袈裟とは諸国遊学を自由におこなうための籍名、所属寺号、国名を記した麻の黄袈裟であった。

彼はさらに六年間京都に遊学し、弘化三年（一八四六年）夏、法福寺に戻った。七月二十六日の昼間、晴れわたっていた空がにわかに曇り、激しい雷雨となったが、まもなく晴れた。

そのあと和歌山城三層大天守閣から白煙が昇っているのを番士が発見した。東風がつよく吹いていた。

「火事や、えらいこっちゃ。龍吐水《りゅうどすい》を持ってこい」

藩士たちは駆け集まり、必死に消火につとめた。

城下の諸方で半鐘が鳴りわたり、道龍は檀家総代らとともに城内へ走った。

消火に集まった人の渦をかきわけ、火事場を眺めた道龍は、総代らに叫んだ。

「いまのうちにお天守の鯱《しゃちほこ》一個を下ろせ。風向き変わったらお天守は丸焼けや」

道龍は人足らとともに石垣に梯子をかけ、よじ登って天守閣にとりつき、赤銅《しゃくどう》の鯱を縄で巻き、石垣から吊り下ろした。

城の火災は日が暮れても収まらず、翌朝にようやく収まったが、大天守、小天守、櫓《やぐら》四カ所、蔵三カ所、多門櫓六十三間（約百十五メートル）が焼失した。

天守閣が焼け落ちたときは、御三家であっても幕府は再建を許さない。藩主、老公が家老、用人、奉行らをあつめ、相談しあった。

大工、左官を総動員して、幕府に無断で再建工事をするという案が出たが、万一事実が洩れたときは重大な罰をうけねばならない。

そのとき、小姓が協議の座敷へあらわれ、注進した。

「和歌浦法福寺の南英（道龍）殿が、大天守の鯱一個を守っておりました」

藩主以下、同座の重臣たちは一瞬しずまりかえり、やがて歓声をあげた。

幕府の法度《はっと》として、城郭が全焼したとき天守閣の鯱が一個でも残っておれば、再建を修築と見なされる。道龍はその法度を知っていたのである。

道龍は手柄を認められ、藩士にとりたてられることになったが、彼は和歌山に定住するつもりがないので固辞し、弘化四年（一八四七年）法福寺を出て、天下四十八カ国の学舎を巡歴し、六年を遊学に過ごした。

世情は二百五十年間の鎖国体制を外国船が脅かすようになっていた。

弘化三年閏五月、アメリカ東インド艦隊司令長官ビッドルが浦賀に来航、六月にはフランス軍艦が長崎、八月にはイギリス軍艦が琉球にあらわれ、朝廷はその月に海防強化をすすめる勅語を発した。

嘉永六年（一八五三年）法福寺に帰った道龍は、京都西本願寺の臣、松井中務《なかつかさ》と交流し世情を探っていた。

嘉永六年ペリー来航ののち朝廷が攘夷決行をする時期がくると見られるようになった。そのときは、法主《ほっす》が天皇警固の任にあたらねばならない。非常時にそなえ僧侶子弟に武芸鍛錬をさせるべきであると松井中務が法主に献言し、同意を得た。

本山に演武場が設けられ、道龍が武芸師範筆頭の座についた。彼は長崎に長いあいだ遊学していたので、オランダ人からヨーロッパの兵制について詳しく教わった。その結果、実戦経験のない武士の集団が戦場に出ても、なんの役にもたたない屑であるのを知っている。

万延元年（一八六〇年）四月初旬、道龍は法福寺に檀家の男たちを集めた。檀家は二百五十軒ほどであるが、はたち前後の壮丁《そうてい》が八十余人集まった。

本堂外陣のまんなかに立っている道龍の傍に、二人の藩士が並んでいた。

「家中歴々の偉いさんがきてらいしょ」

「そうやなあ、なんできたんやろのう」

檀徒たちはささやきあう。

藩士は奥右筆頭《おくゆうひつがしら》津田出《いずる》と田中善蔵であった。

津田は英才の名を家中に知られ、嘉永六年（一八五三年）から安政四年（一八五七年）まで江戸藩邸にいて蘭学教授の任についていたが、病気のため帰国を申し出て和歌山へもどり、隠棲していた。まもなく安政五年（一八五八年）六月に奥右筆頭を命ぜられ、第十四代藩主茂承《もちつぐ》の側近として、藩政に参画した。田中善蔵も同職である。

二人は道龍の資質を高く認めていた。

道龍はこの日、おおかたが漁師、塩浜人足である檀徒たちに呼びかけた。

「お前《ま》んらは和歌浦から外へ出たことがないさかい、世のなかがどんなに変わってるか知らんやろ。

わいは諸国をめぐる旅をしてきたんで、異国の軍船がお前んらの見たこともない大筒をいっぱい積んで、江戸をはじめほうぼうの港へあらわれて、交易させよというてくるのを知ってる。

そいつらは日本が交易をことわったら、いろいろと因縁をつけてきて、大筒ぶっ放して戦争しかけてくるかもわからん。そのときに日本諸藩の侍が、沖からあがってくる敵を追いはらえるか。

家禄をもろて、弾丸の音を聞いたこともない侍らは、合戦の場に出たら腰が抜ける。から威張りして追い帰せる相手でないわい。わいは北は松前から南は薩摩まで見てきたが、いま異国軍船に攻められたらひとたまりもなしに降参や。六年前の秋、和歌浦の沖をオロシヤ（ロシア）の軍船が一艘《いっそう》、通りかかって碇《いかり》おろしたときの家中のありさまを見たやろが。

あの通りじょ。そう思うたら枕を高うして寝てられんぞ」

嘉永七年（一八五四年）の秋、オロシヤ軍船が和歌浦にあらわれたとき、藩兵一万二千人と人足一万人が武装して海岸に陣をつらねたが、戦闘をしかけるどころか天守閣の白壁に大筒を撃ちこまれてはならぬと、墨で塗りつぶし、静まりかえっていただけであった。

オロシヤ船は九月十六日から十月五日まで、沖合いにとどまっていたが、やがて南方へ去っていった。

檀徒たちは顔を見あわせうなずきあう。大軍勢をくりだしたが、軍船に攻めかけるどころか物音もたてずすくみこんでいた藩兵の、臆病な進退を思いだしたのである。

道龍はいう。

「諸国の事情はいずれもおんなじことや。侍は柔弱になりはて、物の用に立たんわい。長崎でオランダのカピタンから聞いたが、異国では民兵が軍隊をこしらえて、侍ちゅうような者はおおかたおらんようになったらしいのう。

世情が騒がしゅうなってきたいま、家禄にすがってる侍より百姓町人のほうが根性あるよ。そこでわいはまず法福寺の門徒で日本体育共和軍隊ちゅうものをこしらえて、有事のときにそなえて撃剣、鉄砲の稽古をやってみようと思うのや。

それで津田はん、田中はんにもきてもろたんよ。藩庁からもいろいろ力を貸してくれる。どうや、わいに鍛えられて軍隊に入って、侍にならんかえ」

「その軍隊へ入ったら、ほんまに侍になれるかえ」

「そうや、軍隊へ入ったら三度の飯は食わせたるし、小遣い銭もやる。それで戦がおこったらしっかりはたらいて手柄たてよ。ほんならだんだんと上役になっていけるんや」

道龍は長崎でヨーロッパの兵制を知って、民兵隊の養成を実行するため、津田出らに協力を求めたのである。

二年ほどたつうちに、日本体育共和軍隊は八十人ほどの精兵ぞろいになった。漁師、人足は貧困に堪えるためによくはたらく。そのため惰弱な生活を送っている武士よりも体力、気力がさかんであった。

道龍は寺の土地、家作を売りはらい、重代《じゅうだい》の宝であった護良《もりなが》親王の太刀、北畠親房の甲冑《かっちゅう》も売りはらった。

頑強な筋骨をそなえた隊員たちに、武芸を教えこむのはきわめて困難であった。

「とうが立ちすぎてるさかいなあ。どうにもならんかのう」

労働で固めた体をほぐし、無学で言葉もろくに知らない彼らに、剣術、柔術の技を教えるのに、「ここ、あそこ」と手取り足取りでくりかえさねばならない。

「種が悪いさかい、なかなか実がならんのう」

道龍は隊を解散させようと幾度も気が挫《くじ》けたが、隊士たちはしだいに実力をそなえてきた。

身長五尺八寸、体重二十一貫の道龍に撃剣稽古で一本でも打ちこめる者はいないが、城内の撃剣試合で藩士を相手に三人抜き、五人抜きをできる者が出てきた。

法福寺隊と呼ばれるようになった三年めの文久三年（一八六三年）八月十八日、文久の政変がおこった。

京都朝廷を動かしていた長州藩を中心とする三千人を超す御親兵が、公武合体派の中川宮の策に乗って、会津、薩摩の反長州勢力に追い払われた。

天皇の大和《やまと》行幸、外夷親征は勅諚《ちょくじょう》が下されていたが中止された。大和には尊攘派の公卿《くぎょう》中山忠光侍従が浪士の一隊を率い、先行しており、すでに大和五条の代官らを殺害し、陣屋を焼き払っていた。

政変を知った忠光らはもはややむをえない。独行して攘夷運動をつらぬくことにした。尊攘派の十津川郷士千余名が忠光に誘われて合流し、天誅組《てんちゅうぐみ》と名乗るようになった。

幕府は紀州藩に天誅組討伐を命じた。

藩兵は先手、中軍、大組を編成し、総勢三千二百人であった。法福寺隊は中軍四番隊の先鋒《せんぽう》に配置され、「共和義烈」の隊旗をひるがえし出陣した。

討伐隊は大和五条、高野山から十津川へ進撃することになった。天誅組のうち十津川勢は朝廷から中山侍従を勅使に命じていないとの沙汰をうけ、いちはやく脱退したので、わずか百余人の少人数に戻っていた。

だが藩兵たちは臆病で、前進を避けるばかりである。紀州勢追討総督水野多聞は、大和五条の天誅組を攻め、銃砲撃戦をかわしたという。敵は小銃の猛射にくわえ、二十挺をこえる数の大筒を撃ちこんできたので、藩内でもっとも精鋭といわれる一の手、二の手殺手《さって》隊八百人が、退却寸前の状況に陥ったそうである。

総督水野多聞は九月二日、戦況激甚で交戦に堪えられないとして和歌山へ逃げ帰ったので、彼とともに戦闘に参加していた用人が責任をとらされて切腹した。

高野山へ進出していた道龍は、殺手隊の小頭《こがしら》から事情を聞く。

「ほんまにそれほどの撃ちあいをやって、手負い死人が一人もなく、敵が斬りこんでこなんだか。狐に化かされたのとちがうんか」

「雷が落ちつづけるような、ものすごい発砲のひびきやった。あのどえらい人数で斬りこまれたら、わしらは踏みとどまれたかわからんわい。なんせあいつらの陣所にかけた提灯《ちょうちん》が五千もあったんよ」

「ほう、勘定したんか。敵の人数は百人ぐらいやったやろ」

「あほなこというな。三千から四千はいよったわい」

藩兵たちは浮き足だって、一発の銃声を聞けば百発もくらったように怖れ動転するのだと、道龍は察して、隊士を五条へ出向かせ、九月一日夜の戦闘につき調べさせた。

隊士は戻ってきて報告した。

「あの晩は五条の大百姓の葬式があって、墓地に白張り提灯が並んでたそうやよし。殺手の連中は、それを敵の陣所とまちごうて、二、三十発撃ちかけられたら震えあがってしもたんやろのし」

「いずれはそんなことやろ」

道龍は舌打ちをした。

百人たらずの天誅組征伐のために、紀州藩兵三千二百人に、津、彦根、大和郡山藩兵を加え、五千の軍勢が、九月末頃まで大和で行動しなければならなかったのは、寄せ手の将兵が攘夷浪人と命のやりとりをするのを嫌がったためである。

中山忠光が六人の従者とともに大和から大坂へ逃れ、長州藩邸に入れたのは、追討軍にまったくやる気がなかったので、たやすく間道を通行できたためであった。

紀州勢のうちで天誅組と幾度も交戦し戦果をあげたのは、法福寺隊八十人だけであった。道龍たちは藩主茂承から褒詞《ほうし》をうけた。

「褒詞・北畠道龍ならびに法福寺隊一統隊、このたび伊都郡富貴《いとごおりふき》鳩の首《こうべ》において賊徒多数を討滅いたし、難所切所を乗りこえ敵塁をきり従えしはたらき神妙なり。ここに賞金一万匹をつかわし、その功業を嘉賞することよってくだんの如し」

一匹は二十五文、一両は四千文、一万匹は六十二両二分であった。

道龍は隊士に二分ずつ与えた。

「二分で米七斗買えるわえ」

「わいらもさほどのはたらきしてないと思うけど、これだけ褒められるほどやったかのう。なにやら臍《へそ》が痒いわ」

隊士たちは苦笑いをおさえられなかった。

慶応二年（一八六六年）六月、第二次長州征伐に法福寺隊は総勢五百人の大隊として従軍した。八万の幕軍を率いる征長総督となった紀州藩主徳川茂承は、芸州、石州、小倉、上関の四道から進撃した。

長州軍の主力は奇兵隊などの町人、百姓、浮浪人から兵士になった者がほとんどで、法福寺隊と同様の民兵組織であった。

奇兵隊、遊撃隊、八幡隊など、洋銃で武装した民兵隊は、法福寺隊結成に三年遅れた文久三年（一八六三年）に、高杉晋作によってつくられたが、死を怖れない反撃により雲霞《うんか》の幕軍を撃退する。

徳川四天王の名をうたわれた井伊、榊原の軍勢が攻めかけても、長州軍が洋銃を撃ちかけてくれれば、死傷者が続出し潰走《かいそう》した。旧式装備の幕軍では、銃砲部隊に属するのはせいぜい足軽以下の下士たちであった。

甲冑をつけ馬に乗る上士たちは、刀槍をひらめかす殺手隊に突撃を命じる前に、狙撃され落馬し血みどろで後送される。

二百五十年のあいだ戦争を経験しなかった戦国時代の旧式戦法で、奇兵隊らの銃砲弾を浴びせられてきては迅速に進退する行動を制圧できず、退却するしかなかった。

全戦線で終始、長州勢を追いまくったのは、法福寺隊のみであった。五百人の大隊は広島西方の五日市から大野口へかけての前線で、奇兵隊と二十回に及ぶ戦闘をおこない、吉川《きっかわ》城攻めの態勢をととのえたとき、将軍家茂薨去《いえもちこうきょ》により休戦を迎えたのである。

長州征伐失敗ののち、紀州藩では藩主茂承が兵制改革にのりだした。長州戦線で手足の不自由な老爺《ろうや》が相撲とりに投げとばされるような惨敗を喫し、ようやく現実を知った。

　これまでの大番頭《おおばんがしら》先手《さきて》物頭《ものがしら》、書院番頭、供番頭など頭役が、先鋒、中軍、旗本、斥候、後衛の兵を率いる、慶長以来の兵制では、銃砲の火力を中心とした長州民兵に敗北して当然である。

　軍勢の人数よりも火力に重点をおかないといけないことを、かねてから進言していた津田出は、「御国政改革趣法概略表」を長州出陣のまえにさしだし、兵制改革を説いていた。

　内容は西洋の政事兵制にあかるい道龍と津田が考案したものであった。家中知行《ちぎょう》、軍役人数割りあて、勝手入用金、洋学、兵学、産業開発など二十カ条にわたっている。

　このうち最大の問題は兵力増強方針であった。増強の財源をどこからひきだすか。

　道龍は主張した。

「元亀天正《げんきてんしょう》の昔に戻せばええだけじゃ。昔は家中の侍は知行高に応じ、知行所の百姓をば兵卒にしてた。人数の割りあてがあったのや。それをやったら三万人ぐらいの銃隊をつくれる。紀州藩はどえらい力を持てるんや」

　道龍と津田は紀州藩士総知行高のうち二十五万石を取る五十石取り以上の侍に、四万人以上の従卒を養わせることができると見た。

　従卒の収入は年四石であった。城下には役方《やくかた》のみを定住させ、他の士分の者はすべていなかの知行所へ移り、月に五、六度の調練をおこなうほかの日は農業をすればよい。

茂承は津田出を家老格に昇進させ、御国政御改革制度調総裁に任命した。

慶応二年（一八六六年）九月、家中の知行百五十石以上の者に、五年間半額の知行削減を命じた。十月には銃隊五大隊を組織した。

その半数は領内各郡から人口に応じた数の十八歳から四十歳までの百姓を徴募したものである。

十二月になると家老、勘定奉行、用人、目付などの文官をのこしすべての武官が全廃され、上士、下士の身分を区別することなく、壮年者は全員銃隊に参加させた。

藩士たちにとって天地がさかさまになったほどの兵制大改革であった。千石取りの上士は一万数千の藩士のうちに、雨夜の星のようにわずかに存在する特権階級であるが、七石取りの下士、徴募された百姓と同列にランドセルをかつぎ、小銃を持って調練しなければならない。

慶応三年（一八六七年）に藩庁はエンフィールドライフル銃六千挺を購入。海軍も増強して五百五十トンの蒸気軍艦を購入した。

だが同年十月に、津田出は免職のうえ禁固の刑をうけた。藩主茂承が重臣の反撥をおさえられなかったのであるが時勢は激変した。

慶応四年（一八六八年）正月三日、鳥羽伏見で幕軍と薩長軍が戦闘をはじめると、紀州藩は全兵力を戦線にむかわせようとしたが、慶喜《よしのぶ》がたちまち態度を一変させ、幕軍の指揮をなげうち海路江戸へ戻ったので、混乱した。逃げ場を失った幕軍が紀州へなだれこんでくると、藩庁は軍艦明光丸以下あらゆる船舶を動かせ、江戸へ送還させた。

このような状況は近隣諸藩にすべて察知されている。新政府は紀州藩の内情を探るため、訊問使をつかわし、いつ朝敵として攻撃してくるかも知れない険悪な情勢となった。

このため病気と称していた藩主茂承は二月十一日に二千に近い供揃えで、京都の宿所本法寺へ入った。

茂承はそのあと十二月末まで京都に滞在させられた。新政府は紀州兵を奥州追討に従軍させ、軍艦で奥州鎮撫《ちんぶ》総督らを石巻湊《みなと》まで運ばせ資材を運搬させる。

さらに軍資金として十五万両の献納を命じてきた。軍資金は紙幣ではなく正金《しょうきん》でなければならない。紀州藩では三万両を献じたが、あとはどうしても工面できない。藩老たちは領地のうち伊勢三郡十八万石を朝廷に献上し、藩主茂承を帰国させてほしいと岩倉具視に頼みこむ。

このとき新政府の高官となっていた陸奥陽之助は、藩から頼まれ岩倉を説得した。

「紀州藩はいまだ罪状も判然たらざるに、厳しく罰すれば全国の諸藩に動揺が及ぶでしょう」

陽之助がかつて酷薄な処断をうけ、怨恨のかさなる紀州藩への助力をおこなったのには理由があった。津田出、北畠道龍らの人材が「御国政改革趣法」を慶応二年（一八六六年）に創案し、藩主茂承にうけいれられ、途中で企てが挫折したこともあったがいまなお薩長両藩に比肩して劣らない、強大な兵力をそなえていたからである。

道龍の法福寺隊は三千七百人の聯隊《れんたい》に成長していた。藩兵は十大隊である。津田出は明治元年（一八六八年）十一月に、茂承から藩政改革の全権を与えられる執政に抜擢された。

津田は茂承が帰藩するまで、京都本法寺に寄留していたが、このとき陽之助がしばしば津田を訪問し、政治談義をかわしたと『壺碑』と題する津田出小伝に記されている。道龍も同座しヨーロッパ諸国の軍制につき、話しあった様子である。

陽之助は新政府の廟堂《びょうどう》に木戸孝允《たかよし》、大久保利通《としみち》、後藤象二郎《しょうじろう》らが一斉に勢力を伸ばそうとしているが、いずれも五十歩百歩である。維新の変動が終わったと保証できるほどの組織はまだできあがっていない。いずれは国内で大戦争をおこない、すべての矛盾を一刀両断すべきときがくると見ていた。

そのような考えを伊藤俊輔への書状にしるしたこともあった。第二の維新ともいうべき波瀾《はらん》をのりこえ、政界に覇《は》をとなえるには、仇敵と憎悪してきた紀州藩を背景として力をふるわねばならないと、陽之助は思っていたのである。

紀州藩はすでに強い民兵隊を持ち、さらに軍制改革を進めようとしており、薩摩の西郷、大久保、長州の木戸らの注意をあつめる存在であった。紀州藩が二万の兵を組織し近代化すれば、陽之助は政府を動かす実力者になるのである。

『壺碑——津田出小伝』にしるしている。

ある日陽之助がきた。

よほどあわただしい様子で、相談したいことがあるという。何事かと聞くと、

「新政府はまず幕府は倒して、波瀾はあらかた収まったが、その後の組みたてをどうやってゆけばよいか、いま要路の人間は考えがまとまらずはなはだ困っている。とりわけて岩倉公が深く心配しておられる。そこで貴君はかねて国家の制度については、多年ご研究になって紀州家で実地に軍制改革をなさった。私はそれにつきお教えを乞いにきたんだ」

津田は答えた。

「それはなんでもないことやろ。昔の王制の頃は郡県制度やった。それが鎌倉幕府からあとは王権を武士が盗み、自然に封建武断政治の世になった。

このはるか昔のことはさておいて、欧米では世が開けてからあとはまったく流行せ

ぬようになった。

　これからは日本も封建武断政治をやめて、欧米と同様に郡県制度を組みたて、その行政をうまくやればすべて成功するよ」

　陽之助は津田の説におおいによろこぶ。

「津田殿がこれから紀州でやろうと思っている主なことがらを、少々語ってくれませんか」

　津田は即座にいった。

「武家政治をやめるには、士族を廃止することや。つぎに徴兵令を発すべきや」

　津田はこの二カ条について要点を書きならべ、陽之助に与えた。

　陽之助は驚喜して、フランス、プロシアの徴兵法、郡県制度についての津田の書きつけを、岩倉具視に見せた。

　岩倉は陽之助に命じた。

「さような仕組があるなら、急いで紀州藩にやらせてみてくれ。それが諸藩におこなわせる郡県制度の雛形《ひながた》になるやないか」

　紀州藩は陽之助を介し、新政府とのあいだにつよい絆が持てることとなった。

廃藩へ

紀州藩主徳川茂承が藩政改革のため帰国を願い出て、新政府に許されたのは、明治元年（一八六八年）十二月二十八日であった。

茂承は正月朔日《ついたち》、百人の奥詰銃隊を従え、銃服を着て馬を歩ませ、明治二年正月三日の朝、和歌山へ帰城した。

城下の北の関門である紀州街道八軒屋付近の路上は、出迎えの藩士で埋めつくされていた。北畠道龍の率いる法福寺隊三個中隊が、茂承をとりかこみ警戒する。

道龍は藩士の間から低い罵声がわきおこるのを聞き逃さなかった。

「蟹《かに》どん、踏みつぶせ」

「石垣に隠れても、つまみ出しちゃるぞ」

彼らは、津田出をさげすんで蟹というのである。

津田は藩執政になり、改革をおこなうことになっていた。そうなれば藩士たちの家禄が減殺《げんさい》されるにちがいなかった。津田は十一月に藩主茂承から執政就任を下命されると、北畠道龍のすすめにより、城下の自宅から城内砂の丸操練場内に移住していた。城内には鉄砲をそなえた法福寺隊が駐屯《ちゅうとん》しているので、津田を憎む藩士のうちから刺客が潜入できない。藩士たちは彼を石垣の間にかくれた蟹とあざけることで、憤懣《ふんまん》をもらしていた。

行列のなかで馬を歩ませる津田をめがけ、どこからともなく石が飛んでくる。道龍が抜刀《ばっとう》し大声で命じた。

「剣つけい。石を投げてくる奴ばらは突き殺せ」

三百人の隊員が小銃に銃剣をとりつけ、喚声をあげた。

城下の不穏の形勢は強まるばかりであった。茂承公から藩中暴動鎮圧の全権を与えられた北畠道龍も、狙撃される危険を避け城内へ仮住まいをせざるをえなくなった。陸奥陽之助は、明治二年正月二十二日、摂津《せっつ》県《けん》知事に任命されたが津田、北畠らと緊密に連絡をとりあい、紀州の情勢をうかがっていた。

藩政改革の内容は、どこからともなく家中に洩れていた。藩士の間には天地がさかさまになるほどの、深刻な打撃を与えるのは、家中大減禄の条項である。

「お殿さまは領地高の二十分の一をお取りなはる。家来で五百五十石以上の者は十分の一や。それ未満二十五石以上は五十俵、二十四石から下は据え置きや」

「なんでそげなことをするのや。お殿さまは津田と法福寺にまじないかけられて、気が狂うたんか。日本国の三百諸侯は、昔と変らん治政をつづけてるのに、わが藩だけがなんで無茶な改革をせんならんのや。家禄は先祖が命がけで合戦の場で立てた手柄への酬《むく》いやろ。

それをなんでむざむざ取りあげられるのや。何事にもわけがあるやろが」

藩庁の各役所に津田が至急に財政報告をするよう命じるが、役人たちは動かなかった。

正月二十二日、津田は江戸隊に和歌山へ帰着するよう命じた。江戸隊は江戸赤坂、麹町両屋敷にいた江戸勤番藩士で編成した、歩騎砲兵三百名の大隊であった。

彼らは幕府伝習隊とともにフランス陸軍将校、シャノワンとヂフスケの訓練をうけ、フランス式調練に習熟しており、砲兵射撃の精妙を誇っていた。

砲兵隊長岡本柳之助《りゅうのすけ》は剣豪の名が聞こえている。江戸隊は官軍が江戸へあらわれても赤坂屋敷の諸門をとざしたままであった。

明治元年六月、新政府から総引揚げを命ぜられると、江戸隊は勤番の藩士たちと同行せず、和歌山城下へ帰らず伊勢松坂城にとどまり、毎日激しい調練をおこなっていた。

紀州領の松坂は津藩と境界を接している。津藩は鳥羽伏見《とばふしみ》の戦争で薩長方に寝返り、そのため幕府の大軍が惨敗を喫した。江戸隊三百人が松坂に足をとどめていたのは、世情がおだやかでないいまのうちに、機を見て津藩領へ乱入し、藤堂家に対し怨恨をはらしたいとの思いがあってのことであった。

江戸隊の兵士たちは血気さかんで騒動をおこすため、しばしば津藩領へ侵入し役人に暴行する事件をおこしていた。

津田出は道龍にすすめられ、江戸隊に明治二年正月末日までに和歌山へ帰還せよとの命令を発した。それまで国家老の指図を無視していた江戸隊は、たやすく応じた。

道龍は彼らの内心を知っていた。藩政大改革を強行すれば家中で争乱がかならずおこるにちがいないと判断し、帰ってくるのである。道龍は津田に告げた。

「江戸隊は戻ってきてあばれまわって、藩をわが手で動かそうと思うてる。そやさかいこっちから呼び寄せたるんや。いま法福寺隊三千七百人が攻めかけたら、江戸隊がいかに強うても手も足も出せんよ。四斤山砲《よんきんさんぼう》を六門曳《ひ》いてきてるらしいけど、なんということもないわえ」

道龍は江戸隊と協同しなければ、藩政改革に成功しないと見ていた。

彼らが家中の不平藩士と手をむすべば、城下を焦土とする戦争がおきるだろう。道龍は津田にいった。

「ここは気合の勝負やぞ。わいは一人で江戸隊の大将に会いにいくぞ」

「しかしあばれ者が揃うてるさかい、生きて帰れるか分からん」

道龍は答えた。

「それは覚悟のうえや。人はどうせいつかは死ぬ。命を投げだしてこっちの考えをいうたら、相手は阿呆《あほう》でなけりゃいうことを聞くよ」

江戸隊は一月末日の午後、雪雲がひろがった城下に到着し、丸の内大手門のむかいにある、一番家老水野大炊頭《おおいのかみ》の上屋敷に駐屯した。兵士たちは浅黄《あさぎ》の菜っ葉服を着て、剣付鉄砲を担いでいた。その付近には藩政改革に反対する重臣の屋敷がつらなっている。

道龍はその夜、法福寺隊の大隊長を召集し命令を下した。

「お前らは明朝四つ（午前十時）に七個大隊全部を、お城の砂の丸へ集め、隊列を組ませよ。実弾は五十発ずつ持たせとけ。わかったなあ。合戦支度をととのえて、隊旗を立ててこい」

道龍は至誠《しせい》を吐露《とろ》すれば江戸隊の指揮官たちは耳をかたむけてくれると津田に語ったが、内心では彼らを威嚇するよりほかに方法はないと見ていた。

単身で出向いた道龍を殺せば、江戸隊は法福寺隊に全滅させられるという状況を、眼前に見せつけねばならない。

——これでええわい。今夜は酒をくろうて寝よか——

翌朝、道龍は砂の丸の長屋で早朝にめざめた。戸外で法福寺隊の士卒が激しい号令と小太鼓の音に従い、調練場を埋め入場してくる物音にめざめたのである。馬に曳かせる山砲、野砲は四十門である。

「これで法福寺隊は全部集合したか。よし出かけるか」

津田が不安を口にした。

「気づかいないかのう。お前んが殺されるようなことがおこったら、わいだけであとの絵は描けんぞ」

道龍が答えた。

「わいが死んだら、摂津県知事の陸奥陽之助がきっと和歌山へ帰ってくるよ。あれは若いけど、伊達宗広の子やさかい頭も切れるし度胸もある。あいつといっしょにお殿さんを担いでいくんや。そうすりゃ、薩長らに負かされんわい」

黒ラシャの軍服をつけた道龍は、大隊長たちを連れ、石垣のうえの観閲台《かんえつだい》に登った。

調練場のなかばを埋めた三千七百人の法福寺隊は、するどい号令をあげ、敬礼を送った。

道龍は大声で全軍に語りかけた。

「お前らを今日ここへ集めたのは、間なしにひと合戦せんならんかもわからんさかいじゃ。わいはいまから藩政改革を進めるために、水野上屋敷の江戸隊屯所へ一人で掛けあいにいってくるよ。

もし相手が同意せんときは、わいは斬られるやろ。そのときお前らは総がかりで江戸隊をみな殺しにしちゃってくれ」

隊士たちは道龍の覚悟を聞くと怒濤《どとう》のような喚声をあげ、空にむけ実弾を放つ。雷のような轟音《ごうおん》が石垣、櫓《やぐら》に響き渡り、硝煙《しょうえん》がたちこめた。

道龍は江戸隊の剣客たちに斬りかけられたときは、佩刀《はいとう》が折れるまで戦い死ぬつもりであったが、江戸隊の隊長服部八十二らの幹部らはおだやかに迎えた。

彼らは十倍以上の兵力を擁する法福寺隊の精鋭と戦えば、壊滅するばかりであると知っていた。それよりも、道龍らと手を組み藩政にかかわってゆけば、天下の風雲に乗じることができると考えたのである。


江戸隊と協同した法福寺隊は城下を完全に威圧した。二月二十五日、紀州藩は家中全藩士に対し、国政大改革の内容を発表した。

その朝七時、道龍は城内諸門に配置している四斤山砲二十門に空砲を発射させた。砲声は城下にとどろきわたり、改革反対派の気勢をそいだ。

さらに砂の丸操練場で、千人の歩兵の実弾射撃をおこなわせる。この結果、藩政改革の諸条項はその日のうちにすべて成立した。

禄高の大幅な減殺に対し、表立った反対の声があがらなかったのは、法福寺隊、江戸隊の無言の威嚇をおそれたためであった。反対派は七人が暗殺されている。

水野、安藤、三浦の三家老はいずれも大名であったが、あらたに藩執政となったのは、津田出ら小身の出自の者ばかりであった。

藩庁の従来の組織は解散し、民政局、会計局、公用局、刑法局、軍務局が置かれた。政府に対し版籍奉還《はんせきほうかん》の上表は二月十日に提出していた。

陸奥陽之助は和歌山藩大坂屋敷で津田出、北畠道龍と密接な連絡をとり、改革方針につき協議をかさねた。陽之助は大減禄に成功した和歌山藩が徴兵制を実現し、現役と交替兵（予備役）の制度をたてれば、薩摩藩、長州藩と互角の戦力を養うことができると見ていた。

両藩は日本最強の軍隊をそなえているというが、士卒はすべて士族にかぎられているので、二万の兵を動かす資力がなかった。

士族たちは民兵などたやすく蹴散らせると豪語しているが、近代軍隊操練術で鍛えた民兵隊の精鋭が武士隊を凌ぐはたらきをするのは、道龍たちが知りつくしていた。

津田と道龍は、おびただしいヨーロッパの兵術書を集めており、陽之助も漢訳のそれらをすべて読破した。

陸軍士官必携、西洋軍制、三兵《さんぺい》答古知幾《タクチキ》、那破倫《ナポレオン》兵法、砲家須知、兵家須知戦闘術門、西洋操銃篇雷火銃小解、散兵節要。

当時ヨーロッパではプロシア陸軍が最強であるといわれていた。

陽之助たちはフランスと幾度も戦い連勝している、プロシア式陸軍調練を採用することにした。道龍が一挺の小銃を見せた。

「プロシアのツナン・ルゲールという鉄砲やが、ほんまに使いやすいええものや」

彼らは射撃場で試射してみて、元込《もとごめ》鍼打《はりうち》銃のすばらしい性能を知った。

津田と道龍は、神戸の外国商社へプロシア製ツナン・ルゲールという小銃八千挺を注文した。

明治二年六月十七日、徳川茂承は政府から「和歌山藩知事」を拝命し、紀州藩は和歌山藩と改称された。津田出は政治、軍制、教育、殖産のあらたな方針をたて、改革を迅速に進めていった。

道龍は、小銃を購入した商社の主人にプロシア陸軍の伝習ができる教師がほしいが、知己はいないかと聞くと、耳寄りな返事を得ることができた。

「プロシア陸軍で二十余年勤務して、兵卒から曹長まで昇進したカール・ケッペンという男が、大坂のレーマン・ハルトマン商会に勤めているよ」

「それはちょうどええ相手のようやなあ」

日本の諸藩では作戦の指揮をとる将校は、実戦の経験がないままに戦場では無能な者が多かった。

軍隊を実際に動かしているのは、徒士《かち》と呼ばれる下士官である。道龍は津田とともに大坂へ出向き、カール・ケッペンと懇談した。

ケッペンは四十五歳、鳶色《とびいろ》の眼で英語も話せ、日本語も日常の用をたせるほどに使えた。新兵取立てやら士官伝習、部隊調練について聞くと、生き字引といえるほど詳しい。

さらに窓口をひろげ土木工事、物資運送、兵営の規律、火薬、兵器、軍需物資の製造法について説明を求めると、専門的な知識を開陳《かいちん》した。

「これはたいした掘り出しものやぞ。軍営のことはなんでも知ってる生き字引や」

津田らはおおいによろこび、ケッペンを教官に雇うこととした。

陸奥陽之助は明治二年八月に兵庫県（摂津県改称）知事を罷免され、和歌山藩政改革に尽力することになった。彼は長州の鳥尾小弥太、旧幕臣林董《ただす》、英学者星亨《ほしとおる》らの人材を和歌山へ招いた。

和歌山藩の新軍制は徴兵制にあった。津田は軍務局を廃しあらたに戍営《じゅえい》を設置し、すべての常備兵をその支配下に置く。津田は藩大参事と戍営都督に任じられた。道龍は監軍、少参事となった。

城下には八個聯隊《れんたい》の歩兵屯営と砲兵、騎兵、工兵、輜重兵《しちょうへい》屯営、士官養成の兵学寮、戍営病院、火薬兵器司所を設置することとなった。

和歌山藩の軍制推進の情報は政府首脳の間で、注目された。陽之助がすすめて藩士とした長州出身の鳥尾小弥太は、木戸孝允、伊藤俊輔の指示により紀州の様子をくわしく通報していた。

「カール・ケッペンは十二月十四日に和歌山へ到着しました。月給は二百ドルと破格の高給です。聯隊はプロシア式の編成をとっています。

歩兵六十名で一小隊。二小隊で一中隊として、五中隊で一大隊六百名とし、三大隊で一聯隊とします」

砲兵隊は野砲、山砲の二門で一分隊、三分隊で一小隊とした。小隊の備砲は六門、全隊備砲総数は七十五門であった。騎兵隊の軍馬は八百頭である。

明治三年正月、津田出は徴兵制をとる通達を県下に発した。

「国の軍備は人民のために安全をはかり、産業に努めさせるために必要である。そのため青年のときに数年間兵役に従事し、不慮《ふりよ》の事変にそなえるべきだ。

知事、諸参事以下農工商に至るまで、士民子弟を選ぶこととする。毎年二月に徴兵使を各郡民政局へ出張させ、管内の当年二十歳の男子を検査のうえ三カ年の兵役に服せしめることとする」

明治三年以降、藩士は士族、卒族と名称を変え、百姓町人への無礼討ち、手討ちの旧習は禁止された。

藩はプロシアから銃砲工、革細工師、築城家、法律家各一名の採用を外務省から許可された。十月には鳥尾小弥太が兵学寮校長に任命された。

その頃和歌山藩は洋式装備の一万七千人の徴兵軍をととのえ、カール・ケッペンの指揮のもと、整然と調練をおこなえるようになっていた。

十月二十一日、アメリカ公使チャールズ・イー・デロングが通訳官をともない汽船で和歌浦《わかのうら》へあらわれ、上陸して旅館に泊まり、翌朝登城して知事徳川茂承に謁《えっ》し握手をかわし、歩兵操練を見学して帰っていった。

同月二十七日にはイギリス公使パークスが夫人とともに汽船で和歌浦に到着し、数日滞在した。

そのあとプロシア国公使マックス・フォン・ブラントが武官たちをともない和歌山藩を訪問した。

武官の一人は藩兵隊の見聞について詳しく記述している。

歩兵聯隊の兵舎を視察すると、プロシア国のそれとまったく変わらない。なかへ入ってゆくと兵士全員が起立して、下士官の号令で敬礼をした。

日本人はすべて畳のうえに寝る習慣があるが、兵舎ではベッドが用いられていた。また土間に坐りこまず、椅子に腰をかける。日本では魚鳥を口にするが牛肉を口にする習慣はなかったが、兵士たちは常に牛肉を食べていた。

日本諸藩の兵士は脚絆《きやはん》をつけ草鞋《わらじ》をはき、和洋さまざまの不統一な服装をしていたが、和歌山藩兵はすべて黒ラシャの軍服に革靴のいでたちで、革のランドセルを背負っていた。髪形は髷《まげ》ではなく、洋風であった。

プロシア公使らは兵学寮での教育が、本国とおなじ内容であり、教官たちが来客の語るプロシア語の意味を理解し、原語の教本を用いていることにおどろく。

城下の弾薬工場ではプロシア製元詰銃に用いる銃弾一万発を、一日に製造する能力をそなえていた。

政府からは兵部大丞《だいじょう》山田顕義が視察におとずれ、四日間滞在して兵舎諸規制、歩砲工各聯隊の調練をくわしく見届けて帰京した。

つづいて薩摩藩から西郷信吾（従道《じゅうどう》）、村田新八がおとずれた。

「あたらしいプロシアが誕生した」

と外国公使らの讃嘆《さんたん》の声がひろまり、新政府は、津田出に上京して軍制改革の内容につき詳細の報告を求める要請をくりかえし送ったが、津田は病気と称し応じなかった。

一万三千人の歩兵部隊が観兵式に際し執銃訓練をおこなうとき、ひとつの物音しか聞こえないように思えるほど、整然とした活動ができるのはおどろくべき事実であった。

明治三年二月、政府は「常備編隊規則」を兵部省から諸藩に下布した。そのなかにつぎの条項があった。

「士族、卒族のほかにあらたに兵隊にとりたててはならない」

あきらかに徴兵制禁止の方針であったので、和歌山藩はただちに太政官に藩内で実行されている徴兵制の承認を求め、三月十二日に兵部省は許可した。

政府がこのように矛盾した法令を発したのは、和歌山藩の兵制増強が危険と判断せざるをえなくなるまでに、迅速な進捗をあらわしたためであった。だが、反対の請願を無視できなかったのは、このさき政府を支えるのが徴兵制であると、高い評価をしていたためである。

カール・ケッペンは和歌山城下に着任するときわめて豪華な住まいを与えられた。藩の高官たちはヨーロッパ風の設備に強い好奇心をあらわし、ワイン、ビール、葉巻をおびただしく消費した。

彼にはオランダ語とフランス語の会話に熟練した通訳がつけられ、護衛兵は十人いた。

カールは高給に満足していた。料理人の腕が良すぎるので食べすぎるのを、つつしまねばならないと贅沢《ぜいたく》な悩みを日記にしるす。

大隊の教練は歩兵、砲兵が整然と行動してカールがおどろくほどであったが、士官の素質はどうにも劣悪で気分がわるくなるとこぼしている。

明治三年一月十日、カールは日記にしるす。

「この日は温暖で気分のいい天気であった。半月ほどまえから体じゅうがむずがゆく、夜になるとかゆさがつのる。下着、ベッドをしらべても、これまで何も発見できなかったが、今日は二匹の異様な小虫を発見、従卒にシラミだと聞かされ、愕然《がくぜん》とした。

ただちに入浴し、下着をすべて着がえた」

カールはシラミ駆除を入念におこなっている。一月十七日には騎馬で散歩に出た。

「今日は城内を遊覧し、午後は和歌浦へ出向いた。これほど美麗な海岸の風景は見たことがない。日が暮れると法福寺に招かれ、北畠道龍大隊の屋敷で豪華な酒宴のもてなしにあずかった。

夜十時頃、五十人の衛兵を従えわが家に帰った」

薩摩藩、大和郡山《やまとこおりやま》藩など諸藩から調練法習得のため、士官数十名を派遣してくる。

陸奥陽之助は、津田都督の兵制改革が注目を浴びてきた明治二年十月、和歌山藩知事徳川茂承から懇篤《こんとく》な藩政協力依頼をうけていた。

「藩政について気づいた点について、ときどき帰郷の際、腹蔵なく指摘してもらいたい。

また京都、大坂などへ出張した藩士たちには何事も遠慮せずお指図給わりたい」

陽之助は明治二年八月、兵庫県知事を罷免されたのち、和歌山藩政改革に外部から助力する立場で活動していた。

明治三年九月、政府はつぎの規定を各藩に布達した。

「一万石について士官をのぞく兵員六十人を常備とする」

この規定に従えば和歌山藩兵は一万七千人から三千三百余人に減員しなければならない。

和歌山藩はこのときも反論し、政府はそれをうけいれた。陽之助は政府の意向の裏面にある、首脳者たちの本心を察知していた。

政府内部の薩長閥は全国諸藩の兵力を増強させたくはない。藩政が廃止されていないうちは、諸藩は主君をいただき施政をする独立国であった。和歌山藩のような強大な軍隊を配備した国がこのうえ出現すれば、政府の支配力が弱まる。

陽之助は津田、道龍たちにひそかに内心を洩らす。

「薩長は和歌山を怖ろしがってる。その証拠は政府の発布した兵制規則に、わいらが二度まで異議を申したてても怒らず聞きいれたことや」

道龍が応じる。

「その通りや。政府が合戦をしかけてきたら、いつでも相手してやる支度はできてるわい。やったらこっちが勝つか負けるか、あいつらもおよそ気がついてる。そやさかいわいらのいうことをば聞きいれたんや」

倒幕を実現した薩長と公卿は、民衆のうちからあらたな勢力があらわれるのを警戒していたが、和歌山藩の民兵といま戦えば敗北しかねないと察していたのを、陽之助らは知っていた。

まもなく政府は全国諸藩を完全に掌握するために、廃藩置県を断行しなければならない。藩軍隊を解散し、日本国政体を根本から改造するとき、かならず武士階級が争乱をおこす。

世上では第二の維新がおこるとささやかれていた。全国士族が境遇の激変に堪えきれず暴発すれば、国内のすべての藩が戦乱にまきこまれる。

陽之助たちはそのときこそ和歌山藩兵を率い、政権の中枢を掌握しようと考えていた。当時の駐日プロシア公使ブラントは、首相ビスマルクにあてた書状に、おそらくカール・ケッペンから聞いたであろうと思える藩の方針につき、つぎのような内容を述べている。

「和歌山藩の政治方針について推測すれば、藩庁重職たちは、このさき日本国の政体を変えうる好機がくるのを待ちかまえているのがあきらかです。

新政府に離反するか、協力して大きな影響を与えるべきか、二つの方針のいずれをとるべきかはまだ未定のようです。

協力するとなっても、現在政権を手中にしている西南大名たちとの決戦は避けがたいでしょう。和歌山藩では新政府と協力しつつ政治の実権を手中にする意向のようです。

この方針の実行をめざし、新政府内部のさまざまの派閥がたがいに抱いている不信感をつよめる策動をいつはじめるか、観察しているのです。

つまり和歌山藩はまもなく日本の政治変革の立役者となる運命と能力をそなえているといえるでしょう」

明治三年三月、陽之助は刑部少判事就任を命ぜられたが、即日免職を願い出た。すでに和歌山藩欧州執事としてヨーロッパ視察にむかう予定であったためである。

プロシアとフランスが総力をあげて戦う普仏《ふふつ》戦争の状況を実見し、和歌山藩が今後発展するために必要な装備をととのえ、各兵科の教官を採用する要務を帯びての出張であった。

だが陽之助がヨーロッパへむかうフランス汽船に乗り、横浜から出発したのは、九月八日の朝であったと木戸孝允日記にしるされている。

三月から九月まで、およそ六カ月のあいだ陽之助の行動は不明である。和歌山藩では七月四日につぎの六人の外国人を雇いいれる請願書を、東京公用人に命じ外務省へ提出させ同月十三日に許可を得ている。

プロシア国建築家　フーク
　　　　　　　　　ワーゲネーヨ
同国革細工師　　　ワルラー
　　　　　　　　　ブラットミドル
同国築城家　　　　マイヨー
英国法律家　　　　サンドル

この請願をおこなうには、陽之助の意向がかならず影響しているはずであったが、起案者として名をしるされていない。

八月十五日には太政官から藩大参事津田出に、つぎの命令が下された。

「御用これあり東京へまかり出で候よう、仰せつけ候こと」

津田は政府の命令に従わず、病気と称し上京をこばんだ。

当時の世評では津田の内心をつぎのように見る声が多かった。

「津田が出京をためらったのは、和歌山藩改革のめざましい実績がひろく世に聞こえており、その名望は政府が注目するところで、彼を登用しおおいにはたらかせようと考えていると予測したのである。

津田は藩政改革の基礎がいまだ固まっておらず、今後画策することを中途でなげうつことができないので、病気と称して動かず、徴兵制度が遅々として進捗していない様子をよそおったのである」

このような津田の判断のかげに陽之助の助言があったのではないかと思えるが、彼の行動についての記述はまったくない。

陽之助はフランス汽船で二カ月余の旅をして、明治三年閏十月八日にナポリに到着した。前年に開通したスエズ運河を経由したのであろう。

ナポリまで同行した日本人船客は六人で、陽之助の義弟で政府の通商正であった土佐出身の中島信行が同行していた。

陽之助はイギリス、フランス、プロシアを訪問視察した。プロシアではカール・ケッペンに相談しておいた諸兵種の教官、軍医ら、今後の藩軍強化に必要な人材を雇う契約を結ばねばならなかった。

そのなかには、ケッペンの上官であったビュッケブルクのフンク少佐もいた。陽之助は和歌山にいるケッペンと相談をしながら、雇用交渉をおこなった。

ヨーロッパで三カ月ほど滞在して用務をすませた陽之助は、中島信行を連れアメリカへむかい、明治四年一月二十四日にニューヨークに到着し、アメリカへ幣制《へいせい》調査に出張していた大蔵少輔伊藤博文一行と出会い、ともに旅行をした。四月十四日にサンフランシスコ港から太平洋汽船ジャパン号で日本へむかった。

横浜に帰ったのは五月八日であった。陽之助の留守のあいだ和歌山藩戍営都督津田出は三月八日に政府の下命をうけ、監軍長屋喜弥太、小池正文聯隊長らと護衛兵二分隊騎兵四騎を率い上京した。このうえ出頭を渋っていては叛意《はんい》ありと疑われるためである。

着京すると敷地十数万坪の旧藩中屋敷青山御殿に滞在した。政府が諸事倹約簡易をとなえる世情のなか、津田の行装はいかなる高位の公侯も及びえないほど豪華をきわめた。

ところが着京してまもない日、青山御殿の玄関へみすぼらしい身なりの肥大漢がふらりとあらわれていった。

「津田大参事にご対面願いたい」

護衛の士官が一喝した。

「これは推参じゃ。そのほうは何者か。御前（津田）を拝顔できると思うのか」

巨漢はおちついて答えた。

「おいは西郷隆盛《たかもり》ごわす」

護衛の士卒は顔色を変え、騒然とうろたえた。

西郷は津田の率いる和歌山藩兵の戦力を、きわめて警戒していた。

津田は西郷隆盛、大久保利通、木戸孝允らに会い軍制改革の内容につき詳細に陳述することを求められた。

津田は政府首脳と懇談をかわすうちに、彼らが廃藩置県を決行する時期が切迫していると感じた。言動のうちに緊張している内心が読みとれるのである。津田は薩長土の三藩の兵を動かしても、全国三百余藩の政府を一挙に解消させるのは、到底望みえない難事ではないかと、彼らはためらっているのだと察した。

廃藩を断行するとき、まず大藩を味方にひきこまねばならないと考えて、わしの内心を読もうとしているのやと、津田は察した。

新政府の騒動

政府が廃藩置県の大号令を発したのは、明治四年七月十四日であった。全国二百六十九藩主の領地、財産、行政権のすべてを政府へ提供するという、諸大名が存在を失うにひとしい大打撃をうける。

政府は明治二年（一八六九年）六月につぎの布達を発した。

「自今《じこん》公卿《くぎょう》諸侯の称を廃し、あらためて華族と称すべき旨、仰せ出されること」

公侯伯子男の五階級の爵位《しゃくい》をさだめたのは、明治十七年七月に発布された華族令によるもので、このときは所領四十万石以上を大藩、十万石以上を中藩、一万石以上を小藩という大、中、小の三等級に分けられただけであった。

石高《こくだか》は玄米による実収入であった。それが政府へ出資する財産であると見なされた。

廃藩置県が実施されたとき、全国諸藩主が反撥の気配をまったくあらわさず、私領を国家にさしだしたのは、大名たちが革命というほかはない政治の大変動がわが身にふりかかっているのを、理解していなかったためだという説がある。

士族はこれまでと変らず俸禄《ほうろく》を与えられる。藩主は知事と称号を変えるが、世襲制度は存続する。士族は官吏《かんり》として県政に参与する。この三条件が固守されてゆき、旧幕時代とまったく変らない政治体制が存続してゆくという解釈のうちに、安住していたというのである。

経済規模の弱い小藩は、戊辰《ぼしん》戦争以来の軍備増大と諸物価高騰のインフレに悩まされ、藩札を濫発し贋金《にせがね》をさかんに鋳造《ちゅうぞう》する。政府は外国商人から損害賠償を請求され、取締りを厳重にしていた。

運営資金に窮し、軍事行動に出る余裕さえなかった諸藩が、廃藩置県の真実の姿に直面しても叛乱の火焔《かえん》を燃えあがらせる体力をそなえていなかったのが、事実であったといえるだろう。

和歌山藩戍営都督《じゅえいととく》心得、権大参事をつとめていた陸奥陽之助は、諸藩に武力反抗の動きがまったく見られない意外な情勢に直面し、藩政の舵をとりそこなってはならないと、津田出、北畠道龍、岡本柳之助ら首脳と協議をかさねた。

陽之助は当時の情況をつぎのように記している。

「私の身分については、ひとつの困難なことがあった。当時私は和歌山藩で軍務をすべて支配し、三年ほどの間に天下にさきがけてドイツ式の徴兵令を実施し、ほとんど全藩の壮丁《そうてい》を軍隊に組織する大拡張を実施していた」

薩長土肥と戦端をひらき、天下の権を争奪するのも不可能ではないほどの近代式軍隊を創設した陽之助たち藩兵指揮官は、政府承認のもとに莫大な藩費をついやし、強大な戦力を養ってきた。

陽之助は藩兵を解散すると発表すれば、殺されかねない。

「これまで育成してきた兵備を、突然政府の命令であるとして解散せざるをえないことに至った。そうなれば壮年血気の士官たちはただでは収まらない。

おおいに激論をとなえる者があって、この連中をなだめるのに非常に苦心したが、さいわいにも私の計画によって事はおだやかに収まった。

このように廃藩置県後の処理については他藩とちがい、和歌山県の善後策はきわめて困難な事情を感じたものであった」

和歌山藩兵は解散に反対した。

「わいらはよその藩兵とはちがう。政府のゆるしを得た、四民平等でできあがった兵やさかい、よその藩兵が解散しても、わいらはこのまま国のためにはたらくべきやろが」

二万の精兵を手中にしておれば、薩長土の威勢に圧迫されることはない。

聯隊《れんたい》長、大隊長らは和歌山藩が単独で政府に武力反抗をおこない、薩長勢力の専横を挫折させるといきまいた。

だが豪勇を知られる道龍は、強硬派の士官たちを思いとどまらせようとした。

「お前らが何としても挙兵したいというなら、陸奥のいうてる通り、東海道と中山道あたりへ出向いて、世間の雲行きを見てくることやなあ。

諸藩がいずれも朝命を聞きいれてるとき、政府に楯ついたら朝敵《ちょうてき》になるんや。向かい風をまともにくろうて、大義名分のない戦をやって勝ちめがあるか。二万の兵の屍《しかばね》を野原にさらして死ぬだけや。

こげな結末になるとはわいも思うておらなんだが、大名が阿呆ぞろいやったさかいしかたない。眼ぇつむって長い物に巻かれるしかないのや」

聯隊長岡本柳之助は長州出身の兵学寮長鳥尾と激論した。鳥尾は思わず口走った。

「そこまでいうのなら、政府が和歌山征伐をやるしかなかろう」

岡本は猛《たけ》りたって応じた。

「よかろう。おんしゃは長州の兵を率いてこい。相手をしてやるで。以前の合戦では負けたことになってるけど、こんどはそうはいかんぞ」

斬りあいがおこりかねない殺気立った応酬になったが、陽之助、道龍がとりしずめた。和歌山藩兵隊は一カ月のうちに解散し、陸海軍の装備は政府のものとなった。陽之助は八月十二日に神奈川県知事に任命され、和歌山を離れた。藩庁にこのうえ滞在していては暗殺されかねない、殺気立った形勢であった。彼は陸奥宗光と称するようになった。

津田出は廃藩置県ののち七月二十八日に大蔵少輔に任ぜられ、従五位《じゅごい》に叙せられた。北畠道龍は六等奏任、兵学寮長に任ずるとの内命が下ったが、辞退した。

「愚拙《ぐせつ》は僧侶で、天下国家のことについては別になすべきところがあり、朝廷に勤仕すべき人材はあまたおられるゆえ、適任の士を求められよ」

政府内では道龍を陸軍少将として迎えようとの声が高く、任命されることとなった。陸軍将官は陸軍大将が有栖川宮《ありすがわのみや》、西郷隆盛、中将は山県有朋《やまがたありとも》、黒田清隆、少将は鳥尾小弥太、桐野利秋、篠原国幹《くにもと》、野津鎮雄《しずお》、谷干城《たてき》、山田顕義、津田出ら十数人にすぎない。

政府は道龍が辞意をひるがえさなかったので、徴兵制推進の功績が高かったことを賞し、一時金三千円を下賜《かし》した。

廃藩置県のあと、明治五年になると薩長閥の政府のなかで孤立した津田出の身辺に、冷遇の風が吹きはじめた。

津田が西郷隆盛に招かれて上京したとき、対面して郡県制度、徴兵令実行についての方策を述べ、見識のそなわった首相を置き、改革を急ぐべきであるとする持論を説いた。

西郷は津田のいうところをすべてうけいれた。津田は隆盛をはげましていった。

「首相になるべき仁は、徳望天下に高く施政に利刃の冴えをあらわす、西郷先生のほかにはありません」

隆盛は応じなかった。

「いや、俺《おい》にはそげな大事をやりこなす器量はなかごあんそ。津田さあこそその職にふさわしか」

津田は首相になってもよいと意中をあかした。隆盛は感動していった。

「こんうえは、なんとしても津田先生を首相に推薦いたし申んそ。そんときはなにとぞご辞退下さるな。不肖なれども吉之助（隆盛）は先生のもとで力をつくし申んそ」

津田は隆盛に聞かれた。

「先生のご経綸《けいりん》をもっとお聞かせ願いとうごわす」

津田は語る。

「日本がおこなうべきは、東洋経略です。西欧諸国はこのさきいきおい強く東洋に干渉してくるでしょう。その動きが早まらぬうちに日本は動かねばならず、いまが逃してはならない好機であります」

隆盛は大きくうなずき、深い同意をあらわした。

隆盛は津田を信頼し、彼を首相にするため政府内部で力をつくしたが、反対者が多かったのでやむなく弟従道《じゅうどう》を和歌山へ出向かせ、津田に詫びさせた。

それほど隆盛に信頼された津田は、名声を大きくそこなう事件にまきこまれてしまった。明治三年十二月、旧和歌山藩では知事徳川茂承が、藩政改革に貢献した津田出大参事以下十人の臣僚に終身分（三十年間）の賞賜米《しょうしまい》を下賜することとなった。

十人のうちには宗光の兄宗興《むねおき》も選ばれていた。彼は明治三年五月に集議院権判官、正六位に叙任されたが、同年閏十月に免官、そののち集議院幹事として東京に滞在を命ぜられた。

明治四年十二月に広島県参事に任命されたが、それまでの約一年は無官であった。宗興は同年六月に賞賜米を十七年分に割引換算して、一括前払いをうけたいと和歌山県に申請した。

津田は宗興と同様の申請を八月におこない、一万六千八百八十一両を受け、宗興は三千三百七十六両を受けた。

藩庁のこの措置は法規に背いたものではなかったが、県内から激しい非難が湧きおこった。津田が藩政改革に際し実施したきびしい俸禄削減の恨みを忘れていない士族が、長く胸に抱いていた憤懣を噴きださせたのであった。

政府に送る津田、伊達宗興弾劾《だんがい》の書状がふえるばかりで、明治五年一月に大蔵省が調査をはじめ、司法省により詮議がおこなわれることとなった。

同年十月二十九日、裁判所は徳川茂承に詳細な報告をして政府の決裁をうけず、専断のおこないがあったとして罰金十両二分を科した。宗興は明治五年八月に広島県権令に任命されており、津田出とともに賞賜米終身分一時払いをうけたが、その処置につき不都合の点がないので無罪となった。

津田は徳川茂承のあとを継ぎ新藩知事となった三浦安《やすし》により、「職業不似合」という罪名で百日の閉門に処された。

職業に似合わないふるまいとされた罪名は、わが権力を気ままに使ったという、刑罰をうけるに値いする行為であるか判然としなかった事実をあらわすものであった。

津田らはさっそく賞賜米の返納をはじめたが、宗興が現職にとどまっていたのにくらべ、津田は大蔵省四等出仕を罷免《ひめん》されるという厳しい処分をうけた。

当時は司法制度も確立していない。検事という役職もないときに、津田らを告発したのは、密偵を使い政府部内、諸県役人の行状をうかがう「監部」（政府密偵）という機関であったといわれる。

津田を高く評価していた西郷隆盛は、私財をたくわえることを嫌い、岩倉使節団副使として渡米中の大久保利通《としみち》へ送った書状などに、津田への憤懣を語っている。

その内容は、和歌山県民から大蔵省へ通報した津田弾劾の伝聞である。

「津田は思いがけない奸物《かんぶつ》だ。県の賞賜金十七カ年分、一万七千両をまとめて受けとり、その段取りは旧藩のときにすでに決定していたと発表した。

県民たちは激昂して津田攻撃をやめない。津田は大蔵省にも相手にされず進退きわまって陸奥宗光に頼み、井上馨《かおる》にとりいって彼の居宅を旧和歌山藩知事徳川茂承に七千円で買いとらせた」

事実とはちがう風評に隆盛はまどわされているが、彼は高官がわが懐を肥やすのは国家を害する盗賊であるといい、維新後の薩長士族を中心とする官僚の経済面の不正を指弾してやまない人物であった。

彼は明治二年、在世の間、年間二千石の賞典禄を太政官令により与えられたが、返上を奏上し、うけいれられなかったので、それを鹿児島県庁に預け、私学校建設資金などに使うことにしていた。

「和歌山県内の騒ぎが強まると、津田は井上の宅へ出向き、弁舌で引きこみすぐに司法卿にしてもらいたいと頼んだ。それで和歌山の反対者をおさえこもうとするなど、山師の親玉というしかない動きを見せている」

隆盛は当時大蔵大輔（次官）であった井上に、このとき津田を司法卿に就任させる同意をすでに与えていたが、憤激したためそのような経緯を忘れたような口ぶりである。

「津田のような兵制改革の大功をたてた者は維新以来ほかにはいない。だが利欲に惑い功名が水の泡となったのは、残念このうえもない」

津田はこのとき、本来犯罪とはならない行為を県民によって悪事として全国にいいひろめられた。出る杭は打たれるのたとえをわが身によってたしかめたのである。

宗光は津田の事件のあと、父宗広から今後の生き方についての方針につき、留意すべき点を説いた手紙をもらっている。

「しだいに官途昇進してゆくとき、いつもいっているように、他人との交際をなごやかにおこなうのが第一である。

もっとも国家には法令があるので、しいて他人との交際に心を用いることはないとの意見を口にする者もいる。

しかし気が弱くて他人との和をこころがけるというのではない。法規に頼り正しいと信じる道を歩むうちにも、いささかの配慮をすれば、誰とでもあい和することができる。芝山子《しざんし》（津田出）のような、図抜けた実行力と識見をそなえた人でも、事があのように運んでしまってはわずかに一族だけが茫然としているばかりで、県内に彼の能力を愛惜する者がいないではないか。そのさまをそれ見たことかといわんばかりの顔つきの多い者を見れば、彼に他人をなごやかにうけいれる気分がなかったためであることがわかる。

そうであれば大功をたてようとする者は、かならず他人との交際に心をつかうべきで、お前もよく留意しなければならない」

津田は名声を失い、活躍の場を失おうとしたが、政府は彼の才能を埋没させなかった。

彼は明治七年に陸軍大輔となり少将として国軍編成に活躍した。明治八年には元老院議官を兼任し、刑法、治罪法、陸軍刑法の審査委員となり、明治二十三年には貴族院議員に勅選された。

日本陸軍の徴兵制度を確立させたのは津田で、陸軍卿として国軍の基礎をつくったとされる山県有朋は、表面上の責任者であったにすぎないといわれる。

いったん汚名をうけたのち、八十五歳で没するまで政府要職に就いていたのは、非凡の才腕をそなえた人物であったためであろうが、県内士族との交際に配慮しておれば、維新の傑物としての声名を、天下に馳せていたであろう。

宗光も津田と同様に叛《はん》骨稜々《こつりょうりょう》たる人物であった。二万の強兵を擁する和歌山藩を背景に、薩長の藩閥《はんばつ》を圧倒して国政の主導権を握ろうとした策略は、このさきも機を見てかならず実行しようと考えている。

現実を判断する明敏な資質をそなえた宗光であるが、わが身にくらべはるかに才能に劣る藩閥につらなる者たちが、上位の役職に納まってゆくのを黙過できなかった。

――何の切れ味もない鈍刀のような奴ばらが、藩閥を利用して政府の要職を占めてゆくのを、そのままにはしておけん。いつかはひっくりかえしてやる――

諸事に用心深い宗光が、政府省庁の大官となっている薩長閥を憎めば危険を招くことを忘れ、身内の血をたぎらせたのは父祖から伝えられた、強烈な独立独行の精神のもたらすものであった。

宗光は明治四年七月四日に出京の命令をうけ、八月十二日に神奈川県知事に任命されている。和歌山藩の大兵団を放置し、いなずまのようにあたらしい職場に身を移した。

ぐずついておればどのような騒動にまきこまれるか知れなかったためである。

知事となった宗光は記している。

「神奈川県在任中は多少県制改革等の事もありたれども、ここに特記するほどの要なし」

県庁の官僚たちは薩長閥につらなる者が多い。人民に横柄で宗光が出勤すると土下座して迎える。

「そんな卑《いや》しいふるまいはやめろ」

宗光は不要な儀礼をやめさせた。

彼は十五歳から十九歳まで江戸で貧窮《ひんきゅう》のうちに漢学修行をしており、世間の表裏を知っていたので、部下の仕事の裏面まで見抜いた。

あるとき川の護岸工事に使う杭の寸法が、実寸よりも短いように思ったので土木責任者に質問したが、まちがいはないと確言する。杭注文書には許可印をおした。だが気になるのである晩寒い時候であったが現場に出向き杭をあらためると、やはり寸法が足りない。

土木部の連中は工事現場で酒をくみかわしていたが、宗光がたずねると傲然と答えた。

「寸法にまちがいはなかごわす。お疑いが過ぎもんそ」

宗光は怒って着物をぬぎ、河中に入り杭を抜きとってきて、役人らの前に投げだす。

「この場で測ってみよ」

杭の寸法は足らなかった。宗光は責任者を免職処分にした。

夜間に市中の交番を巡視し、眠りをむさぼっている者は叱りつけ、業務をつとめている者を褒め、牛鍋を買いもとめ食べさせた。

県庁役人のはたらきは一変した。

明治五年二月十一日、蓮子夫人が次男を出産してのち二年ほどを経て体調を崩し亡くなった。

宗光は同年四月、「田租《でんそ》改正議」を政府にさしだした。旧藩時代には田畑についての租税の課税標準が一定していなかったので、全国の土地に対する課税を一律に定めることは、国家予算編成のために必要とされていた。

宗光の建白書は従来の田租の欠点をついていた。

「わが国の田租は時代の変化にともないいろいろと変わってきた。その方針は一得あれば一失あり不完全であった。

面積をはかる検地、実際の生産量をはかる石盛《こくもり》は公正にはおこなわれない。奸吏《かんり》は賄賂《わいろ》をもらい手加減をする。狡猾《こうかつ》な人民は奸吏と通謀して利得を手にする。

奸吏ではない老練な役人でも正確な算定はおこなえない」

政府は翌年の経費を今年のうちに予算として計上せねばならないが、翌年の農作物の豊凶は今年のうちにはわからないと、宗光は指摘する。

「藩政の時代は各藩で租税として米を納めさせた。いまは全国の米を一カ所か二カ所に集めねばならないので、収税法が繁雑《はんざつ》で不公平きわまりなくなる」

その欠点を解消するため、これまでの田租の規準を廃し、田畑の実際の価格によって地租を徴収するのがよいと宗光はいう。

「たとえば田畑の原価の百分の五を地租と仮定する。甲の土地は肥えていて水利の便がよいので一千円とすれば、地租は五十円になる。乙の土地は痩《や》せていて作物が育ちにくい。従って地価は五百円、地租は二十五円となる。

この徴税法は金納であるため運送費もいらず、簡単公平である」

六月十八日、宗光は租税頭《そぜいのかみ》に任ぜられた。

宗光はのちに当時のわが行動について記している。

「私は官僚となってのち知事などをつとめ、地方の政務にかかわってきたので、特にわが国の税法が不完全であることに気づき、地租改正を大幅におこなわねばならないと主張して、政府へ建言した。

政府の参議大隈重信《おおくましげのぶ》、大蔵大輔井上馨らは私の考えにおおいに同調し、ついに明治六年五月十五日大蔵省三等出仕に任ぜられ、租税頭を兼任した。同年六月十七日には大蔵少輔心得として事務を取扱うことになった」

ここで当時の事情を説明しておく必要がある。

明治四年十一月、岩倉具視を全権大使とする、条約改正を諸外国にはかるとともに、欧米視察に出国した大使節団が明治六年の五月から九月にかけ、帰国してくる頃、大蔵省と他省との対立が激化していた。

大蔵卿大久保利通が外遊のあいだ、実権を委されていた大蔵大輔井上馨と大蔵省三等出仕渋沢栄一が、参議兼司法卿江藤新平と予算問題で対立し、井上らは明治六年五月七日に辞職した。

徴兵制実施にともなう軍事費激増。交通、運送、通信、建設事業を進めねばならない工部省予算。義務教育制にともなう文部省予算の激増によって、年間およそ一千万円の歳入赤字を見込まねばならない。

政府の維新以来の負債は一億四千万円に及び、償却の手段がなかった。万策尽きたとして引退した二人にかわり、参議大隈重信が大蔵省事務総裁として就任し、実務をおこなうため宗光が大蔵少輔心得として「明治六年歳入見込会計表」を作成することになった。

宗光は井上らが主張するほど国家財政の危機はきびしくないという結論を出したが、彼は六歳年上の上司である大隈の政治能力が高度なものでないことを見抜いていた。

大隈は人心がなにを望んでいるかをよく理解していた。訪ねてくる者はいかなる職業であっても面談し、願望を聞きとどけてやる。

誰のいうことも感心したように熱心に聞き、反対の意見をいう者がいても、どちらにも賛成している。

坂本龍馬はかつて長崎で会った大隈についての印象を、宗光に語った。

「近頃大隈に会うたぜよ。口がようまわりゆうき、論も立つじゃいか。有為の人物に相違ないけんど、天下の事は何なりとも口舌で動かしてゆけると思うちょるがじゃ。僕らはこの数年、国家のために四方へ奔走《ほんそう》したがじゃ。いろいろの難儀が身にふりかかるのを議論によっても凌いできたじゃねや。

けんど最後の覚悟は腕力じゃった。そのあげくに死んでもしかたもなあと思うちゅう。大隈の胸のうちにゃそげな覚悟はすこしもなかじゃろ」

大隈が口舌の徒にすぎないという見方は、政界にひろまっていた。

西郷隆盛は全国士族の代表とされていた。農・工・商にたずさわる民衆に徴兵令を発して国民皆兵制度を創設するのは、彼を支持する士族を失職させることになる施策であった。

だが外遊から帰国した弟従道から欧米の兵制を聞かされると、断固として徴兵制を支持した。反対派である士族から刺客をむけられ、暗殺されるのは覚悟のうえでの決断であった。大隈にはそのような覚悟がそなわってはいなかった。

木戸孝允が欧米を視察して帰国したのは、明治六年七月二十三日であった。宗光は八月五日に木戸に面会し、井上馨、渋沢栄一らの辞職以来の大蔵省における実務における難問題の説明をおこない、八月二十四日には木戸が深川清住《きよすみ》町の隅田川沿いの自宅を訪ねた。

木戸はその日のことを書きとめている。

「午後二時に陸奥と約束していた通り、彼の家を訪問した。春以来の変動の原因を聞き、そのときの情景を聞き、租税についての改良点などを論じた。そのあと陸奥の父自得翁（宗広）に面会した。前島（密《ひそか》）駅逓頭《えきていのかみ》もやってきた。雑談をして酒をくみかわし、また書を揮毫した。

帰るときはすでに午前一時で、由良守応《もりまさ》と車をつらね帰宅した」

宗光はその後、書状を出張先の大阪から木戸へ送り、参議大蔵省事務総裁大隈重信批判をおこなった。大要を現代語にすればつぎのようになる。

「国家として現在の大きな患いは大臣が経済に通ぜず、官僚の用務を理解せず、ただ開明の空論をいうばかりで政治の真理を失うことです。

人民に自由の権を与えようとして、その程度順序を考えないので、かえって人民に疑われる。説くところを聞けばたいへん理にかなっているが、実行するところはおおいに誤っている」

宗光がいう大臣は大隈であると一読すればわかる。

「大臣は政府をわが家と思うようなふるまいをしている。その実情をあげるなら、いくらでも出てくる。去年から大臣の勝手きわまりないふるまいをおさえようとしたのは、前大蔵大輔井上馨氏であった。

しかし井上氏が大臣に反抗するには地位も権力も劣るので、政府はそのいうところに同意しても、裏面では大臣を糾弾できない。各省は予算問題ですべて大蔵省を敵視して、井上氏はついに辞職してしまった」

井上、渋沢辞職のあと大蔵少輔心得としての業務を実行した陸奥は、大隈の支配下における大蔵省の状況をするどく指摘する。

「井上氏退職のあとを継いだ大臣は、権力を十分に生かさず、名目上は諸省の要求に応じ、実情を見ようとせず、赤字の累積を無視するので、新政さかんであるとの声は高いが実際は人民が貧窮に苦しめられるばかりである」

宗光は山積する収税帳簿は、歳入を計上しても空算であるという。

「明治四年廃藩ののち、各県は旧来の収税慣習を改めず、各県の収税法はすべて違い、帳簿は完備せず。歳入は空算をもとにしているのである。

ただ各県はその懐ぐあいによって歳入、歳出高に猶予をつくっているようだ。しかし、それを裏づける帳簿はない」

宗光は大蔵省の執政をとる大臣が、理財困難のときに倹約して会計にあたるのが当然だ。しかるに無責任な空論に応じ、国費を節せず、諸省の開化の虚声に応じているのは、国家の確立しようとする基盤を崩しかねないと指摘する。

「そうして各省が学をおこし、法を編し、工業を進め、徴集制をしき、あらゆる実行に着手する。事を興せばそれなりの費用がかかる。租税額はこれにあてるに足らない。方々で不正がおこなわれ、予算の裏付けのない事業をおこせば、費用はどこから出るか。国は何によって基盤をかため、民衆は何によって堪えるか」

宗光はいま政府の大臣たちは、各藩の声威、維新の勲功《くんこう》などさまざまな経歴をそなえた人物だが、その連中を使い、百度政府を組みなおしても何の益もないという。

宗光は結論として木戸に告げた。

「閣下に望むのは、政府の体面を改めることではなく、その内実を改めることである。制度を改めるのではなく、人を改めるのである。

人材を得たときは、制度改革など何のむずかしいことがあろうか。いま人材さえととのえればよい。私は人材を幾人か推挙することができる。

もう一度お目にかかり、この点を詳しく申しあげたい」

木戸は宗光の書状を受けとった数日後、太政大臣三条実美《さねとみ》に大隈の大蔵省からの引退をはかることをすすめる書状を送っている。

「大蔵省には外遊から戻った大蔵卿（大久保利通）がおられる。そのうえに大蔵卿留守中に総裁となった大隈に、このうえ大蔵省を預けておくのはいかがなものであろうか。

あなたもお考えの点があろうと思うので、このうえは申しません」

木戸が三条にうながした大隈重信の大蔵事務総裁解任の人事は、実現しなかった。まもなくおこった「征韓論」の可否を争って政府が分裂の危機にさらされた騒動の渦中に、大隈の問題は消えたのである。

国家財政において困難をきわめたのは、諸藩の放漫な経済政策にあったと大隈はいう。諸藩は商会をつくり通商貿易をおこなっていたが、それは「士族の商法」で、営業に失敗し、破産の惨憺たる状況に陥るものが多かった。それも諸外国を相手にする者があるので、外交財政上の訴訟となっている場合もめずらしくなかった。

これらのすべてを整理するには粗悪紙幣の償却の問題がからみ、狡猾な商人がさまざまの詐欺手段を用いている。

これを調査してみると、関係書類、帳簿を不整頓にして、調べようがない。維新前は老練な役人が管理していたので、藩政に規律があったが、新政府になったのちは経済に何の経験もない若者が役につき、これまでやってみたいと願望していた放蕩《ほうとう》逸楽《いつらく》をかさねる。

藩政から県への引き継ぎをするとき、ゆきがけの駄賃に、私利をむさぼる不正不当のふるまいをおこなってはばからない。

このような内情を大隈は知りつくしていたようである。

彼が国家の豪商を動かし政務をおこなえば、私利をはかるのは簡単きわまりなかったであろう。

宗光は全国の大藩が開港場に出張所を設け、通商貿易をおこなわせて担当の奉行に事業を一任したのを知っている。出納所は独立採算制をとっているから、奉行らはいろいろの詐欺手段を使い出納内容を偽造していた。

宗光が観察すれば、政府財政をあつかう大隈は、まったく信用ならない人物であった。だが彼の願望はまったく満たされなかった。

明治六年八月、岩倉使節団の不在中に留守内閣参議の西郷隆盛と板垣退助、後藤象二郎、江藤新平、副島《そえじま》種臣《たねおみ》らが、のちに「征韓論」と呼ばれる議事を決定した。

西郷隆盛が使節として朝鮮におもむき国交を願う。朝鮮は排外方針をあらためず、隆盛を殺害することもありうる。

そのときは日本が武力によって開国を求めるという方策である。

岩倉使節団は欧米の現況を視察して、いまは日本が国力充実に専念すべきであるとして、「征韓論」に反対したのである。

「日本人」

岩倉使節団が欧米に出向いたのち、政府の舵取《かじと》り役をうけもったのは、大隈重信であったといわれる。

彼は岩倉具視、木戸孝允、大久保利通から、あとの事は頼むといわれたとのちに語っている。

西郷隆盛、板垣退助らは軍人として大立者であるが、行政面の繁雑な業務をおこなうのは苦手である。

道路開発、橋梁《きょうりょう》をかける、港をこしらえる。国費をまかなうための徴税《ちょうぜい》などのわずらわしい仕事を手早くかたづけることができない。そこで岩倉らに内閣の実務を頼まれたというのである。

大隈は明治三年頃まで、西郷、大久保の両巨頭から嫌われていた。大隈は薩閥にうとんぜられては内閣における地位が安定しないと見て、大久保に急接近をはかった。

彼は大久保の説くところをすべてうけいれ、自分にとって失うところが多い政策であっても、まったく反抗批判することなく従ったので、大久保は大隈を股肱《ここう》として用いるようになった。

木戸が大隈を遠ざけるようになったのは、彼が大久保に接近するのが気にいらなかったためであった。

大隈はのちに語っている。

「岩倉全権大使らが欧米を巡遊しているあいだ、午前中は内閣（正院）の閣議に出席する。天子さまもお出ましになった。大広間で昼までは鳩首《きゅうしゅ》協議しているが、昼になると休憩所に出向いて弁当を食う。

大西郷や板垣は弁当を食ったあと、二人で雑談をつづけ閣議に出ない。会話の内容は戦争の思い出、相撲、魚釣りや射撃などについてのくだらない話だ。わずらわしい政談がめんどうくさいんだな。

大西郷は印鑑を私に預け、必要なときには捺印《なついん》してもらいたいといった」

大隈には西郷が日常の行政については彼に任せる真意が理解できなかったわけである。菜っぱを刻むのに大鉈を用いる必要がないことを、知るべきであった。

明治六年十月二十四日、征韓論の争議は岩倉、大久保、木戸らの内政を中心とする方針が廟議《びょうぎ》で採択された。

国内にわだかまっている国民の鬱屈《うっくつ》のはけぐちを、国外に求めようとする西郷隆盛の企ては、太政大臣三条実美が病に倒れ、右大臣岩倉具視が太政大臣の代理となり、却下を上奏《じょうそう》し許されたため、ついえた。

西郷が使節として韓国へ派遣されることは、すでに三条太政大臣から天皇に内奏し、裁可をうけたものであった。だが岩倉は参内し天皇陛下に反対の意見書を上奏し、ご裁納されたのである。征韓を主張した参議、西郷隆盛は十月二十三日、板垣退助、後藤象二郎、江藤新平、副島種臣は、否決された翌日の十月二十五日に参議を辞職した。

陸奥宗光は征韓論に反対の意見を抱いていたが、西郷ら五参議が辞任する大変動にあたり、自分にいかなる立場が与えられるかと情勢の転換をうかがった。

政府は五参議下野の二十五日、伊藤博文、勝安芳（海舟）、寺島宗則を参議に任じた。これまでに引きつづき参議に留任するのは、大久保、木戸、大隈、大木喬任《たかとう》である。

大久保は新設する内務省の長官になるため、大隈を大蔵卿にした。宗光は木戸に大隈の能力の至らない内容を告げ、自分が彼と立ちかわり大蔵省の政務を掌握したいと頼みこんでいる。

木戸が今度の人事変更に際し、宗光をなんらかの形で抜擢してくれるはずであった。だが旧幕臣勝海舟を海軍卿に任命する思いきった人事をおこないながら、政府は宗光を現職のままにすえおいた。

大蔵少輔心得といえば、宗光の傑出した才能をまったく無視した一局長の地位である。大隈が大蔵卿になれば、宗光は大輔に任命されて当然であった。

宗光は胸のうちで怨恨の炎を燃やした。

――大隈は政府の大政に加わるために、木戸と大久保の仲がわるいことに眼をつけた。それであいつは大久保にとりいったのや。俺は木戸に近づいた。相手の選びかたを間違うてたさかい、大隈に出し抜かれたのや――

大久保は西郷とともに薩閥を率いる、政府の原動力といえる実力者であった。

木戸は大久保と対抗しうる、長州閥の代表である。だが木戸は健康を害していた。

彼は太政大臣三条実美に大隈重信の大蔵省務引退をすすめながら、自分が辞職したいと告げていた。

今後、政府の主柱として強大な薩閥を動かしてゆく実力をそなえる大久保と、政治の表面から姿を消したい木戸のどちらを三条は期待するか。考えてみればあきらかである。

宗光は土佐の「いごっそう」と呼ばれる、臍まがりの志士たちに立ちまじり、維新を迎えた。彼が兄のように親しみ、海援隊士として坂本龍馬とともに波瀾のなかを切り抜けてきた経歴は、消そうとしても消えない性向を彼のうちに植えつけてきた。

龍馬が生きのびて新政府の参議となっておれば、宗光の政治における足跡は、めざましくはなやかなものになっていたのではないか。龍馬は西郷隆盛と気があうが、大久保利通とは親密な間柄とはいえなかった。その晩年は鹿児島、長崎にいるよりも長州に身を寄せることが多かった。

宗光が明治元年正月に新政府の外国事務局御用掛に任命され、辞令に「土州《としゅう》陸奥陽之助」と書かれたのは、龍馬との深い交情を示すものであった。

宗光が大久保よりも木戸を頼ろうとしたのは、そのような経験に押されてのことであったのかも知れない。

この頃家庭生活には恵まれていた。明治五年二月に蓮子夫人が病没したあと、まもなく金田亮子という十七歳の女性を妻に迎えた。

播州（兵庫県）竜野藩士の娘といわれる亮子は、新橋の名妓として知られた柏家《かしわや》小《こ》兼《かね》であった。

彼女は身持ちが固いが、どんな気むずかしい客の座敷でもとりもちが上手であったといわれる。

宗光はその年十月頃から持病である肺のぐあいがわるく病床についていたが、十一月十七日に熱海へむかい療養することになった。二十日ほど湯治をするつもりであったのが、さらに二週間ほど延期することになった。

——西郷さんら征韓派が廟堂を去ったのちは、薩摩、長州、肥前の勢力が政府を握りおったなあ。参議やら卿になった顔ぶれは、本人の力量よりも、裏の勢力のはたらきによって押し出されたのや——

日をかさねるうちに枕頭に伝えられる政府構成の人々が、土佐を排除した三藩出身者で占められてゆくのを聞くと、宗光は全身の血が逆流するような憤懣をおさえられなかった。

公卿出身である三条と岩倉が太政大臣と右大臣、勝安芳が参議兼海軍卿になったのをのぞけば、政府の実権を握っているのは、露骨なまでに藩閥を代表する存在が揃っていた。

薩摩は大久保利通（参議兼内務卿）、寺島宗則（参議兼外務卿）。

長州は木戸孝允（参議）、伊藤博文（参議兼工部卿）、山県有朋（陸軍卿）。

肥前は大隈重信（参議兼大蔵卿）、大木喬任（参議兼司法卿）。

彼らの下には二千人をこえる勅任官、奏任官が芋づる式につらなっている。

宗光は病床を見舞いにおとずれる旧友たちから、あたらしい政府機構をつくりだしてゆくのが大久保であることを、知らされていた。

彼は病床で内心を洩《も》らすことがあった。

「俺はどんな相手でも頭からくわえこんで押さえつけ、思うように操りよる大久保がどうにも虫が好かなんだ。しかしいまになって思うてみたら、木戸に寄りつかず、大久保がなにを申してもはいはい、あいわかってござると一から十までいう通りに動き、とうとうあの変物の懐へ入りこんでしもうた大隈は、俗物なりに狙うた的を射落としおったなあ」

下手な才覚をはたらかせてしまったと、落胆と焦燥に身を焼かれる思いの宗光は、もはや大蔵省ではたらく気がなかった。

明治元年、外国事務局御用掛としておなじ地位にいた伊藤博文と大隈が、それぞれ参議と卿を兼任している。大隈の下で大蔵少輔心得としてはたらくならば、浪人となったほうがいいと宗光は思った。

彼は九月頃に参議後藤象二郎に頼み、大蔵省から他の省への転任をはかっていたこともあったといわれるが、成功しないまま後藤は参議を辞職したので、宗光は窮地に追いつめられることになった。

明治六年十二月末近くなって、宗光は熱海での療養生活をきりあげ、東京に戻った。

明治七年正月、大阪にいた父宗広が、宗光にあてつぎの短歌を送ってきた。

春風の　雪のとざしを　吹くまでは
　冬ごもりせよ　谷の鶯《うぐいす》

宗広が息子の心中を察していた通り、宗光は現在の立場をなげうち、退官を決意していた。

彼は正月朔日、「日本人」という論文を発表した。

その内容は、薩長勢力による藩閥勢力を正面から弾劾するものであった。あらましを現代文でしるすことにする。

「日本人とは西は薩摩から東は奥蝦夷《おくえぞ》に至るまでの地域に生まれ育ち、日本帝国政府のもとに支配される者のことである。

日本人であれば身分の尊卑、賢愚、貧富、強弱のいずれにもかかわらず、日本に対する権利義務を持っている。

国家行政のうえからいえば、日本の安全幸福をはかる事柄は政府大小の官吏の職務にかかわるものだ。

政治にかかわらない平民は、国法に従うまでである。政府の大官は政治を実行することで、権利はもっとも大きく、義務も同様に重い。

小官吏はその権利はやや小さく、義務もやや軽い。平民は権利義務にはまったく縁がないようだが、そうではない。その義務は税金を政府の費用として納め、一定の年齢に達した青年は、徴兵令に服し全国の安全を護ることである。

その権利はそれぞれが政府の用命に服し、幸福で安らかな生活を過ごしつつ、手中にする利益、名誉などを政府、または他人から奪われることがおこれば、その損害の回復を政府に求めることである。これは平時における人民の政府に対する義務と権利である」

宗光の躍動する叙述は、人民の権利義務について説きおこしてゆく。

「また政府の施政のうえでも国民一般の弊害となるようなことは取りのぞき、利益となることはおしたてるよう請求することも権利である。

政治面において国民一般に害を及ぼすもの、また政府の不公平な処分によって国の安全がやぶられ、危難を招きかねないとき、忠告し議論をおこなう権利がある。

つまり人民も政府と同様の義務と権利を分担している。ふだんの行政について政府と人民の分担する部門は定められている。

だが国家の安全を保ち、危難を免れるとき、日本人は総がかりで立ちむかわねばならない。

日本人と名のある者は、一時といえども日本国の安全を忘れてはならない。これが国を立てる大原則である」

宗光は人民の権利義務が国家成立のために重大であることが、わが国では認められていないと指摘する。

「わが国の人民は、国家の安危存亡をすべて政府に任せ、まったく関心を持っていない者がおおかたである。国政は千余年来、藤原氏、平氏、源氏、北条氏、足利氏、織田氏、豊臣氏、徳川氏ら公卿、武家が天下を取ると勝手しだいに国政を扱ってきた。

嘉永六年（一八五三年）アメリカの使者ペリー来航ののち、幕府が鎖国制度を変え開国に踏みきったので、内憂外患《ないゆうがいかん》が一時におこり、幕府はおおいに苦しんだ。

ただ幕府に対抗する尊皇攘夷《そんのうじょうい》運動をおこしたのは、薩長土の三藩に、憂国浪士という一群の武士のみで、全国三百藩、三千余万の人口を擁する日本国の大半の人士は動きをあきらかにしなかった。

幕府は憂国浪士を弾圧し、三藩の有志をも捕縛断罪する『安政の大獄』と呼ばれる強圧方針をとった。

だがそのためにかえって幕府は崩壊し、王政復古が実現して廃藩置県にまで及んだ」

維新の争乱を鎮定し、王政復古を実現するために、もっとも功績をたてたのは薩長の二藩である。肥前は維新ののち先行の三藩と対等の政治上の実力をそなえた。

宗光は薩長土肥の四藩が、新政府の政治方針を独占するに至った経緯を、するどくついてゆく。

「つまりこの四藩の士人らが天下諸藩に先んじて、日本の安危を分担し、忠誠をあらわしたのだ。その功労により薩長藩主に十万石ずつ、土佐藩主に四万石、肥前藩主に二万石の賞典禄《しょうてんろく》を与えた。

その藩中の主立った士人たちにも、それぞれ賞典禄を与えた。

このような賞典禄をうけるのは、維新の功労の褒美であり、与えて当然といえる。しかり賞典には多少の評価のかたよりがあっても許せるが、官職はこれから職務の責任を果たしてゆかねばならないものであれば、これを過去の功績に酬いるものとするのはまちがっている。

昔の諺《ことわざ》にもいっているではないか。『人を賞するに職をもってすることなかれ』と。大官に就任するのは、国家に対する義務と権利が重大になる。

こんないきさつで大官になった人が、実際の政務で、国運の消長にかかわる大事の判断を誤ったとすれば、その損失を過去の功労によって相殺できるわけがない」

宗光は巧みな比喩《ひゆ》を用いて自説を展開させていった。

「たとえば甲家で火事がおこり、乙家の主人一族がさっそく駆けつけ、その災難を救助したとせよ。このとき乙家一族は甲家に手厚い協力をしたわけだから、甲家から乙家へ相当の謝礼をすべきである。

だがその後、乙家の一族が甲家の危難を救ったからといって、甲家の家財をほしいままに打ちこわせば、甲家主人はかならずその行為を責め、つぐないを求めるだろう。同様に国家に重大な功労があった人々でも、現在の職務に過失があり、あるいは法をまげるおこないのあるときは、日本人として見逃しておくわけにはゆかない。くりかえしていう通り、国民全体で国の幸福をわかちあい、急迫した難事をのがれるために分担してはたらくべきである。

現在政府のもっとも重要な地位にある大官は、維新の功労が最大である薩長の人々である。ゆえに日本の安危存亡の一切は、これら数人の大官の責任のもとにある。彼らが、政務のうえでほしいままに得失をはかれば、国民から咎《とが》められて当然である。

国民もまた咎めるべきことを大官の勢力と権威をおそれ黙過することは、国民の権利義務をおこなわないばかりではなく、維新に挺身《ていしん》した忠勇な人士の志をも無視するものである」

宗光の論鋒《ろんぽう》はするどくなりまさり、政府現状の欠陥を指摘してゆく。

「維新以来、政治のうえで廃藩置県などもっともよろこぶべき成果はあがっているが、国民が常に不満足の意を抱いているのはなぜか。その根本の理由は、大官が政治を執行するうえで公私を混同し、おのれの属する藩閥勢力を強化するため、裁量がきわめて公平を欠いている点にある。

いま政府の現状を見ると、参議以上に就任するのはかならず薩長土肥の藩閥出身者である。海陸軍のほか重要な職務を占める者も然り。政府のおおかたは藩閥につながることになる」

欧米に出張する吏僚も藩閥より出ている。そのほか大小の政務はすべて藩閥が身勝手にひきうけていると、宗光は彼らの敵意を一身に集めるのを覚悟のうえで、その実情を指摘してゆく。

「国民全体が受けるべき幸福を楽しみ、国家の安危に協力する本来のかたちは消え去っている。はなはだしいのは政治をおこなううえでもっとも公平でなければならない賞罰について、もっとも不公平で私利をはかる措置の多いことである。

そのひとつをあげれば、藩閥の内部で禁令をおかし贋金《にせがね》を鋳造《ちゅうぞう》しても罰しない。そのため他藩で、おなじ悪事をはたらいても見逃さないわけにはゆかない。

そのため貨幣価値が定まらない弊害が、全国にひろまった。

また藩閥より出て政府の最高首脳の職についている者（西郷）が、わが意見が用いられなかったために、官職を放棄し行方をくらましても咎めない。

藩閥の郷士出身の兵卒たちはこのとき軍規にそむき、ほしいままに脱走し、兵営を捨てても、これを捕らえ訊問《じんもん》しなかった。

そのほか藩閥の権威によって官吏を昇任、退任させ国政の基本方針を動揺させる。藩閥に服する者は才能がなくても高位につけ、藩閥に従わない者は、識見のすぐれた秀才でも野になげうってかえりみない。

平氏がさかんであった時代、『平氏の一族でない者は人間にあらず』といった。いまや薩長の人でなければ、ほとんど人間扱いをされない。嘆くべきことではないか」

薩長閥が全盛をうたうとき、ここまで糾弾する宗光は、命をなげうってもかまわないと決心していたにちがいない。

暗殺事件が横行しているなか、藩閥の憤怒を買うふるまいは、誰にでもできるものではなかった。

「どの国のどの時代でも、政治の実際を見れば、国内の強い党派が弱い党派を圧迫し、勝手にふるまうのは必然の動きである。

それでも強い党派が内部分裂しないよう一致しておれば、国の安全幸福は確保できる。

ところがわが国の強党である薩長土肥の大官である人々は、たがいに疑いあい嫌悪している。とりわけ薩長の関係は外面は親密に見せかけているが、内面は相手を信じることなく、意見が違っている。

行政上ではそれぞれが私意を立てようとする。表向きは同意のふりをして、かげでは反対し、相手が進んでくるとわざと退く。そのために政務が非常に渋滞し、その争論で国内が動揺するに至ったこともある。

政府ではこの四、五年間に数回の争論、改革があった。それによって政務が混乱し、人民の迷惑を派生させ政治の進歩をさまたげてきたことは数えきれない。

こんな争論で多くの弊害をひきおこしたのは、政府と国民との不和によるものではなく、外国の干渉によっておこったものでもなく、薩長閥の争いが原因であった。

これによって国内に存在する幸福を国民にこうむらせることができなくなり、薩長の争いによって生じた不幸を、全国民にうけいれさせた。

この結果、強力な一党に国政を依頼すれば、かえっていまひとつの強力な党派の反撥によって、国難を生じさせることになる。

いまやこんな情勢に至り、将来この国の独立を保全できない兆候も出ている」

薩長の争いが非常の国難をみちびきだす危険をはらんでいると、宗光ははげしく警鐘を鳴らした。

「日本の人民がこの時勢において国家の安危の責任を負わず、時勢のやむをえない変化であるとして見過ごすのは、義務を忘れたふるまいではないか。

国民のなかには薩長にとりいり、わが身の栄達をはかり、うまくやったとよろこぶ者もいる。ああ三千余万の国民は、この国の安危存亡の岐路にさしかかっているときに、決然として奮起することがなければ、全国民が長いものに巻かれてもしかたがないと縮みあがり、意志も気力も失っているということになる。

いま国内の安危の状況がここまで深刻になっているとき、奮起することができない国民は、万一外国人がわが国を侵略しようと押し寄せてきても、防ぎ戦うことができないであろう。

なかには外国人に追随して、わが身の利得をはかろうとする悪人があらわれかねないのである。

願わくばわが全国日本人よ。この国に対する義務をつくし、権利を履行し、日本の危難を政府の薩長人に任せず、みずから国難におもむけ。それによって得た幸福を享受せよ。攻めるべき敵は攻め、助けるべき者は助け、わが身の義務と権利を果たし、わが身の忠勇と志をつらぬけ。

いやしくもこの国の人民としての本来の姿を失わず、これまで萎縮《いしゆく》してきた気力をふるいおこし、いまのこの国を不幸な運命から救いだし、将来の幸福を迎えるならば、これこそ日本人の日本人たるゆえんであるといえよう」

明治維新は全国日本人のためにおこなわれた革命で、藩閥がそれによってもたらされた権利義務の成果を独占すべきものではないという宗光の意見は、蛇蝎《だかつ》のような薩長勢力に正面から一撃を加えたものであった。

刺客の白刃《はくじん》が一閃《いっせん》すれば首が飛ぶ時代である。宗光は恐怖を誘われるほどのすさまじい内容の論文を、長州閥を率いる参議木戸孝允に送った。明治七年一月一日であった。

宗光はその後日をかさねることなく、政府に辞表を提出した。木戸孝允は「日本人」を受けとったのち、太政大臣三条実美、内務卿大久保利通に、宗光を司法省に転任させるよう交渉していたといわれるが、運動は成果を得なかった。

参議兼工部卿として政府にいた伊藤博文は、宗光が大蔵省に留任することをすすめていた。宗光が下野してのち政治家としての立場を失う危険を冒させたくなかったためである。宗光は伊藤の意見に応じなかった。

一月十五日、宗光に依願免官の辞令が下りた。彼の著書『小伝』にはつぎの記述がある。

「岩倉右大臣は是歳一月十一（十四）日刺客の難に遭いたる等、政界紛乱を極めたり。余はもとより征韓論に与みするものにあらず、この一事は内閣と意見を異にせざるも、何分当時政界の状況は余をして政府部内に立つよりも、むしろ野に下りて運動するの得策なるを感ぜしめたるより、遂に自ら進みて免官を請願するに至りたるなり」

免官にはなったが、御用滞在を命ぜられた。政府に緊急の事態がおこったときは政府出仕を命じることもあるので、東京に滞在するようとの指示である。

御用滞在が解除となったのは、同年九月七日であった。

宗光は「日本人」という手を触れれば切れる利刃《りじん》のような論文を政府に提出せず、長州閥の頭領である木戸孝允のもとへ送った。

彼は薩長閥勢力がおこなう専制政治の害を説くとともに、そのような政治形式がわが国にとって免れがたい通弊であると認識していた。そんな方向へ進むのはやむをえないという社会現象を認めたうえで、薩長二大閥が有司（官僚）専制をおこなう理由は、国民の不安動揺を鎮めるための強い政府を出現させることにあると指摘する。

宗光は、日本人が税金、徴兵の義務を負うからには、政府が政治面で動揺したときは、その欠点を指摘し、議によって有司と争うべきであるといった。

日本政治の内容を知りつくしている宗光は、「日本人」において、わが国が有司専制にならざるをえない現実を的確にとらえたうえで、改正しなければならない欠点を指摘する、鋭敏な政事分析をおこなったのである。

宗光は免官になったのちも、木戸、伊藤博文、板垣退助、後藤象二郎らとの交流をつづけていた。彼は自分が感情に走ることなく、常に冷静沈着であると思いこんでいたようだが、時勢の浮沈に乗じ謀叛《むほん》をたくらむことがあったのを見ても、熱血のたぎるままに危険を無視して暴走をあえてしようとする、激しい資質をそなえていたことがわかる。

宗光は慎重な自分と対照的な奔放《ほんぽう》きわまる土佐の後藤象二郎と親密であり、彼について誰かの懐旧談が雑誌「世界之日本」(明治三十年五月一日発行)の「諸元老談話の習癖」の中の一節に残っている。

「後藤は世間では大ぼら吹きとの評判が高い人物だ。どれほどほらを吹くか知らないが、彼は常に客をよろこんで迎え、快談を好んだ。

老いてますますさかんな功名心は生涯絶えることなく、その言葉やふるまいは往々常軌を逸することがある。

だが自分の空想にかられて一日も進取の気性をとどめたことがない。そのため他人と会話をするときは、しばしばその抱負というよりは空想を語りつくす。

また他人を批評することが大好きで、高評し罵《ののし》り、好意を示し悪口をつくすことが、ほとんど眼中に敵なしといいたい勢いであった。しかし対話のときによく他人の言葉を理解し、誰の説をも異議なく聞きいれるのは、大隈重信と同じようであった。

だが後藤は単に自分の空想だけによって物事を語り、緻密な工夫をしなかったので、何の根拠もない事を軽々しく他人と実行の約束をして、それをなしとげられないので、往々他人の怨みを買うことがあった。

しかし彼は雄弁で、相手を話にひきこむのが巧みであったので、その快活な雑談を聞くのをよろこぶ者が多かった。

ことに彼のような年頃の人々は、昔の手柄話を他人に聞かせてよろこぶ癖があったが、後藤はこの点では決してわが履歴を口にしなかった。

維新の動乱に際し彼が藩主山内容堂の命をうけ、徳川幕府に大政返上の建白書を奉呈し、幕府その他有志の人々と議論をかさね、ついに大政奉還の大義をさせたのは、彼にとってもっとも得意の経歴で、わが国歴史上に一大特書すべきほどの事柄である。彼は他人にことさらに当時の事情を質問されたときのほかは、いまだかつて自らこの手柄話を話題にしたことがなかった。

これは諸元老のうちで彼一人の特質であるといってもいい。彼はその志がきわめて空想的でその識見は至って浅薄であったが、始終胸のうちにさまざまの空想をたくわえ、しきりに進取の気を養うことを急いだため、昔の夢を回想する暇がなかったものか、とにかくこれは彼の他に例を見ない特徴であった」

この懐旧談を読めば、後藤象二郎が宗光とまったく反対の性格であったことは、あきらかだと思える。

だが宗光が五十三歳のとき、子息広吉に与えた手紙に、おそるべき文章が記載されている。

「諸事堪忍《かんにん》すべし、堪忍のできるだけは必ず堪忍すべし。堪忍のできざる事に会すれば、決して堪忍すべからず。（中略）

人生には危険なる事多し。避け得らるるだけはこれを避くべし。その避けられざる場合、又避け得らるるも避けては一分相立たざる場合には、いかなる危険をもこれを避くべからず」

堪忍すべからず、避くべからざるときは、命を捨てても運命に対して斬りこんでゆかねばならない。

非常な精神力を必要とするこのような教訓を、愛する子息に与えられるのは、宗光がただの凡人ではなかったことを証する事実である。

彼が後藤象二郎と友交の絆をかわしていたのは、避くべからざる危難に死を怖れず立ちむかう勇気を共有していたためであったのだろう。

宗光が免官になった明治七年一月十五日に先立つ十四日の夜、右大臣岩倉具視が、元土佐藩士であった元陸軍近衛中佐、武市熊吉らに襲撃され負傷した。

一月十七日には元参議板垣退助らが、「民撰議院設立建白書」を左院に提出した。

二月には板垣とともに辞職した元参議江藤新平が佐賀に帰郷し、旧肥前藩士族らを率い「佐賀の乱」をおこした。

明治四年秋、台湾東南部に嵐で流れついた琉球人五十四人が原住民に殺されたので、五月に台湾出兵が決行された。木戸孝允は大久保利通の措置を征韓論の主張とかわらないと咎め、四月に辞職した。

内外の風波が治まらない世情のなか、七月になって宗光は和歌山に帰郷した。龍神温泉で肺患療養のためというが、事実はわからない。

士魂とは

陸奥宗光の辞表を政府がうけいれた、明治七年一月十五日の前日十四日の夜、赤坂喰違《くいちがい》で右大臣岩倉具視が、土佐藩士であった元陸軍近衛中佐武市熊吉らに襲われ、宮城の濠に飛びこみ、危ういところを助かった。

二日後の十七日には板垣退助が由利公正《ゆりきみまさ》、江藤新平、後藤象二郎、副島種臣《そえじまたねおみ》、他三名とともに、「民撰議院設立建白書」を政府に提出した。

提出理由はつぎのような内容であった。

「われわれが別紙で建言するものは、ふだんからの持論で、在官中からしばしば建言したものでありました。

政府では欧米同盟各国へ大使を派遣され、実地の有様をご覧になり、そのうえで施政について時宜を得たあらたなご方針をたてられると期待していました。

しかし大使ご帰朝ののち数カ月が過ぎましたが、なんの新方針もうちだされることなく、近頃では人民はこのさきどうなるのかと、戦々恐々として上下が疑心を抱き、いつ社会が土崩瓦解するのではないかと疑っております。

つまり天下の輿論《よろん》公議がふさがっているためと、実に残念至極であります。この段よろしく評議を遂げられたいとお願い申します」

建白書の冒頭に、つぎのように記されている。

「臣らが近頃政権を掌握するところを察すると、上は帝室ではなく下は人民ではない。それはひとり有司の手中にある。

有司が帝室を尊ぶといわないわけではない。また人民の社会を守るといわないわけではない。

しかし政令を数えられないほど出し、朝令暮改する。行政刑罰は情実となり、賞罰は愛憎により課せされる。抗議するにも手段はとざされている。

こんなことで天下の治安が保たれないのは、子供でも知っている。いまの状態では国家は崩れ去ってしまうだろう」

建白書に署名した板垣、江藤、後藤、副島はわずか三カ月前の明治六年十月まで、参議として政府を運営していた。

その責任を忘れたかのような文面であるが、木戸孝允、大久保利通、岩倉らの力をそぐために手段を選ぶ余裕がなかったのである。

「人民のうち、政府に対し租税を払う義務のある者は、政府の政務について知らされ、意見を述べる権利がある。これは天下の通説で、われらがつまらぬ提言をする必要がない。そのためにわれらは政府有司がこの通説に抵抗しないでほしい」

納税の義務と参政権はうらはらに存在すべきであるというのは、イギリス議院政治の根幹となる思想であった。

「いま民撰議院を立てる方針を拒む者はいう。わが国民は学問にうとくまだ文明事情にくらい。そのため民撰議院を立てるのはまだ早いと。われらはその論は正しいか否かと考える。

民衆をして学ばせ智恵をひらかせ、早急に開明の道へ進ませるのは、民撰議院を立てるにあり」

板垣らは明治六年十月の征韓論実行が急変した事情を語り、国民と政府のあいだがまったく没交渉であったことを指摘した。政府と国民のあいだに民撰議院があれば、事情が国内に知れわたり、一丸となって政変にあたることができるというのである。

「昨年十月、政府の変革にあたり、国民のうちにこれを理解していた者がどれだけいたであろうか。

このために杞憂《きゆう》した者がどれだけいるか。天下国民のうち、ぼんやりとしてこの変革を知らなかった者は幾人いたか。十人のうち八人か九人はまったく知らず、ただ西郷隆盛の参議辞職にともなう、兵隊の解散におどろいたのみである。

いま民撰議院を立てれば、政府と国民のあいだに事情が流通してともに一体となり、国家、政府がはじめて強くなるのだ」

建白書には、民撰議院設立が時期尚早ではなく、すでに遅れていると指摘する。

「有司らはいう。欧米各国の議院は一朝一夕に設立したものではない。わが国がにわかに設立したところでたやすくそのまねができるわけがなかろうと。

およそ議院だけにかぎったことではない。学問、技芸、機械すべてそうだ。彼らが数百年の久しきにわたってつくりあげた物は、無から有を生じ、すべて経験、発明したものである。

いまわれらがそのできあがった物をえらびとれば、どんな企てが成りたたないというのか。もし自分で蒸気の理を発明するのを待って、はじめて蒸気機械を用いることができ、電気の理を発明するのを待って、はじめて電線を架線できるのであれば、政府はなにも手を下すことがなくなるだろう」

末文はつぎの通りである。

「臣らすでに今日わが民撰議院を立てなければならない理由を説きまた今日わが国人民進歩の度が民撰議院を立てるに堪えうることを説明するのは、これを拒もうとする有司の発言をおさえようとしているのではない。

　この議院を立てる者は、天下の公論を伸長し、人民の権利義務をたて、天下の元気を鼓舞《こぶ》し、もって上下接近し、君臣相愛し、わが帝国を維持振起《いじしんき》し、幸福安全を保護するのを欲しているのである。この意を選び給え」


　和歌山へ病気療養におもむき、記録するほどの行動をとった形跡の判然としない宗光が、「日本人」を執筆してから、一年を経た明治八年一月七日。大阪の五代友厚《ごだいともあつ》のもとに足をとどめていた大久保のもとへ木戸が訪れ、その後会合をくりかえした。

　木戸は帰京を誘われたが応じなかった。その後、伊藤博文が来阪して木戸と交渉のうえで、一月二十九日に大久保、木戸会見が実現した。

　このとき伊藤は四カ条の政府改革案を起案し、大久保の同意を得たうえで木戸にその実行協力を要請した。

一、わずかな指揮者で専制政治を敷く弊害《へいがい》を防ぎ、衆智をあつめ立法手続を改善して、将来国会をおこす基礎ごしらえのため、元老院《げんろういん》を設置する。
二、裁判の権威をたかめるため、大審院《だいしんいん》を設置する。
三、民意疎通のため、地方官会議を確立する。

四、天皇親政の実をあげるため、内閣と各省を分離し、木戸、大久保両公のような元勲は、内閣でもっぱら天皇輔弼《ほひつ》の任にあたり、各省には第二流の人物を配し、行政全般の施政をおこなわせる。

この改革案とともに同志の団結を約した「申合《もうしあわせ》」に加筆訂正したのは、宗光であったといわれている。

六カ条にわたる「申合」には、立憲君主制が成立し、議院制度が確定されるまで全員が団結行動し、個別の進退をしないことを誓いあったものである。

宗光も『小伝』に記している。

「余もまた当時閑散の地に在りしにもかかわらず、間接にこの商議にあずかり幾分か尽力せり」

木戸は「申合」についての調印をおこなわなかった。立憲君主制については同意しているが、板垣の急進主義者としての危険のにおいを感じたのであろう。

木戸が井上馨にあてた三月二十九日付の書状には、記されている。

「約束書（申合）は昨日陸奥へ送り返した。板垣らの考え通りであればたいへんな後害が出てくる。会議のあとで別に陸奥が添削《てんさく》した分は、いかにもそうだと考えたので、その通り陸奥へ連絡しておいた。

ありきたりの事であれば、うるさくあげつらうよりも早く同意したほうがよかろうと思うが、この件をまちがえては国と国民とにかかわるので、わしの考えを陸奥へ知らせておいた」

宗光は元老院新設についての急進派板垣と緩やかな変化をのぞむ木戸とのあいだで、取りまとめ役となり、政治の渦中にひきこまれざるをえなかった。

明治八年四月、大久保は詔書《しょうしょ》を公布させた。その内容は立法機関として元老院、司法機関として大審院を置き、民情を発表させる機関として地方官会議をおこなわせるものであった。

元老院は将来上院となり、地方官会議は下院となるものであった。

宗光は四月二十五日、つぎの十二人とともに元老院議官に任命された。

前参議後藤象二郎（土佐）、参議兼海軍卿勝安芳（幕臣）、前東京府知事由利公正（越前）、前左院議官福岡孝弟《たかちか》（土佐）、外務少輔山口尚芳（長州）、前宮内少輔吉井友実（薩摩）、陸軍少将鳥尾小弥太（長州）、陸軍少将三浦梧楼《ごろう》（長州）、陸軍少将津田出（紀州）、権大判事河野敏鎌《とがま》（土佐）、前左院議官松岡時敏（土佐）、三等侍講加藤弘之（出石《いずし》）。

勝は任命を辞退し、福岡は五月十九日に辞職した。

七月二日、さらに十人が任命された。

有栖川宮熾仁《たるひと》親王、特命全権公使柳原前光《さきみつ》（公家）、弁理公使佐野常民（佐賀）、教部少輔黒田清綱（薩摩）、京都府知事長谷信篤（公家）、式部寮五等出仕大給恒《おぎゅうゆずる》（田野口藩主）、前山形県権令壬生基修《もとなが》（公家）、前左院少議官秋月種樹（高鍋藩世子）、前左院副議長佐々木高行（土佐）、元参議斎藤利行（土佐）。

佐々木高行の日記には、議官の第一回人選のときからさまざまの風評が高かったと記されている。

「最初は伊地知正治、勝安芳、副島種臣、後藤象二郎、由利公正、斎藤利行、井上馨、陸奥宗光、加藤弘之、そのほかにもあったそうだ。

右大臣（岩倉具視）殿は井上、陸奥はもっとも退けねばならぬ。後藤、由利もなるべく登用しないようにせよといっておられたようだ」

日記には島津久光の意向も記されている。

「板垣氏が左大臣（島津久光）殿に面会され、井上、陸奥の議官採用の件について弁解すると、板垣は何事もうちあけてくれるとふかく信用していたのだが、井上、陸奥両人ご登用と聞くと、おおいに失望された」

ある日、太政官大内史土方久元が佐々木をたずねてきて、世評を伝えてくれた。

「今度元老院議官が選ばれたが、元老の器ではない人物が多い。陸奥宗光は監部（政府密偵）の悪い情報が聞こえてくるので、ご登用されてはいけませぬと、しばしば三条、岩倉両公と板垣へ申し述べたが、両公はことのほかご配慮の様子であった。

板垣は反論した。『実は今度井上をご登用できないというので、木戸は引き入れると申しておるが、また陸奥もご登用なければ木戸はいよいよ不平をつのらせると思う。木戸はいってるよ。陸奥に悪い風説があるからといって登用されぬときは、後藤も大隈もおなじようなものだ。陸奥ばかりを責めたところでしかたがない』

わしは板垣のいうところが怪しいと思った」

佐々木は日記に感想をしるす。

「板垣は人の資性を見ることがきわめて下手である。朝に褒めていた者を夜にはけなしている。小人やら性格の悪い者がその隙《すき》をうかがいとりいるのは、おそろしいほどである。

木戸はおちついて偏向のない人であるが、伊藤や井上のような軽薄才子にいっぱい食わされる。だから陸奥宗光のような小人を愛する害をこうむるのである」

宗光はなぜ小人といわれたのか。

明治八年五月頃から元老院の章程（権限）につき、内容を強大化しようとする急進を説く板垣派と、その機能をできるだけ有名無実なものとしたい木戸との確執が激化していた。

木戸は板垣の考えを批判した。

「板垣はイギリスの政体を見ならえというが、それは国情に従って自然にできあがったものだ。ドイツでは、イギリスの政体は立派なものだが、わが国などがにわかにまねをできるものではないといっている。

板垣が英学者から英語を聞きかじり、おかしなことをいうのは彼の人望を失うことにもなるだろう」

六月五日、元老院の権限につき激論がたたかわされた。

出席者は太政大臣三条実美、参議兼内務卿大久保利通、参議兼工部卿伊藤博文、あらたに参議となった板垣退助であった。

問題となったのは「元老院ノ議定ヲ経ザルモノハ法ト為ス可《べ》カラズ」という条項を掲載するか否かである。

三条、大久保、伊藤はこれを掲載すべきだとする板垣に反対した。

「元老院を設立すれば同院の審議を経なければ法律を制定できないことは、実際にはその通りである。

しかしこれを章程に掲載して、陛下と元老院のあいだの権限を掲げるのは、まだ近頃の時勢では見あわせたほうがいい」

板垣は激しく反論した。

「これを掲載されなんだら、立法官を置き、立法の源をひろむるとの詔は無益になるき、邪魔はさせんぜよ」

板垣は議論をはじめると、きわめて粘りづよく、大久保らの漸進《ぜんしん》論に反撥《はんぱつ》し、その論拠が的確に問題点をとらえていた。

大久保らは明治八年四月十四日に発令された元老院、大審院を置く立憲政体詔書に「進ムニ軽ク為スニ急ナルコト莫ク」との文言があるので、漸進論を強調すると、板垣はたちまち反撥した。

「詔書には、茲《ここ》ニ元老院ヲ設ケ以テ立法ノ源ヲ広メ、と明記されておろうが。元老院の第一の目的は立法権を確立することじゃろ」

木戸、大久保らは板垣の議論のかけひきが、きわめて巧妙に過ぎると感じはじめた。やがて木戸は天皇陛下の大権を制限しようとする板垣の議論を支えているのが陸奥宗光であることを、察知した。

宗光が板垣を操っているのである。たしかに急進派が立法権を手中にすれば、政府の保守勢力に対抗しうる政治力を得ることになる。

木戸はいう。

「元老院の章程についての討論が破綻したときは、板垣以下元老院議官たちは辞職する。そうなれば前途に幾多の難題を抱えた政府は、国民、外国に対し面目を失う。何よりも天皇陛下に対し奉っても、容易ならざる不都合だ。

しかしなりゆきしだいで、いたしかたもない。陸奥も漸進論についていささか注意してくれるなら、国家の幸福であるのだが、ほんとうに嘆かわしいかぎりである」

木戸が立法権を元老院に与えるのは、天皇の大権を制限することになるというと、宗光は板垣に反論をそそぎこむ。

「天皇陛下の大権を制限しているのは、薩長藩閥が握っている行政権ではありませんか。元老院が立法権をもって行政権を独占している彼らに対抗しなければなりません」

宗光は立法権を元老院の手中にすれば、政府組織のうえに岩盤のように覆いかぶさっている薩長閥に対立しうる、政治力を持てると見ていた。

そのため立法権確立という目標を掲げ、板垣派に身を投じたのである。政治行動をするとき、単独では何の成果も得られない。

薩長土肥四藩出身者は藩閥を背景に行動できるが、宗光のような何の背景も持たない一匹狼は、まず同志を集めねばならなかった。

だが宗光の判断は明晰《めいせき》で複雑であった。

木戸は明治八年六月五日の井上馨にあてた手紙で、板垣の背後で彼を操っているのは陸奥であろうと指摘しているが、六月十日の日記にしるした。現代文とする。

「今日は元老院のもめごとについて、陸奥宗光、小室信夫らに会い、余の意見を述べた。皆余の主意を了解した」

宗光は簡単に木戸の意に応じたのである。

六月十七日、板垣の家に木戸、井上、後藤象二郎、宗光らが集まり、元老院立法権についての双方の了解をおこなった。

木戸は「元老院ノ議定ヲ経ザルモノハ法ト為ス可《べ》カラズ」という板垣らの意向をうけいれ、板垣派はこの条項を元老院章程に明記しないことを承知する歩み寄りが成立したのである。

板垣派の主張を木戸がうけいれたのであるが、章程に記載されなければ、あとになって変えられても対抗の手段がない。つまり板垣派の主張は事実上撤回された。

会議では、まず陸奥と左院議官小室信夫が木戸の意向をうけいれ、ついで木戸にかわって井上が板垣を説き、同意させた。そのあとで板垣派の全員がすべて説き伏せられたのである。

宗光は板垣、後藤ら土佐派と深いつながりを保ってきた反面、木戸、伊藤、井上ら長州藩閥の要人たちとの交流をも断絶しなかった。彼には政府にさまざまの欠陥があっても政体を運営する薩長二大勢力がなければ、国家はなりたたないことがわかっていたのである。

元老院は明治八年七月五日、天皇臨席をうけ、開院式をおこなった。その後、元老院章程の改正案があいついで制定された。国民の言論の自由を圧迫する「讒《ざん》謗《ぼう》律《りつ》」「新聞紙条例」が定められると、板垣への批判が集中した。板垣は十月二十七日に辞表を出し、元老院を去った。

宗光は十一月二十五日に河野敏鎌と、議官から元老院幹事に昇任した。長州の伊藤が土佐の後藤と相談して定めた人事であった。

佐々木高行らのいうところでは、宗光と河野は、板垣と島津に協力していたことをおおいに悔悟《かいご》して、「はなはだ畏縮の光景」であった。

元老院は八月末に官僚の違法なおこないを訊問する「弾劾権」を削られたが、板垣の監修する『自由党史』には当時の情況を述べている。

現代文でしるす。

「このようにして元老院はこの年のうちに、一箇の養老院のようなものになり下がった。当時の風謡にいわく。

元老院、十をのぞけば元左院」

宗光は政府内部で孤立感をふかめていった。板垣が去ったあと、後藤象二郎も財界活動をするため、元老院副議長の座を明治九年三月に退任した。

元老院幹事の職を守る宗光を、軽薄と見る者が多かった。宗光は軽薄ではない。現実を正しくとらえる判断力をそなえていたので、進む方向を的確に見分けていただけである。だが、当時の士族の気質とは違う慎重きわまりない嗅覚が、狡猾と見える行動をとらせていたのかも知れない。

明治士族の典型というべき生きかたをした西郷従道の経歴を見れば、宗光の合理性に徹した判断とはちがう精神の世界があらわれてくる。

従道は天保十四年（一八四三年）に生まれたので、宗光より一歳年上である。彼は明治七年四月四日、陸軍中将として台湾征討都督に任ぜられた。

従道は薩摩藩士として文久二年（一八六二年）の寺田屋騒動に参加し、翌年の薩英戦争に出陣した。元治元年（一八六四年）の禁門の変にも参加し、明治元年（一八六八年）の戊辰戦争には兄隆盛、吉二郎、弟小兵衛と出征し、鳥羽伏見の戦で重傷をうけたが、英医ウィリスの手術をうけ治癒したのち、出羽秋田口で監軍をつとめた。

明治二年、山県有朋と同行してヨーロッパ各国の兵制を調査し、三年に帰国して兵部権大丞《ごんだいじよう》、四年に陸軍少輔、七年に陸軍中将となった。年齢は三十二歳であるが戦歴はめざましいものである。

台湾征討の原因は明治四年十一月におこった。宮古島、八重山島の商船各一艘が糧食を積み那覇港を出て帰島しようとした。

途中宮古島の船が嵐に遭い漂流し、台湾の東南部の海岸に座礁し地元の牡丹《ボオタン》族に救いを求めた。乗組員六十九人のうち三人が溺死したが、六十六人が上陸した。だが蕃人《ばんじん》は五十四人を虐殺し、逃げのびた十二人が清国《しんこく》役人に救護を求めた。役人は彼らを保護して福州《ふくしゅう》の琉球使館に送り、事件を北京へ報告した。清国天津《テンシン》に在留する外務大丞柳原前光、琉球駐在官伊地知貞馨《さだか》もまた、詳報を得て外務省に報告した。

鹿児島県参事大山綱良は、ただちに台湾征討を実行すべきとの上書を政府に送った。鹿児島分営長陸軍少佐樺山資紀《かばやますけのり》は熊本へ急行し、熊本鎮台《ちんだい》司令長官陸軍少将桐野利秋に会い、ともに上京してこの件を陸軍大将西郷隆盛、陸軍大輔山県有朋に報告し、征台論を閣議に提出することとなった。

そのうちに明治六年一月、備中国小田県の水夫四人が紀州から出帆したところ、風浪で二カ月漂流、三月上旬台湾東南の海岸へ漂着したが、どこからともなくあらわれた蕃人が船を打ちこわし積荷を奪い、四人を殺そうとした。彼らは必死に逃げ清国役人に助けられ、福州へ送ってもらった。

この通報をうけた陸海軍の将兵のうちには、政府の下命をまたず討伐をおこなおうと相談をはじめる者もいた。

外務卿副島種臣は、過激な将校たちをおさえた。

「外国列強が虎視眈々《こしたんたん》と台湾を狙っている。また清国は台湾のなかばを所有しているが、全土を統治しているという。生蕃《せいばん》と呼ばれる部族は凶暴、慓悍《ひょうかん》で命を惜しまない。この三点につき、しかるべき対策を講じてのち、台湾征討を実行しよう」

副島は明治五年九月二十三日、アメリカ全権公使イー・デロングに会い、支那のことや現地に滞在していたアメリカ人総領事リーゼンドルについて情報を求めた。

副島は公使にたずねた。

「リーゼンドル氏は支那のどこにおられたか」

「彼は廈門《アモイ》におりました。彼は戦功があり、わが国で総領事に任命され、以前南アメリカブラジル公使をしたこともあり、大統領にも信任されています。

先年、アメリカ商船が難破、台湾へ漂着したが、乗組員を台湾土人が殺したため、わが軍艦三隻にリーゼンドルが支那の兵を乗せ、現地に出向き、土人の首長に会いました。

今後西洋人が渡来しても危害を加えないよう約束して、いまでは親睦をかさねるようになっています」

公使デロングは、台湾の気候がおだやかで、米、砂糖、芋などが多く採れ、鉱山もほうぼうにある。港湾にも恵まれ、外国人のなかには目をつけている者も多い。

支那で管轄しているとはいえ、統治もゆきとどかない有様であれば、取る者の所有物となるといった。

デロングは日本に征台をすすめる口ぶりで、地図、人種、山川、家屋の写真、アメリカから清国へかけあったときの手続書などを見せてくれた。

デロングはいう。

「支那人と約束をするのは簡単だが、約束を果たさないのが彼らの人情で、期限を過ごしたときは、ただちに台湾土人とかけあわねばなりません。台湾の海辺には暗礁《あんしょう》が多いので、海軍の行動には不便です。土人は凶暴なので、リーゼンドルと処置の打ちあわせをして、まず砲火で彼らを圧倒してから取締りの約束をすればいいでしょう」

副島はデロングに聞いた。

「台湾はわれらも所望の地ですが、アメリカのご意向はいかがですか」

「アメリカでは他国の地を侵略することはいたしませんが、友好国が他国の地を所有するのは好ましいと思います。

リーゼンドルは帰国しましたが、台湾の件についてアメリカ政府へご相談されるならば政府へ連絡をとり、ご用に立てさせましょう」

アメリカ公使が、日本政府への全面協力の姿勢を見せたのは、日本が台湾開発をはじめるときに、利を得ようと考えていたのである。

副島が聞く。

「土人を罰するためには、一万ほどの兵を出征させねばならんでしょう」

「ただちに兵をあげるよりも、人民保護の約束をむすび、土地を借用して、そのうえで砲台建設の交渉をまとめるのがいいでしょう。

支那人に交渉しても容易に承知しますが、約束は果たしません。地元の住民と交渉するのが第一です」

デロングは日本外務卿の名誉顧問のような立場になってしまった。

彼の連絡によって、リーゼンドルは日本へ戻ってきた。彼は廈門駐在アメリカ総領事である。

リーゼンドルは台湾蕃族処分の策を以前から主張していたが、北京《ペキン》駐在のアメリカ公使ローに妨げられ、策を実行できないでいたので、今度は日本政府の力を借り、台湾へ進出しようと考えた。

明治五年十月二十六日、副島外務卿はアメリカ全権公使チャールズ・イー・デロングとゼネラル・リーゼンドルに、横浜外務省出張所で会見した。

リーゼンドルはアメリカ水夫が台湾生蕃に殺され、米政府から清政府へかけあいしたとき、清政府は今後このような暴行をさせないとの布告書を出したといい、つけくわえた。

「布告書によると、外国より出兵されたときは、台湾に防禦《ぼうぎょ》の兵は配置できません」

リーゼンドルは土人には十八の部族があり、その首長にかけあえば、交渉はおだやかに進められるという。

彼は現地の地形、土人の人数、戦力につき、眼に見えるように説明した。

「牡丹には男女二千人ほど、その東方には支那人らしい四千人ほどの住民がいます。よく戦う男性はそのうち半数です。高雄《たかお》という、台湾第一の港は牡丹の南側にあります」

台湾には材木が多く、支那全土の需要を満たしているという。

リーゼンドルは副島に台湾占領の可能性が高いと強調し、副島が出兵に踏みきるよう煽りたてた。

「台湾は支那では他国と思っております。どの国の管轄になってもかまいませんが、なるべくは日本が支配するのが相当と考えますので、お取りなさるなら及ばずながらご助力いたしましょう」

副島はたずねる。

「台湾に支那の兵隊はどれほどいますか」

「傭兵を五万人置いているといいますが、実際は二万人ぐらい。大砲は地中に埋め、まったく戦闘意欲がありません」

「支那人はどれほど住んでいますか」

「まあ二百万人ぐらいでしょう。外国との貿易税は一八七〇年（明治三年）に二十五万ドルぐらいでした。台湾の現状では、二千人の兵力で占領できるでしょうが、そのあとの入費が莫大にかかるでしょう」

副島はリーゼンドルにうちあけた。

「一万の兵を出すのはたやすいことですが、今後の支那との交際のうえでは、いかがな発展に及ぶか気がかりです」

リーゼンドルは言下に答えた。

「支那との交際を破りたくないとのお考えはごもっともです。しかし万国公法によれば、人民保護を清政府にかけあい、先方が保護できないと答えたときは、日本国において保護すると交渉しなければなりません。

この台湾は是非にも日本が開発しなければならない地で、見逃せば西欧国家のいずれかに取られてしまうでしょう」

副島はリーゼンドルとの会談で、台湾経略が多くの富をもたらし、たやすく占領できると知らされると、彼を二等官待遇で採用した。

リーゼンドルは副島大使一行の首席随員として龍驤艦《りゅうじょうかん》に搭乗し、明治六年三月清国へ出向いた。北京に到着すれば、世界各国公使らに知れわたる。副島は樺太《からふと》を侵奪したロシアの公使にまで、台湾攻略を認めさせた。

副島が議論をまとめやすいようにリーゼンドルが弁舌《べんぜつ》をふるい、清国政府がまったく反論できないようにした。

海外各国新聞は、世界ではドイツのビスマルク、日本の副島あるのみと報道し、生蕃を謝罪させた日本は台湾を属島とするだろうと喧伝した。

報道がひろまるのは電撃のように早い。副島が帰国すると、全国の資本家四百余が、攻略資金を提供し開拓権を得ようと申し出てきた。

また士族らはわが身を戦場になげうとうと副島のもとに集まった。韓国、樺太の難問題を抱える日本は活路を見出した。

宗光の生きかた

台湾《たいわん》占領のための準備は秘密のうちに進められた。噂がひろまると諸外国勢力のいかなる干渉がくるかも知れない。

アメリカ公使は前任のデロングと半年前に交替したビンガムであったが、出兵について協力を惜しまない。リーゼンドルの推《お》すアメリカ海軍の現役少佐カッセルと機関士ワッソンを雇うため、本国政府の許可を得たのはビンガムである。

外国船舶も借りいれた。イギリス汽船「ヨークシャー」、アメリカ太平洋汽船の「ニューヨーク」が主なものであった。

明治七年四月に遠征にむかう汽船が出発をはじめると、横浜外国人居留地から罵倒《ばとう》の声が湧きあがった。外字新聞は日本軍の行動を非難し、侮辱《ぶじょく》する記事を満載した。

カッセル、ワッソンが乗船している北海丸という汽船は、四月十五日に品川沖出航の予定であったが遅延し、ようやく二十日に出航した。遅れた理由は、ビンガム公使からアメリカ二士官に遠征参加の停止をのぞむ手紙が届いたためであった。

ビンガムはさらに三条太政大臣につぎの要望を示した。

「遠征にアメリカ人を雇用するならば、まず清国《しんこく》政府から遠征承諾を承知するとの文書での同意を得てもらいたい。さもなくば下船させるよりほかはない」

大臣は北海丸が台湾に直行する予定を変更し、いったん長崎に入港し今後の指示を待てとの指令を送ってきた。

さらにリーゼンドルもビンガムの抗議書をうけた。ビンガムは太平洋郵船主任に汽船ニューヨーク号の参加を中止する命令を送った。ニューヨーク号はリーゼンドルらの斡旋《あっせん》で借りうけたもので、兵団、器材、食糧の輸送に欠くべからざる堅牢《けんろう》な巨船であった。はじめは台湾遠征の実行手段につき詳細な知識を与えてくれたのは、アメリカ公使デロングであった。後任のビンガムもまた協力を惜しまなかった。

だが突然方針を変えたのは、イギリス公使パークスの圧迫をうけたためであるといわれる。パークスは寺島外務卿と四月十日に会談し、日本側の内情を詳細に聞きとろうとした。彼は台湾についての知識を、寺島よりはるかに多くたくわえ、遠征が日本軍の侵略行為ではないかと、寺島の答弁にするどく反応してきた。猫がいったん捕えた鼠《ねずみ》をわざと逃がしては引き寄せいたぶるような、執拗な問いかけであった。

パークスは会談の三日後、つぎの内容の書状を寺島に送った。

「今度貴国政府が台湾へ兵隊をさしむけられるのは、清国の管轄がない同島で貴国人民を殺害した蕃人《ばんじん》をこらしめるためで、かつてアメリカ合衆国政府がした前例にならったとのご説明をいただきました。

ついては貴国より今度台湾へさしむけられるほどの軍勢を、清国との条約を結んだ他の諸外国から同島へ上陸させた例はありません。しかし、貴国と清国との関係はよく知らないので、清国政府の意向はどうであるか。

そのような事情もわからないうちに、わが国の船舶、人民を台湾へさしむけるのは問題がある。貴国が清国に敵対すると思っていないのか、清国がこの点につきどういう考えを持っているのか、判然としないうちにわが国が貴国に助力するわけには参らぬ。

この点につき、清国政府と事情が通じあっているのであればさしつかえはないが、清国が貴国を敵と見ているのであれば、わが国は船舶、人民の応援をつつしまねばならず、閣下のご了解を得たいと存じます」

日本軍の進路を誘導してくれる三人のアメリカ人が同行せず、ニューヨーク号を運輸船として使用できなくなれば、遠征は挫折するよりほかはない。横浜でイギリス人が発行する「ジャパン・デーリーヘラルド新聞」はパークスの意をうけ、アメリカの人民と商船が、清国あるいはその国民の一部に対して戦を挑むことに協力するのかと、問いかけた。

「台湾の蛮族《ばんぞく》が暴行の罪を犯したので、日本政府はこれを清国に訴えた。清国政府は台湾蛮族を支配していないので、貴国が兵を派遣し、弁償をとってもらいたい。もし償金がとれないときは懲罰《ちょうばつ》してもよいと許可したことは、われわれも知っている。

しかし日本政府はこの事実を外国公使らに公告せず、このような状況のもとでは外国公使は、かたく局外中立を守らねばならない。

その理由は、東京、北京の両政府が台湾出兵についての公告を発していないためである。

中国は広大な領土の管轄を十分におこなえない。北方の国境をロシアに侵蝕されても、抵抗できない。これはわれわれもよく知る事実である。

しかしロシアは強大国で、日本は弱小国である。清国はロシアに許す自由を、日本には与えないだろう」

アメリカ公使ビンガムは、パークスの威嚇《いかく》に屈した。

彼には日本政府に協力して、在日外交使節全員を敵にまわすほどの度胸はなかった。

ビンガムは日本政府が清国から台湾蛮族討伐に同意するとの公文書を入手するまで行動してはならないと、前言をひるがえし弱気になり、四月二十三日にニューヨーク号の傭い入れ、三人のアメリカ人の協力をことわってきた。

このとき台湾蕃地事務局長官となった大隈重信は、長崎本局に着任していた。西郷従道は日進、孟春《もうしゅん》の二艦を長崎港に碇泊《ていはく》させていた。

遠征軍が台湾へ向おうとしているとき、東京政府から出航延期の電報が到着、ついで三条太政大臣の大隈あての書状が届いた。

その内容はつぎの通りである。

「台湾征討につきあらためて清国政府より公文書での承諾をうけたうえでなければ、国際公法にもとるとの各国公使の意見が高まり、ついに中止せねばならない事態に至った。

足下はただちに帰京し、西郷都督《ととく》は兵員、諸艦を取りまとめ、政府の命令を待て」

台湾出兵を副島外務卿にすすめたのは、前米公使デロングであった。現公使ビンガムも同様に日本に協力していた。

彼らが突然態度を豹変させたのは、パークスの威嚇を無視できなかったためである。パークスはビンガムらが副島と手を組み、台湾出兵に協力し、今後現地の利益を得ようとするのを妨害したかった。

三条太政大臣は、台湾事件がこじれ清国との間に風波が立つのをひたすら怖れていた。

　このまま事態が推移すれば、岩倉具視が刺客に襲われ、江藤新平が佐賀の乱をおこしたあと、反政府運動が全国におこりかねない状況に、火がつくおそれは充分にあった。

　首をすくめた亀のように萎縮した政府が、パークスのいうところに屈したときは、大内乱がおこって四散する破局に立ち至ったかも知れない。

　だがこのとき都督西郷従道が衰滅《すいめつ》しかけている政府の威望を、ただ一人の判断で取り戻した。

　四月二十六日、彼は大隈から出兵をいったん中止するとの命令を知らされたとき、猛然と反撥した。

「おいが都督の命をうけたとき、のちに廟議《びょうぎ》の変わるようなことはなかじゃろうかと、内閣諸公にただし申したのは、お前んさあのご存知のところじゃろ。いまさら留めるとは何じゃろかい。

　おいはいま勅書《ちょくしょ》を奉じちょい申す。前日の従道ではごわはん。いまとなっては太政大臣にとめられようと、聞きいれられん。

　こげな所で十日も足どめすりゃ、士気はなえはて申す。内閣の政令は朝夕に変って天下の人々は疑うばかりじゃ。

　陸兵は各地に駐屯しちゅうが、気脈は通じおうちょる。いったん陰険の手段を弄すれば、八方で鬱屈《うっくつ》の気が爆裂して政府は吹き飛びもんそ。

おいは台湾を攻めて、清国といざこざがおこるなら、勅書を首に巻き生蕃《せいばん》の巣窟へ突っこんで死にもんそ。

清国からかけおうてくりゃ、従道は気が狂うた賊であるといえばよかじゃろ」

従道は中止すれば国家の威信は衰えはてると判断すると、とっさにわが命を捨てる覚悟をきめ、全軍に出征の命令を下した。

大隈は従道をなだめようとした。

「外国公使が異議をとなえるゆえ、これを説得して後日の災いを絶たねばならない。私はただちに東京へ帰り、貴公の思うところを申しのべ、後命の下るよう努力しよう。もし聞きいれられないときは、わが輩も貴公とともに生蕃の巣窟に討ち入って死ぬまでだ」

従道は大隈を信用していなかったので説得をうけいれず、その夜のうちに諸艦に出征準備を命令し、炭水の積みこみをさせた。翌二十七日に有功丸という輸送船に兵二百余人を乗りこませ、領事福島九成に廈門《アモイ》県令に渡す公文書を預け、廈門港へ向わせた。

アメリカ人カッセルとワッソンは、公使ビンガムの指令を無視して有功丸に乗った。新聞記者ハウスも同乗した。

有功丸は百人を収容するほどの小さな船体であったが、二百七十余人が鮨詰《すしづ》めになり、兵器、弾薬、食糧を満載したので、航海はきわめて危険であったが、好天に恵まれ順調に廈門へ向った。

リーゼンドルはニューヨーク号に食糧、建築材料、薪炭などを満載し、台湾へ直行しようとしたが、ビンガムの制止をうけ、長崎に入港していた。

ビンガムはニューヨーク号の傭船を解約し、二十九日の正午まで、積荷をすべて陸揚げせよと要求してきたので、西郷都督はやむなく応じた。

参議兼内務卿大久保利通が、佐賀の乱を鎮定《ちんてい》して帰京したのは四月二十四日である。大久保はその日の日記に、勝安芳、伊藤博文と話し、台湾事件で外国外交団が局外中立を表明したことを、意外であると表明している。四月二十七日の日記には、つぎのような内容がしるされている。現代文でつづる。

「午後一時に正院へ参じ、長崎から台湾へ出兵についての件を、大隈、西郷から通報してきた。

事情がわかりかね、出兵延期の議論も多く、まことに一大事の国難である。小生が長崎へ出向き進退処分を定めることを委任していただきたいと、三条公、参議、岩倉公に陳述した」

大久保は二十九日に太政大臣の委任状をうけ、ただちにアメリカ汽船へ横浜から乗船、長崎に向った。

大久保が長崎へくるとの電報をうけた西郷従道は激昂して大隈に告げた。

「大久保さあがきて、台湾ゆきはやめたとなりゃ、おいはいけんしもんそか。腹を切るだけじゃらい。おいは大久保さあがくる前に出征すっど。

そのためにはなんとしてもニューヨーク号がいる。お前んはあの船をいますぐ買え。値は惜しむな。買わにゃおいが腹をすっど」

血相が変った従道が、出兵中止になればかならず切腹すると思った大隈は、太平洋郵船会社の主任に必死の交渉をもちかけ、数日のうちにニューヨーク号を買収、東京丸と改称した。

五月二日午後、従道は軍艦日進、孟春の護衛のもとに、運送船三邦丸、明光丸に将兵、資材を満載して出港させた。

五月三日午後九時半、長崎港に到着した大久保は従道と大隈に会い、勅命によって台湾出兵を実施した既成事実を、即座に承諾した。有功丸を廈門へおもむかせ、県令に外交交渉をおこなわせている。

そののち艦船を出航させたのはやむをえない措置と認めたのである。カッセルとワッソンは連絡がゆきとどかず、有功丸で出向いていたが、ただちに引き返させると命令を発した。

リーゼンドルは早急に東京へ戻す。このような内容の協議書をつくった大久保は、五月六日にリーゼンドルをともない東京へ戻っていった。

西郷都督は五月十九日、千六百余トンの高砂丸で台湾へ向った。歩兵第十九大隊、第三砲隊、徴集隊一小隊、会計部、病院職員、人夫ら六百人以上が詰めこまれている。軍需物資も人員が身動きする余地もないほど搭載されている。五月二十二日、高砂丸は僚船社寮丸と午前八時に台湾琅璚《ロンコウ》湾に入った。先発した日進、孟春、運送船有功丸、三邦丸、明光丸は湾内にいた。

さらにイギリス軍艦一隻、清国軍艦二隻も先着していた。日進が祝砲を発射し、イギリス、清国の艦長が高砂丸にきて、従道に挨拶をした。従道の命を賭けた強引な決断が成功したのである。

彼の行動には士族の感情をゆさぶるいさぎよさがあった。合理的な判断を鋭敏にはたらかすが生死のはざまを知らない宗光の思考は時代に先行しているので、たやすく士族にうけいれられなかった。

佐賀出身の江藤新平は宗光より十歳年上である。明治元年江戸開城の頃は江戸府判事、江戸鎮判事として幕府評定所の政治財政帳簿を押収し、民政、会計、営繕の任にあたった。

彼が活躍をしたのは明治四年文部大輔、翌五年に司法卿となり、民法典編纂《へんさん》にたずさわって六年四月に参議に任ぜられ、同年十月征韓論に敗れ下野するまでの数年間のことであった。

江藤は明治七年一月、民撰議院設立建白書に署名しながら同年二月に佐賀征韓党、憂国党におされ挙兵し、敗北して処刑された。

江藤は策士であった。彼は少年の頃から怒るときには三日も考え抜いてのうえであったという。彼が征韓論によって挙兵したのは、政府が薩長藩閥によって完全に制圧される前に、それを撃破するためであった。

江藤は長州閥の山県有朋、井上馨を瀆職《かいしょく》の罪で破滅の寸前まで追いつめた。薩長閥打倒の怨念は、宗光と同様に身内に燃えさかっていた。

司法卿の江藤のもとには、全国からあらゆる情報が届いていたに違いない。百姓一揆は至るところに起っており、全国の不平士族はたがいに連絡をとりあい、いつ大暴動をひきおこすかも知れない危機は、目前であった。

不平士族が頼むのは薩摩の西郷隆盛であった。江藤は宗光と同様に頭脳明晰であったが、わが力量とともに薩摩の西郷、土佐の板垣、後藤の行動予測を誤ったために墓穴を掘ったのである。

江藤には宗光と同様に時勢の動向を読む明敏な感覚はそなわっていたが、戦機を把握する嗅覚が劣っていた。宗光とひとしく白刃のもとに身を挺する経験がなかったので、身に迫る危険を嗅ぎわけられなかった。

江藤は薩摩人は政権を掌握しているように見えるが、実直で収賄をおこなわない。長州人は狡猾《こうかつ》であるから、薩と手をむすび長をおさえようとはかった。

彼ははじめ山城屋《やましろや》和助《わすけ》の身辺を捜索した。和助の本名は野村三千三、長州出身の僧侶であったが還俗して奇兵隊の一隊を率い、山県有朋の親友で、北越の戦で功績があった。

だが彼は陸軍にとどまらず横浜で生糸商店を開業した。山県との親交により兵部省の御用商人となった。

山県は和助から兵部省の用途金五十万円を貸与するよう頼まれ、応じた。明治五年頃のことで、陸軍からの軍需品納入依頼は多く、陸軍省の貸与金は六十四万九千余円になった。陸軍省の官吏のうちその事情を察知した者が、多勢和助から借金をして、証文も書かない者もいた。

和助は生糸貿易で大発展をおこない、その名は世界各国に喧伝されるに至った。だが生糸貿易は海外貿易のうちでも利害を分かつところがもっとも激しい。

和助は軍需品取引で大成功したが、まもなく生糸貿易でその利益のほとんどを失うほどの損害を抱えこんだ。

「ええい、俺はヨーロッパへ出向き、外商と直接取引をやるぞ」

江藤はロンドン駐在大弁務使寺島宗則から、外務卿副島種臣に送られた報告を得た。

「野村三千三という日本人がパリに滞在している。名前は知られていないが、当地での評判はたいへんなものである。


有名なパリの旅館に泊り、劇場に豪遊して女優とたわむれ、競馬に万金を賭けては損害をかさね、近頃ではパリで名高い富豪の金髪美人と婚約の噂がある。彼がパリに着いて濫費した金は、数十万円に達したといわれている」


陸軍会計官であった薩摩出身の陸軍少佐種田政明は、陸軍少将桐野《きりの》利秋《としあき》とともに、陸軍大輔兼近衛都督山県有朋に官金濫用の責任を追及した。

山県はなすすべもなく、電報で和助に至急帰朝の命令を下した。

桐野利秋は激怒した。

「わが軍規のうえからも、傍観できぬことにちがいもはん。兵を出して山城屋を封鎖せにゃならん。俺がまず先んじもんそ」

江藤は桐野の行動をおさえ、司法省でこの問題の調査を進めた。

パリにいた山城屋和助は急ぎ帰国し、事態が予測をはるかに越え切迫しているのを知って、山県に頼んだ。

「今度の出張では何の得るところもなかったが、外国商人と取引契約をしたものが莫大である。これが入荷すれば、資金調達はたやすい。

即金返納はできないが、現金はかならず取引により回収できる。一時をしのぐため手形を出そう。このほかには何の策略もほどこせない。閣下のご協力を待つのみだ」

山県はやむなくこの頼みをいれ、桐野らには「返納済である」と答えた。桐野らは茫然としてだまされたが、江藤は窮地に陥っている山城屋が、即金返納などできるわけがないと、司法省の職権で陸軍省の会計を調査させることにした。

山県は急使を山城屋に走らせ、事件が発覚すれば自殺すると知らせた。和助はただちに覚悟をきめ、事件にかかわる書類をすべて焼却したのち、陸軍省へ出向き切腹した。

このとき窮地に陥った山県を救ったのは天皇に従い鹿児島へ出向いていた隆盛である。彼は急ぎ帰京のうえ、明治五年七月十九日に自ら元帥近衛都督に就任し、二十日に陸軍大輔山県有朋の近衛都督を辞任させ軍人としての命脈を保たせた。

江藤はさらに二件の長州藩に関係する汚職事件をあばこうとした。ひとつは旧幕時代長州藩の御用達であった三谷三九郎の事件である。陸軍省の山県有朋、大蔵省の井上馨ら長州勢力を背景に、新政府の御用達となり、その声威は三井組をしのぐほどになった。三谷は陸軍省より預かった大金を自宅に置かず、和田倉門内の旧会津邸金蔵といわれる倉庫に入れ、その鍵は陸軍省手代に預け、会計官の立会いにより開閉することにしていた。

ところがある日、倉庫の現金調査のとき三十万円が不足していた。三谷は手代が横浜で油の相場に手を出し、失敗をかさねたと知ると、オランダ商館で借金をして、急場をつくろった。

だがまた五万円が紛失した。三谷は今度は東京市内の所有地五十余カ所を抵当として損をつくろおうとした。

このとき陸軍の山県、大蔵省の井上、渋沢らは三谷の土地を三井組に抵当として提供させ、特別のはからいとして大蔵省より三十万円、陸軍省より三十万円を、十年間無利息据置預金として三井組に渡し、両省の御用達を命じた。

姿を見せない誰かが裏面の暗黒のなかで動いたような、不気味な事件である。

いまひとつは秋田県鹿角郡にある旧南部藩の尾去沢《おさりざわ》鉱山事件である。同鉱山は豪商村井茂兵衛が採掘権を持っていたが、藩の借金の保証人となり、二万五千両をさしだした。

南部藩はその代償として尾去沢鉱山を村井にひきつづき経営させた。明治四年七月廃藩置県のとき、大蔵省は旧南部藩の債務を整理するうち、村井家の全財産を藩の債務として没収することにした。

村井は自分は南部藩に貸付金はあるが、借財はまったくないと訴えたが、大蔵大輔井上馨は、尾去沢鉱山を山口県人の岡田平蔵に五万五千四百余円で払い下げることにした。

岡田はその代金を二十カ年賦で納付すればよいことになった。さらに驚くべきことにその一カ月後に井上が大蔵大輔を辞職すると、鉱山を岡田より買いうけたと称し、尾去沢に出向き、鉱山入口に「従四位井上馨所有」の高札をたてたので、世評はこぞって井上を攻撃罵倒し、盗賊の行為となじった。

この事件も江藤新平が明治七年四月、佐賀の乱の首謀者として梟首《きょうしゅ》の刑をうけてのち一年余を経た明治八年十二月二十六日、東京上等裁判所で判決が下された。

奸悪《かんあく》きわまりない井上のうけた判決は、罰金三十円、村井より無法に入手した二万五千円は、追徴して村井に還付するという、泰山鳴動《たいざんめいどう》して鼠一匹というたとえそのままの結果に終った。

大久保と木戸がむすぶ藩閥の強固な障壁は、宗光がいかに策動してもこゆるぎもしなかった。後藤象二郎も明治九年三月に実業界に入るために元老院副議長の座を去り野に下った。

板垣につぐ後藤の辞任は、宗光が政府でふかく交際する盟友もなく、孤立化の道を歩むほかはない状況を前途にひらいていった。

宗光は政治性にたけ、才能に乏しい者を近寄せず、資金源になってくれる財界人と手を握るつもりのまったくない、孤高の人物であった。和歌山のうみだす才人の叛骨《はんこつ》の特徴をすべてそなえている彼が、欲望のうずまく政治の世界で孤立するのは当然であった。

宗光が政府首脳のうちにとどまっているのは、伊藤博文らの彼の才能をよく理解している人物が、わずかにいたためであった。宗光は元老院会議において熱心に議案を審査している。

元老院では法律議定権をほとんど削られ、「検視」の用務があるのみであった。検視とはあらたにできた法律が旧法と抵触するか不備不明の部分があれば指摘することで、法令審査の業務である。

宗光は立法権を奪われ、法令審査のみをおこなう職務と熱心にとりくみ、法律制定の要領を覚えた。宗光の提出した意見書のうちでは拷問《ごうもん》廃止について出されたものが有名である。

だが彼の叛骨は、身中に隠されていた。明治七年四月、大久保利通によって長崎で梟首刑に処された江藤新平のように司法卿の立場にあれば、すでに決起していたかも知れない。

江藤は自分が佐賀で乱をおこせば、鹿児島の西郷隆盛はかならず呼応して立つと期待を抱いていた。土佐の板垣も呼応して行動をおこすと見ていた。征韓論を阻止された西郷が政府に対抗して決起すれば、全国士族四十万人の半ばは蜂起《ほうき》するにちがいないと皮算用をしていた。

江藤は聡明で、司法卿として全国の世論を探偵に集めさせていた。その情報を見て、いま兵をおこせば西郷がかならず呼応し、西下する鎮台《ちんだい》兵を一蹴できると思いこんだ。

西郷隆盛は征韓論はやぶれたが、岩倉、大久保、木戸らがどれほどがんばっても、政府は数年のうちに崩壊すると見ている。

政府はあと数年のうちにしだいにいくつかの難事件に遭遇して、どうしても乗り越えられない嶮《けわ》しい坂道にさしかかるだろう。

岩倉、大久保が必死の努力をつくしても、彼らが築いた政府は、海岸に築いた砂山が潮が満ちてくるにつれ抵抗する手段もなく海波のうちに没してゆくように、あとかたもなく消え去るときがくる。

そのとき国民は西郷の掌中に身をゆだね保護を乞いにくるにちがいない。ほかに生きのびる道はなく、放置すれば日本国は日ならずして欧米の属国として、血肉を奪われてゆくのである。

隆盛は国外視察に出向いたことがないので、視野が狭小で、民主主義の理論などまったく知らず、天道を信じる東洋哲学に生きる時代遅れの豪傑であると大隈らは思いこんでいたが、近代デモクラシー国家とはいかなるものかを、外遊させた薩摩官僚から詳細に聞きとっていた。

国際社会の勢力関係、白人の有色人種支配による利益収奪の手段、特務機関による外国内情の偵察など、政府中枢にいる高官よりもはるかに高度な海外政治状況の掌握をしているので、岩倉全権大使の条約改正予約交渉の失敗などは、出発以前から予測していた。

こののち十年、二十年のうちに、かならずおこる韓国、清国、ロシアとの衝突についても承知していた。

江藤が佐賀で蜂起する寸前に西郷に相談をしかけておれば、当面とるべき手段について有利な道を教えたであろう。だが江藤は大隈重信がそうであったように、自己過信に陥り、西郷がすでに時代遅れの老爺になっており、導かれるよりも手をあいたずさえて協力する、一個の同志であると軽視していた。

全国士族の人望を集めている隆盛は、征韓論が岩倉、大久保にうちこわされ下野するとき、土佐の板垣退助に声をかけられた。

「今後もおたがいに手を結びあい、国家につくしあおうぜよ」

隆盛は親友で弟のようにいつくしんできた板垣に、ためらわず答えた。

「お前んさあは何でん思う通りにやりりゃ、よかごあんそ。おいはわが存分がごわんで、お前んさあがおいと反対の動きをなはったとて、なんの遺憾もなかごわす」

板垣は激怒した。

「そこまで思いあがりゆうか。驕慢《きょうまん》ここに至りしか」

隆盛は盟友の板垣さえ何のあてにもしていなかった。まして平生から才幹を認めていても、腹のすわっていない江藤を頼るわけもなかった。江藤はわが声威を過信し、自分が決起するときは隆盛はかならず兵をおこすと思っていた。それは何の裏づけもないひとり合点であった。

幕末に薩長連合が成立したのも、坂本龍馬の斡旋があってのことであるのは、世に知れていた。連合はかならず成立させねばならないこととわかっていたが、隆盛は自分からはたやすく手をさしのべなかった。

土佐の板垣派で武闘派として知られた林有造は、江藤と同じ汽船で明治七年一月に横浜を離れ神戸まで同船し、そこから鹿児島へむかい西郷隆盛と会い、江藤が挙兵したとき、これに応じて決起する意志があるかたしかめに出向いた。

林はもし隆盛が江藤の行動に応じ決起するときは、土佐も同調させようと考えていた。彼が鹿児島へ出向き、隆盛に面談したとき、村田新八、桐野利秋も同座していた。

隆盛はまずたずねた。

「今度わざわざ鹿児島へおいでなはったのは、なんのためでごあんそか」

林はなりゆきによっては斬られると思ったが、腹をすえて本音を告げた。

「政府の大官が役を退き、ことわりもなく国へ帰るのはええことですろうか。小役人が無断でこげなことをやりゃ国法で罰せられますろう。陸軍大将のご自分が多勢とともに帰国して、政府がそれを咎めんのは、政府の力がないためか。

それをおたずねしとうて、参じましたがです」

隆盛と側近の将官たちは虎のように大笑した。それから気分が一度に砕けて何でも話しあうようになった。

隆盛が聞いた。

「おいどまがここで旗揚げすりゃ、土佐じゃ誰が応じゆうか」

林は料紙を取り、まず林と書き、ついで片岡健吉、大江卓と書いた。隆盛が聞く。

「なんぜお前んさあの名をいっち先に書いた」

「土佐じゃ林が立たざったら、らちがあかんがです」

林は隆盛に、鹿児島では誰が旗揚げするかと聞くと、芋連《いもれん》と書き、彼と股肱の人々の名をつらね、つぎに腐り芋連と書いて大久保とその一味の名をつらねた。

林は鹿児島から長崎へ戻り、江藤に会って隆盛に挙兵の意志がないことを告げ、自重を勧告したが、江藤は方針を変更できなかった。叛乱軍の人数が五千に及ぶといわれ、いまになって蜂起を中止すれば、戦陣の血祭にあげられることがわかっていたためである。

宗光は元老院に出仕しつつ、江藤の指揮する叛乱軍がしだいに勢力を失い、自滅にむかってゆく情報を聞いていた。

「今日の江藤は、明日のわが身や。それでも男にはやらなんだらいかんことがあるのや」

彼は叛乱軍への大久保の迅速な対応に、肌寒さを覚えた。

遠雷

陸奥宗光は、板垣退助、後藤象二郎が去った元老院で孤独な立場に置かれたのちも、職務にはげみ、明治八年十一月二十八日に元老院幹事となり、十二月二十八日に従四位に叙され、三十二歳で高官の地位を保ち得た。実情は立法府の権限を失い法令審査をおこなうのみで、養老院とかげ口をきかれる有様であったが、宗光は辞職しなかった。

藩閥のもとに制圧された状態であったが、時勢はこのまま平穏に推移することはないと彼は推測していた。

朝鮮問題が不調となったため、明治六年十月二十三日に参議を辞職した西郷隆盛は、その二カ月後に鹿児島へ帰郷した。在京しておれば彼を擁して反政府行動をおこそうとする士族が集ってくるおそれがあったためであるといわれる。

隆盛が朝鮮へ使節に出向こうとしたのは、ロシアが北海道へ進出しようとの狙いを察知してのことであった。イギリス、ロシアの公使らの内談により現状を判断した隆盛は、ロシアに先んじて朝鮮よりシベリアに攻めいることが、日本存続のために欠くべからざる布石であると見ていた。

彼は鹿児島へきた訪客の庄内士族に告げた。

「岩倉（具視）はいま戦争をおこしてはいけない。まだ内治がおさまっていないので順序を失うからであるという。それならば平和なときの順序をあげつらい、いざというときのご軍略はいかがであろうと聞くと、軍略は知らぬと申す。

ご存知なければ知っている者に聞かれよ。戦がおそろしくてできないのであれば、今日かぎり政府ということをおやめになり、商法支配所（商社）と名を替えられよと申した。

政府の自衛の義務を果さないのであれば、政府ではありません」

隆盛はいったん天皇内勅までいただいた使節の役目を封じられたいま、心中に抱いている決意を客にうちあけた。

「いまのままに推移すれば、ロシアはかならず近日中に襲来いたすに違いなか。

そんときは小隊長となり同志の者を連れて、け死にもんそ。政府の方々はぜひ降参なさりゃようごあんそ。私は決して降参いたさぬでごわす」

岩倉は、隆盛にそのようにいわれたのち、明治八年五月に外交交渉によって樺太《からふと》をロシアに与えた。

宗光は西郷隆盛が反政府運動に決起すれば、全国四十数万の士族のうちすくなくとも半数は呼応して叛乱をおこすだろうと見ていた。当時は政府顕官たちの推測も同様であった。

第二の維新ともいうべき激戦がおこれば、政府が瓦解するおそれは充分にあった。維新の大業をなし遂げた主力は、薩長の軍隊であったが、実際は薩軍のすさまじい破壊力が、数においてははるかにまさる幕軍を崩壊させたのである。

隆盛が朝鮮問題につまずき帰郷したとき、東京に在住していた鹿児島出身の将兵、文官、各地に勤務する官吏が辞職して、なだれをうつように帰県した。当時の陸軍には少将以上の将官が二十三人いたが、大将の隆盛に従い少将桐野利秋、篠原国幹が辞任したのは大きな衝撃であった。士官、下士官をふくめ、六百余人が帰県した。彼らはこののち政府に対する大勢力を編成するための今後の方針をたてることとして、代表者を隆盛の屋敷へ出向かせ、意向を聞いた。

隆盛は長いあいだ沈思していたが、やがて答えた。

「お前んらのいうこつは、まっことよか。ただこん事は、すこぶる大事じゃっと。俺がいま独断専決できもはんで、日をあらため桐野、篠原、村田らと慎重に相談して決めもんそ」

隆盛は桐野らと協議し、数日後に旧藩厩舎《きゅうしゃ》のあとに学校を建築することを決めた。これは明治七年四月のことであったと『薩南血涙史』に記されている。

建築費は県令大山綱良《つなよし》が、藩から県に引きついだ公金をあて、百五十畳敷きの巨大な校舎を建て、私学校と称した。これを私学校本校として鹿児島市中に十二分校を設ける。ほかに共立学舎、砲隊学校を置き、士官養成の陸軍幼年学校生徒のために賞典学校を建てた。この学校の運営費は戊辰《ぼしん》の役の功労の賞賜として毎年下される隆盛の二千石、大山綱良の八百石、桐野利秋の二百石をあてた。さらに大久保利通も千八百石を明治九年三月まで出資していた。

明治八年末、県令大山綱良の要請に応じ、私学校の幹部らを警察、行政役員として就職させた。大山は県令であるが、実権は私学校に握られたのである。

このようにして、鹿児島県は日本国内でただひとつの独立国の形態をそなえた県となった。そこには政府の実権を握る大久保の力さえ及ばなかった。

各学校に登校する生徒はおよそ五百〜六百人。授業は午前九時から正午までである。学校の綱領は隆盛が墨書《ぼくしょ》した。わずか九十六字の二カ条である。現代文にすれば次のようになる。

一、進むべき道がおなじで、人生の意義が合致する者が、いつのまにか集まった。ゆえにこの道を研究し、道義を実行すべきときには一身をかえりみず、かならず踏みおこなわねばならない。

二、天皇を尊び民を憐《あわ》れむのは学問の基本である。だからこの天理を研究し、人民の義務をはたすべきときには、一致して国難にあたり、われらの義を立てるべきである。

この綱領は単なる理想を語ってはいない。道義、人民の義務を果すべきときには、生死をかえりみず実行せよと命じているので、文中に凄愴《せいそう》の気魄《きはく》がこもっている。

授業の内容は六韜三略《りくとうさんりやく》・孫子・呉子・春秋左氏伝などの軍書で、生徒は軍人としての教育を施されていた。

隆盛は鹿児島県を私学校によって固める要害のような存在にするため、鹿児島市の東北三里の吉野寺山にある旧藩牧場に、「吉野開墾社」を設け、元教導団生徒約百五十人に開墾作業をおこなわせていた。成功すれば、さらに広大な原野の開墾にとりかからせる。鹿児島北方の熊本県境一帯の出水《いずみ》と呼ばれる高原は、吉野とは比較にならない面積であった。

隆盛は大山県令を思う通りに動かしていた。大山は県令として内務卿大久保利通のもとに従っているが、県内の行政においては隆盛の意見に従い、大久保の発する政府命令に応じなかった。明治六年七月、政府はこれまでの田畑貢納法を全廃し、土地代価の百分の三を地租として定め、県、郡、村の入費についての税は、地租税金の三分の一とすると決めた。

政府は明治九年までに改正を完了するつもりであったが、士族、農民が大反対をつづけ、竹槍をつらねての百姓一揆が各地におこり、地租改正事務局の懸命の努力にもかかわらず、容易に進展しなかった。

政府命令をまったくうけいれなかったのは鹿児島県であった。旧藩では家来たちが土地を開墾して作物の利益をとることを認めていた。これを持高として藩からうける家禄と分け、家来のあいだでその売買を許した。明治二年に藩政改革がおこなわれ、明治四年七月に廃藩置県が成立したが、持高の田畑についての収入は県が禄米を支給し、所有権を認め禄券の売買を許した。

明治五年、政府は全国の禄券売買を禁じたが、明治八年九月、旧鹿児島藩士の禄券売買を許した。

陸奥宗光は元老院議官である義弟中島信行から鹿児島の情勢を知らされていた。土佐藩士であった中島は、板垣退助、片岡健吉、林有造らの率いる民権団体立志社を通じ、鹿児島の実態をくわしく把握していた。彼は隆盛が決起すれば、政府は危機に直面することになるといった。

「鹿児島は県とはいえんぜよ。まっこてひとつの国じゃねや。県令以下の参事・課長・警察署長・巡査らあは、全部鹿児島の者ばっかりじゃ。大山県令の全国地方官会議のときのふるまいは、大久保をなめきっとったがぜよ。喧嘩売るならいつでもうけるう胸のうちを、隠さざった。大久保はどうやら西郷をおだやかならんところへ引きこみ、喧嘩をうけさせるつもりでおるがかよ。

何事にも手抜かりのない大久保が、西郷を鹿児島から引き出さんのが、ふしぎでならんがじゃ」

宗光は明治八年七月の全国地方官会議に出席した、鹿児島県令の傍若無人のふるまいを知っている。

大山は大久保より五歳年長で、旧藩では誠忠組《せいちゅうぐみ》の大幹部としての前歴がある。大久保が内務卿として政府の重鎮となったいまも、その声威をはばかるどころか、無視する態度をあらわした。

会議はあらたに各県に設ける県議会の議員に、区戸長を任命するに際し、官選、民選のどちらをとるべきかの討論であった。

二日間の会議のあいだ、大山は常に居眠りをしているように見せていたが、採決をはじめようとすると突然立ちあがり、議長木戸孝允の許可を求めないまま、大声で建白書を読みはじめた。内容はつぎのようなものであった。

「県議会のごとき民会は開くべきではないと建言します。

ご存知のように首都東京でさえ産業がふるわず風俗が乱れ、盗賊横行の現今、地方の人民が民権の何たるかを存じておるか。

低劣な者たちに民会をひらかせれば、ろくに知りもしない共和思想などをふりかざし、国を亡ぼすだろう。民会は人民開化ののちだ」

大山は建白書を聞きとりにくい薩摩訛《なまり》で読みおえると、また瞑目して居眠りをはじめる。採決のとき、彼は両手をあげ「どちらでも結構」といった。

このあと大久保は大山に頼んだ。

「全国の県政改革がまもなく発せられるが、このたびは他県より早く参事以下の人事一新をはかられてはどうか」

大山は答えた。

「罪のない職員を免職するならば、まず私が辞職する」

鹿児島県は政府の方針を完全に無視していた。賞典学校は陸軍規則を守らない兵団のようである。私学校は文部規則を無視した国事会議所である。県内士族は銃器弾薬を私蔵していると、新聞に報道記事が掲載されている現状では、西郷隆盛と彼に従う県士族は国政に違反する犯罪者と指弾される道を、突進しているのであった。

宗光は大久保が隆盛を中心とする薩摩士族を政府と対立して、全国の反政府勢力の衆望を集めさせ、専制主義政権打倒の叛乱をひきおこさせようと画策しているのではないかと、ひそかに考えていた。

明治八年正月から二月におよび、大久保は政府の基盤を強化するため、長州閥の参議伊藤博文、井上馨らの願いをいれ、大阪に出向いて、台湾出兵に賛成せず参議を辞した木戸孝允と会見した。

この結果、元老院、大審院の設置、地方官会議の召集により、立憲政体設立にむかうことになった。大久保は大阪まで出向き木戸を誘い、板垣は木戸の推選により、ともに参議に復活した。

このとき大久保が鹿児島に帰郷し、隆盛に入閣を熱心に依頼すれば、西郷入閣は成立したのではないかと宗光は思った。旧藩誠忠組を率い維新をなしとげた深い縁故のある隆盛を、ふたたび政権に迎えいれることができるのは、大久保ただ一人である。

隆盛の名声は、大久保の遠く及ばざるところであった。宗光はつぶやくようにいう。

「西郷が政府に戻ったら、大久保はその威勢に押されて思うように采配が振れんやろ。西郷が大久保と折れおうてやっていこうとの運びになっても、両者の徒党が睨《にら》みあうことになるかも分からんなあ。大久保がそんなことをはばかってるとしたら、西郷をいじりまわして戦をしかけてくるようにしむけることもないとはいえん。

いずれにしても西郷が決起したら、扱いようで政府が潰れてしまうかも分からんなあ」

中島は応じた。

「そこが問題ちゃ。西郷が私学校生徒を連れて叛いたら、全国士族が動きかねんがじゃろ。九州から山陽道へなだれこんだら、そこらじゅうから不平士族が仲間になって、幾万人になりゆうか見当もつくまいがよ。それまでに大久保が片をつけられりゃええがよ」

宗光はうなずく。

「政府は鎮台、警察を動かせるし、武器弾薬、輜重《しちょう》にも事欠かん。軍資金もある。私学校党はそのすべてに不自由やろ。まともな戦闘をやるには、一万人を自在に動かそうと思うたら、金がびっくりするほどかかるのは、戊辰の役のときに分かってる。まあ西郷が動いて鎮台兵の砲火をものともせず大阪辺り、いや広島まで出てきたら政府がもちこたえられるか危のうなるやろ。

鎮台兵は士族と渡りおうたら、刀の錆びになるばっかりやろ。しかし銃砲でやりおうたら、どっちが勝つともいえん。

大久保はその辺りのことは調べぬいて、私学校党を潰せると見てるのやろ。しかし、危ない橋を渡ることになるとは覚悟してるなあ」

中島は眼を光らせた。

「俺もそう思うがぜよ」

「立志社の意向はどうや」

中島は声を低め答えた。

「もう決まっちゅう。そのときは西郷征伐といいたて、兵を船に乗せて紀州へまわし、人数をそろえ大阪城へ攻めかかり乗っ取る手筈を考えちょるがじゃ」

「もう紀州との話しあいはすんでるのか。手早いことやのう。武器弾薬を買う金はあるのか」

「それは林（有造）がはたらきゆう。洋銃三千挺を上海《シャンハイ》の商社から買う様子ぜよ」

「そんなことをやる金があるのか」

「手当てはできるというきんのう。ほんまじゃろ」

「乱は遠からずおこるやろ。早かったら一年のうちやなあ」

全国には政府の施政方針に反抗する団体、結社が数えきれないほどあらわれ、その組織に属する人数は幾百万人とも知れないといわれていた。

それらの結社の勢力は弱小であっても、すべて鹿児島の私学校党に連絡をとり、決起するときは行動をともにする決意をかためている。宗光はいう。

「西郷が動いたら、九州、四国、山陽、山陰の有志がなびくやろ。大阪、京都まで出てきたら東海、東山《とうさん》、北陸、関八州も挙兵しよる。山陽道へ入れるか否かが勝負の分かれ目になるなあ。

土佐は紀州と協力したら大兵を動かせる。政府に助力するというて大阪城に入ったら、あとは情勢しだいで西郷方についても、政府の味方になってもよかろう。なんにしても政府から岩倉、大久保らを叩き出して人民の政府をひらく好機がめぐってきたようや。ところで林はほんまに軍資金を調達できたらええがのう」

宗光は板垣の立志社とともに、事変に応じてまもなくおこるであろう第二の維新に乗じ、大久保の支配する政府を奪取する構想を探っては崩し、胸中の鼓動を高鳴らせた。

明治九年は諸県に騒乱がおこった。五月には和歌山県那賀郡の農民が大挙して地租軽減を訴え出た。隣りあう日高郡民も同調して県庁に迫り、大阪鎮台の兵が出張してようやく彼らを解散させた。

十月二十四日には熊本神風連の乱がおこった。神風連の幹部はすべて神官である。彼らは神を崇拝し、尊皇攘夷《そんのうじょうい》を信奉する結社であったが、同年三月に廃刀令《はいとうれい》が下ったのを契機として蜂起の覚悟を定め、神慮をうかがった。

十月二十四日、月の入りを合図に義挙決行との神示が出て、熊本県庁、鎮台を急襲し、不意をつかれた鎮台は大損害をうけたが、刀槍のみを武器とする神風連は銃砲撃に抵抗することもできず、二十七日には降伏した。

神風連と決起を約束していた福岡県秋月士族が二十七日、前原一誠の萩の乱が二十八日におこったが、なすところもなく鎮圧された。

十二月になると茨城県真壁郡民、那珂《なか》、久慈《くじ》、茨城の郡民が警察を襲い、地租減免を要求したが、県庁は士族を募集し彼らを解散させた。

だが動揺はやまない。十二月十九日に三重県下伊勢の農民数千人が地租改正を求め、県庁に迫った。伊賀名張郡の農民は四日市になだれこみ、役所を焼きはらい監獄の囚人を解放し、民家を掠奪《りゃくだつ》して、尾張、美濃、大和など広範囲に乱入したので、名古屋鎮台から出兵して、二十三日に鎮圧した。

政府はあいつぐ農民の暴動を重視して、明治十年になって地租三分を二分五厘に減らすことにしたので、つぎの川柳が世上にひろまった。

竹槍で　ちょっと突き出す　二分五厘

陸奥宗光は坂本龍馬の遺志を継ぐ紀州人であった。彼は土佐と長州に紀州よりも濃いつながりを保っている。

宗光は薩長藩閥を打ち倒すためには双方を戦わせねばならないと考えていた。どちらが勝利を得ても、甚大な被害をうけた政府は破滅か弱体化の道を進まねばならなくなるだろう。そうなれば、第二の維新がはじまるのである。

大久保は鹿児島県が独立国であるといわれるほど、県政に介入せず自由に任せてきた。そうするのは、西郷隆盛との衝突をのばすためであった。彼と戦うことなく自潰するのを待とうとしていた。

だが全国の形勢は緊張のいきおいをにわかにつよめてきた。大久保は隆盛の性格を知りぬいている。情勢緊迫したいまになっては、たとえ大久保が帰郷して直接談判をしても、隆盛が県政を政府に任せる可能性はない。

大久保は危機が近づいているのを承知のうえで、大山県令を九月に東京へ呼びだし、県政改革を求めたが、ことわられると延期した。

さらに鹿児島県士族にかぎり、家禄の禄券を売買すれば、その十カ年分の金額相当の公債証書を渡し、一割の年利をつける特例を認めた。

東京には私学校の状況を世上へ知らせる「評論新聞」があった。明治八年三月発刊、九年末に廃刊した。社長は鹿児島県士族、親兵隊で桐野利秋に従う陸軍大尉の経歴を持つ海老原穆《ぼく》である。

彼の父は薩藩財政の立て直しを、家老調所笑左衛門《ずしょしょうざえもん》とともにおこなった会計に明るい人物で、ふつうの士族では持つことのできない富を貯えていた。

彼は明治六年西郷下野にともない帰国していたが、二年後に出京して新聞事業をはじめた。その実体は政府壊滅を意図宣伝するものであった。

新聞には全国の不平士族に西郷以下私学校の現状を伝え、まもなく決起するとの記事を掲載した。

政府に不満を抱く士族らに西郷が立てば同調せよと伝え、私学校側には反政府の気運がたかまり、決起すれば全国の不平士族が呼応して立つと煽動する。

海老原は私学校側を瞞《だま》したわけではない。戊辰戦争で活躍した彼は、私学校党が上京すれば政府鎮台などは蹴散らすにちがいないと信じこんでいた。

「評論新聞」は私学校の宣伝、諜報機関であるとともに、政府が鹿児島県の行政についてほしいままに実施させている現状を詳細に報じた。

いまは政府の権威に従わせるため鎮台兵を派遣し、私学校党を討伐しなければならないと挑発するのである。

明治十年一月、政府は鹿児島へ三菱汽船赤龍丸《せきりゅうまる》をさしむけた。海岸にある旧薩摩藩の造船所が海軍省、銃器製作所、火薬製造所、火薬庫が陸軍省の管理のもと、兵器弾薬製造を明治九年の秋までおこなっていた。

そこに設置された大砲、諸機械、弾薬は赤龍丸に積みこまれ、東京、大阪城へ運送されたが、スナイドル銃の弾丸はまだ多量に残っていた。

一月十九日の夜、私学校生徒数十人が突然草牟田《そうむた》弾薬庫の扉を破り、番人を追い払って弾丸五百発入り六百函を奪い、草牟田私学校へ運んだ。

翌三十日の夜、私学校派千余人が陸軍火薬庫四棟を打ちこわし、多量の弾薬を荷車、人力車でどこかへ運び去った。

三十一日には白昼に火薬製造所、火工所が壮士らの大群に襲われ、掠奪《りゃくだつ》をうけた。日没後千数百人が磯海軍造船所を蹂躙《じゅうりん》し、弾薬をすべて奪った。

政府の建築物を破壊し、武器弾薬を強奪した私学校党の壮士たちは国事犯としての処罰を免れない。西郷隆盛は彼らを見捨てることはしないだろう。

そうなれば叛乱がかならず起きると宗光は思った。

二月九日、私学校生徒が暴発したとの情報をうけた元老院で、宗光は事態を鎮定するため、ただちに出兵すべきであると語り、土佐出身の元老院議官佐々木高行とともに岩倉具視に会い、迅速な派兵を要請した。

宗光は板垣退助ら立志社との連絡をひそかにとりはじめた。

大江卓の伝記、林有造の『自歴談』によれば、京橋木挽町の宗光邸に板垣ら立志社幹部が集合し、今後の方針を語りあったことが記されている。

集まった人々は私学校生徒らの事件が伝わるとただちに行動を開始していた。彼らは政府転覆の絶好のチャンスがきたと判断し、林有造は銃器弾薬の購入にあたり、大江卓は後藤、板垣、宗光の間を連絡に駆けまわっている。

今後の方針としては後藤象二郎が京都行在所《あんざいしょ》にいる木戸に会い、鹿児島征討の勅命を乞うのである。いま天皇の京都行幸に従っている木戸が薩摩征討の勅命をうければ、大久保が鹿児島征伐をこれまで通り実行に踏みきれないうちに、板垣退助が土佐、長州、紀州の兵力をまとめ、鹿児島から湧きおこる大乱に対応する。

そうなれば、後藤、板垣を入閣させ大久保の勢力を減殺できるだろうと考えたのである。だが現実の大久保には、何のつけいる隙もないことを、陸奥はこのときまだ知らなかった。

正月早々に鹿児島造船所、火薬庫から兵器弾薬を運びだし赤龍丸に積載して、大阪城、東京へ運搬したのは、私学校徒を挑発するための大久保の計略であったと、見ることができる。

大久保は私学校党を撃滅する名分を求めるため、わざと鹿児島の陸海軍施設から弾薬などを引き揚げようとしたのである。「評論新聞」の最後の私学校党についての通信は、つぎのようなものであった。現代文でしるす。

「昨明治九年十二月上旬より鹿児島県下ではおだやかならない風説がある。年末に至って一時噂は減ったが、本年（明治十年）正月七、八日頃からまたその風説がひろまってきた。

昨年の冬以来諸官省の役人から帰省を願い出る者が多くなった。警部、巡査が特に多い。それで近来帰省あるいは旅行を厳禁し、警視庁の探偵も様子を警戒し、六千人の部下を指揮する川路《かわじ》大警視は、状況を騎馬でしばしば大久保に報告している。

これらの状況は市中でしきりに評判となり、私学校党が早く鹿児島から出ていまの世情を変えてほしいと、政府を誹謗するものもあり、警視庁ではおおいに注意しているようである」

大久保は腹心の川路利良《としよし》と、私学校党の暴発を誘ういまひとつの方策を講じていた。川路は大久保の指示に従いすべての行動をして、表裏一体のはたらきをした。彼は鹿児島城下の北方三里の比志島に住む与力で、外城士族であった。隆盛は鹿児島城下士族を近衛兵とし、外城士族を警察ではたらかせた。

川路は戊辰戦争で功績をあげ、兵児《へこ》隊長となった。警視庁でも才能をあらわし、明治五年九月、三十九歳で邏卒《らそつ》総長となり、ただちにヨーロッパの警察制度視察のため洋行し、翌年九月に帰国した。

その後、朝鮮問題の挫折によって隆盛が帰郷したが、彼は桐野、篠原のように隆盛に従い退官、帰郷しなかった。

近衛の将校下士官は城下士で、それまでの実績をなげうち、隆盛に従い下野したが、外城士である警察官は、ふだん西郷派といっている者でさえ退官しなかった。

川路はヨーロッパ滞在中、フランスのジョゼフ・フーシェという警視総監の探偵政治を研究していたので、帰国後は探偵を多用した。わが国でも徳川幕府以来、探偵制度はきわめて発達していた。

大久保は川路と相談し、いまひとつの手段を用い私学校党を刺戟することにした。

川路は権少警部中原尚雄と中警部園田長照、権中警部末広直方に命じた。

「死を決して鹿児島に帰県し、政府のためにはたらいてもらいたか」

中原らは与党の者を呼び集め、二十三名の同志を得た。

彼らは大久保内務卿の訓示をうけた。

「鹿児島私学校の乱暴はますます露骨になり、政府もこれに対しおおいに考慮をめぐらしつつあるが、しかもあわれむべきは何らの事理をわきまえない青年子弟である。貴公らは鹿児島に帰郷し、彼らに大義名分を説き、考え直させよ。それによって彼らを災厄から免れさせてくれ」

中原少警部以下の警察官が、明治九年十二月末に帰国するまえに川路大警視の訓示を与えられた。

そのなかにつぎの一節があった。現代文でしるす。

「東京六千余人の警視庁を創立したのは、大久保長官をはじめとして、本来は西郷氏の意によったものである。

近頃の風評ではその虚実はあきらかではないが、西郷氏が腕力をもって政府に迫るという。これは不平暴徒が西郷氏の威名を借りて世を煽動するものだ。

西郷氏がこのような暴挙をおこなうことはありえないと、かたく信じている。だからいま氏の側近として信頼を得る者であっても、大義を誤り、私見を主張して兵火をもって政府に迫るような、国憲を破る者は、これを殺して西郷氏の恩に報じなければならない。

これはかって氏が説き聞かせて下さったことで、氏の考えにそむかないものであれば、氏もまたかならず満足されるのである」

西郷の教えに反し大義名分を誤った者は、桐野、篠原、村田らの誰であっても、西郷の信頼をうけているか否かを問わず殺せというのである。

川路はまたいう。

「兵は国家の威力で君主政府の掌握するものである。決して人民がみだりに動かすものではない。兵を動かす権力は、君主政府のみにある。これを用いるのは、やむをえない状況に立ち至ったときである。

だが勅命にもよらず、やむをえない事情もなく、天下の公論を無視し文明社会を乱し、敬天愛人を口にとなえ、無智の人民を煽動して暴動を展開し、私憤をたくましくする者を誰が同調して助け、国賊となるであろうか」

中原ら二十数人を鹿児島へ派遣する情報は秘密とされていたが、たちまち私学校に届いた。「評論新聞」の海老原穆が川路側のわざと洩らした事実を、いちはやく私学校へ知らせたという説がある。

そうであれば大久保、川路は私学校党の蜂起を誘いだそうとしていたことになる。

川路の縁戚の検事大河平隆は中原らの鹿児島派遣を聞くと、ただちに川路の企てを制止した。

「いまあなたのすることは私学校徒を奮激させ国家の禍いを誘いだすはずだろう。公明正大に事をおこなわねばならない。大久保かあなたのいずれか一人が鹿児島へ急行し、西郷先生と会い、腹中をうちあけたがいの疑いをはらし、意志を通いあわせるのが大切である。

部下をそそのかし、陰険なふるまいをすれば、騒動がおこり国民を悩ますばかりである」

川路は西郷に送った書状がすべて私学校徒に開示されている現状では、面談はとても無理であると虚言《きょげん》を口にして断った。

大久保と川路は宗光が想像していたように、私学校との衝突を避けようとしているのではなく、隆盛とその徒党を決戦に誘いだそうとしているのであった。

迷路

陸奥宗光は、私学校暴発の報をうけたあとの立志社《りっししゃ》同志の活動を詳しく知っていた。過激派の林有造《ゆうぞう》は西郷挙兵に呼応して高知に帰り、県下の志士をまとめようと考えた。

林の兄・岩村通俊《みちとし》は政府に出仕し、農商務大臣、貴族院議員などを歴任し、男爵を授けられた。弟の岩村高俊《たかとし》が諸県知事を歴任、宮中顧問官、貴族院議員、男爵となった経歴は、長兄と同様である。三兄弟のうち林有造は国事犯として、生涯社会の表面に出ることがなかった。

立志社の重要な指導者の一人である林は、当時、土佐の広大な森林である白髪山《しらがやま》を政府に買い上げてもらい、その買収金で立志社の運動資金を捻出しようという交渉にかかわっていた。

政府は俸禄《ほうろく》を失い生活苦にあえぐ全国士族救済のために、さまざまの対策を実行していた。彼らに開墾させると称し、土地を無償かわずかな代金で与え、日を置いて相応の価格でそれを買いとってやるなど、泣く子に飴玉を持たせてなだめるような、一時凌《しの》ぎの方便である。

明治十年二月上旬、林は政府からすでに払い下げをうけていた白髪山を、買い上げてもらう交渉をするため東京に出ていたが、途中で三菱会社に寄ってみると、私学校徒暴発の情報を耳にした。

彼はたちまち馬車に乗り、同志の岡本健三郎の家へ駆けつけ事情を告げた。

「西郷が立てば国家存亡の分かれ目に至るぜよ。俺らが立つときじゃ。俺はこれからすんぐに高知へ帰り同志を呼び集めるき、臨機応変にやるがじゃ。

いまもっとも必要とするのは銃器弾薬じゃき、おんしに鉄砲三千挺買い入れを頼むぜよ。その代金は間なしに大蔵省から白髪山買い上げの交付金が下りるき、そのなかから五千円を手付に払うて、銃と弾薬を買うちゃれ」

白髪山買い上げ金は十五万円であり、林はその一部を兵器購入資金にあてるつもりである。

林は二月十二日、在京の同志二人をたずね協力の約束を得たのち、三菱会社にゆき岩崎弥太郎《やたろう》に会おうとしたが、弥太郎は熱海に湯治《とうじ》に出向いていたので、番頭に告げた。

「今度の西郷挙兵は天下を二つに割るほどの騒動になるがぜよ。三菱も大仕事をせにゃならんき、岩崎に早う大阪へ出てくれというちょき」

林は大阪城の鎮台を襲うとき、三菱会社の汽船と資金を利用すればいいと考えていた。十三日の夜、林は岡本健三郎の家へ出向き、告げた。

「俺は明日大阪へいくぜよ。銃器、弾薬は頼む」

岡本は答えた。

「もう手当てはやったがよ」

林はおおいによろこび歓呼した。

岡本はのちに日本国首相となる吉田茂の実父・竹内綱《つな》に、銃器購入を頼んだのである。竹内は立志社社員で、林とおなじ宿毛《すくも》を故郷としていた。

竹内はローザーというポルトガル人と旧知の仲であった。ローザーは維新前から日本に滞在する政商で、後藤象二郎のもとへ出入りしたことがある。

ローザーは明治七年の台湾出兵事件のとき、ある外国商人が日本か清のいずれかへ売りこむつもりで、上海へ小銃三千挺を運んだ事実を知っていた。事件は和睦となったのでそれは売れないまま、香港《ホンコン》上海バンク（銀行）の担保にとられ質流れとなっていた。

ローザーはバンクと交渉し、スナイドル銃一挺十五円で三千挺四万五千円、手付金五千円で買収の契約をとりつけたのである。

林は高知へ帰り同志を呼び集め、銃器到着の見込みがつけば即刻挙兵するつもりであったので、今度東京を離れたらもはやこの地を踏むことはないと思い定めた。夜明けがたに荷物を横浜へ送り、昼前に木挽町の宿屋に母を連れて出向き、午後一時発の横浜行きの汽車に乗るため、一時まえに新橋停車場に着いた。

だが横浜行きの列車はすでに満員で、切符は売り切れていた。

「これはいかん。東京丸には乗れんがじゃ」

郵船東京丸には板垣退助、後藤象二郎、大江卓、岩神昂《いわかみのぼる》ら立志社の領袖《りょうしゅう》が乗り、神戸から大阪、京都へむかうことになっていた。

板垣、後藤は宗光の建言により政府閣僚に復帰するため、西下するのである。

「しかたない、東京丸が出てしもうたら、東海道をとって京都へ馳《は》せむかうしかないき」

林が陸路を昼夜馬車で疾駆し、京都へむかう覚悟をきめていると、突然眼前に宗光があらわれた。

「林君、これから横浜へむかわれるか。昨夜は荒れ模様であったが、日和は大分収まったようで、ええぐあいや」

宗光は横浜へ帰る友達の和歌山県人・山東直砥《さんとうなおと》を見送るため、新橋駅頭にいた。

「それが切符は売りきれてどうにもなれやせん。東海道を西行するしかないぞよ」

「なに、一刻も先を急がにゃならんときや。そうやなあ、山東さん、わけはあとでいうさかい、あんたの切符を林さんに譲ったげてくだされ」

宗光は山東に耳打ちする。

「これは土佐立志社の要人や。これから横浜へ出て、板垣、後藤さんらとともに京都へゆく大任を受けてる。すまんけどあんたはつぎの汽車で帰ることにして、切符をやってくれ」

山東は事情を察して承知したので、林は東京丸に乗り遅れずにすんだ。

天皇は一月三十日に京都でおこなわれる孝明天皇十年式年祭と二月五日の京都・神戸をつなぐ鉄道開業式に臨幸されるため、京都行在所《あんざいしょ》におられる。

供奉《ぐぶ》しているのは三条実美《さねとみ》太政大臣、木戸孝允内閣顧問、山県有朋参議・陸軍卿である。伊藤博文参議・工部卿は遅れて京都に出向いた。

東京には岩倉具視右大臣、大久保利通参議・内務卿、大隈重信参議・大蔵卿が残留していた。

私学校党暴発の報をうけた政府は、ただちに仮太政官を京都行在所に設けた。大久保が元老院議官柳原前光、中島信行を同行させ、官船玄武丸に乗り横浜から神戸へむかったのは、二月十三日であった。

だが玄武丸は暴風雨に遭い、伊豆大島に避難した。そのため十四日に横浜を出帆した東京丸にいくらか遅れて神戸に入港した。

宗光は東京にとどまり、元老院仮副議長の役目を続けていた。議官のうち京都へ出張する者が多かったが、宗光は会議出席を欠かさなかった。彼は大久保、川路らの探偵を駆使しての情報収集の行動が、かならずはじまっていると予測していた。

林有造が大蔵省に白髪山買い上げ金を早急に下付してもらうために運動しているが、大久保、大隈らに内情を探知されている危険は多分にある。

板垣は軍団指揮の能力はそなえているが、政治家としての力量は乏しいと見ていた。彼は戊辰戦争で会津攻めに参戦し、会津藩士たちが死闘を続けるうち、領民はまったく協力しなかった有様を眼前にして、今後明治政府のとるべき道は西欧列強のように、自由民権主義でなければならないと見ている。

板垣は民権運動では時勢を把握していない急進派であるが、大久保の観察眼と気力をそなえていないため、立志社を率い突発した動乱に乗じることができない。

後藤は私学校党と呼応して決起しようという意志はないが、板垣との間柄は深く長い。正体の知れない奔放な性格であるが、たがいのつながりは断絶することなく、行動をともにする傾向はあきらかであった。

東京丸で神戸に着港した板垣は林に聞いた。

「東京で後藤と約束したぜよ。神戸から京都へ出向き、三条、木戸に会いいろいろ相談するとのう」

林は反対した。

「そりゃあかんですろう。三条、木戸となんの相談をするろうか。これまで政府はいくら建議をしてもとりあげなんだきに、この機に政府を転覆し、前途を切りひらかにゃいかんき。西郷とは考えが違うが、協力して政府を転覆せにゃならんぞね。そのあとで鹿児島と戦うかも知れんが。

あんたのような地位の人が三条らあと協議のうえで、論を変えて政府に叛《そむ》いちゃいかんがです。土佐へ帰り人心をまとめ、銃器をととのえりゃ、挙兵すりゃえいがです。何の相談がいりますろうか」

林は板垣が三条、木戸らと相談し、政府側につくのをおそれていた。

高知県士族を決起させるには、板垣に指揮を預けるほかに方法はない。板垣は林のすすめをうけ、後藤の了解を得たうえで、林を代理として上京させ、自分は神戸にとどまった。このとき板垣はまだはっきりと挙兵の決心をつけてはいなかった。

政府に建白し、参議としてはたらくか、挙兵するかは今後の情況しだいであると見ていた。大久保一行は林らと前後して京都に到着し、十八日夜に、三条、木戸、伊藤、山県らの首脳と征討軍派遣をきめた。

征討令は翌十九日に発令された。

西郷隆盛夫人糸子は私学校党決起直前の様子を、のちに語っている。

「弾薬庫事件のあと、主人が小根占《こねじめ》から帰ってくると、桐野（利秋）さん、篠原（国幹）さん方が絶えずお見えになって、こうなったからには軍勢を率いて立つべきだと、すすめておられましたが、主人は大義名分を説いて応じませんでした。

そのうちある日、主人が考えにふけっていると、書院の外の中庭に数もわからないほどの蛇が、列をつくって通り過ぎてゆくのを見て私を呼びました」

隆盛は、糸子に蛇を指さしていった。

「あいを見れ。もう致しかたがなか」

二月五日正午に、隆盛は城下武村の自宅から私学校本部に入り、私学校党一万三千の兵を率い、中原少警部ら警察官が隆盛以下の徒党暗殺をはかった実情を、政府に詰問のため上京の準備をととのえることになった。

薩摩の壮士が西郷に従い、大雪のなか一番大隊、二番大隊四千人が出兵したのは二月十五日であった。

宗光は隆盛が挙兵上京を敢行し、東京まで千五百キロの道程を行軍し、三十門の大砲を曳き、熊本、広島、大阪、名古屋、東京の鎮台の反撃があれば撃破するには、海陸の戦備を充分にととのえ、莫大な軍資金が必要であると見ていた。

何事にも慎重な隆盛がいかに全国に名声がとどろきわたっていても、現在の政府に武力で対抗するのは不可能であることを、宗光は理解している。

政府の武力は、隆盛が征韓論にやぶれ下野した当時であれば、慓悍《ひょうかん》な薩摩隼人一万数千人の白兵攻撃に屈したかも知れなかったが、いまでは火力の重装備をととのえ、軍艦を用い、薩摩のうしろに向背軍を上陸させる二面作戦も自由にとれるようになった。

薩軍も小銃は携行しているというが、各個に実弾百発ずつそなえていても、二度の戦闘で使いはたす。

大部隊で作戦行動をとるためには、数千万円の軍資金が必要であった。弾薬、食糧を運ぶ輜重隊《しちょうたい》についやす金を湯水のように費やさねば、戦闘ができない。

クソ鎮と見下げていた民衆出身の兵隊は、白兵戦で斬りあうならともかく、洋銃をとって撃ちあえば対等の戦力を発揮する。

隆盛はいま戦乱をおこせば、大久保、川路の策略に乗ると承知のうえで、東上を決したのだと宗光は推測する。

薩軍がきわめて軽い武装で鹿児島を出発し、東京までの団体旅行に出かけるような、戦略など考えることもない行動に出たことは、官軍と決戦をする覚悟がきまっていないためであろう。

二月十二日、鹿児島県令大山綱良は即日政府への通報と各県庁、各鎮台への公報を起草し、県内に布告した。


今般陸軍大将西郷隆盛外二名、政府へ尋問の筋これあり。旧兵隊等随行、不日《ふじつ》に上京の段届けいで候につき、朝廷へ届のうえ、さらに別紙の通り、各府県並に各鎮台へ通知に及び候。

就ては此節に際し、人民保護上一層注意着手に及び候条、篤《あつ》くその意を了知し、益々安堵致すべし。此旨布達候事。

但《ただし》、凶徒中原尚雄の口供《くきょう》相添候。

明治十年二月十二日
鹿児島県令　大山綱良

宗光は隆盛の率いる薩軍が、他県反政府派を刺戟して、全国に叛乱がひろまる可能性は高いと見ていた。

そのときはドイツ式兵制をととのえた和歌山県の旧藩兵を募り、政府のためにはたらき、あるいは情勢しだいで薩軍に味方してもよい。宗光はいまただ一人の権力で政府を動かしている大久保を失脚させ、薩長閥を瓦解させる機をうかがうばかりであった。

　彼は立志社との交流を、表面では隠していた。政府軍が薩軍を相手に苦戦すれば、そのあいだに板垣、後藤を入閣させ、大久保勢力を弱体にむかわせる策謀が、成功するか否かの見通しはまだ立たない。

　しかも立志社の内部は武力をもって政府を屈服させようとする林有造派と、高知にいて隠然たる勢力を養い、立憲政体設立を念願とする片岡健吉派に分かれていた。

　板垣は本来立憲運動に傾き、後藤は変乱を好み、大久保内閣を打ち倒すためには暗殺などの非常手段、あるいは挙兵も辞さない武闘派である。

　だが立憲派と武闘派は画然と対立しているのではなく、変動期には情況に応じてそのいずれにも方針を変更しうる、「土佐のいごっそう」といわれる曖昧な一面をそなえていた。

　宗光はこのため、立志社の勢力とのつながりを保ちつつ、彼らと常にある間隔を置かねばならない危うさを感じていた。

　林有造は外務省官吏としてヨーロッパに出張したこともあったが、元来叛骨があり板垣とともに辞官したのちは、ひたすら武力運動をたくらんできた。宗光は彼の器量を高く買ってはいなかった。彼は中島信行にいう。

「あの男はなにかと隙の多い奴や。あいつのまわりにいよる立志社員のなかには、政府密偵がすくなくとも二人はおる。どうにも口が軽いのか、派手好みというのか、人目に立つふるまいが好きな奴や。

挙兵のための金集めも、政府からの下賜金をあてにしてるといううさかい、危ないものや。雲行きしだいで、どんな災いをもたらすか分からん奴やぞ」

中島も応じた。

「たしかにほどほどに扱わにゃならん相手ぜよ。俺もそうしちょくきのう」

林は中島とともに、二月十八日に木戸に会った。彼は木戸にまったく興味を持たず、数日を京都の情勢をうかがって過ごしたのち大阪へ戻り、立志社員らと銃器火薬を高知へ輸送する相談をしたのち、あとを追ってきた後藤に、板垣と挙兵計画に合意していることを告げた。

「俺は時機をうかごうて事をあげるつもりじゃねや。県下の士気はさかんで兵器調達の見込みさえつけば、すぐに挙兵して大阪城へ突撃するがじゃ。板垣さんは俺の意見に納得してくれちゅうが、しきりに名分が大事じゃというねや。

名分をほしがるうちに事が成らんようになるよりは、事を急いで万一の成功を手中にするのを願うばかりぜよ」

林は後藤を同志にひきいれようとしていた。

「間なしに板垣さんがここへ来ゆうぜよ。俺はその前で挙兵の極論をするき、あんたも前途の見込みをつけてくりょう」

林はのちに『自歴談』に板垣と後藤が挙兵の意をかためたと記しているが、事実はどうであったかわからない。

林は二月二十六日、板垣と高知の銃砲商・中岡正十郎とともに神戸から汽船で高知へむかった。林は中岡を通じ、大阪で鉛二万斤を買っていた。

立志社を率いる盟主の板垣退助は土佐に一団の兵力をあつめ、強大な威勢を維持し、政府、西郷の率いる薩軍のいずれにも距離を置き、前途の展開に従い天下が二分するほどの大動乱がおこるとき、主導権を握るつもりでいる。

林有造は武器調達ができれば、ただちに大阪を制圧し、政府を壊滅させる武力討伐を主張する。

そのほかに、大江卓は刺客を送り、大久保、岩倉、大隈ら要路の大官を暗殺し、内閣の転覆、改造を断行する過激派計画を抱いていた。

宗光は立志社の構想と運動が分立し、武力と平和主義が混然としており、しかも情勢の変化によっては、どちらにも態勢を変えてもよいという、曖昧な方針をとっているので、彼らが行動に出たとしても、成功は望めないと見ていた。

それでも宗光は局外者として九州の情勢を見逃していることができなかった。

藩閥政府を倒し、民撰議院を設立する構想は捨てるに忍びない夢をはらんでいた。林、大江らもまた人生の興廃を今度の一挙に賭けてよしとする、大きな夢想を持つ。立志社はただひとつの成果をあげるために、ひとつの目的に全力を集中していないことが、成果の結実を妨げているのだと、宗光は思っていた。

宗光は戦局の動向によって、反政府運動を断念しなくてはならない時がくると見ていた。それは薩軍が包囲した熊本城を占領できるか否かの結果があきらかになった時である。

「今度の出兵では西郷も本当の戦をやるつもりではなかったのやろ。一万三千の私学校党を引き連れて上京しはじめたら、鎮台も警察も前途を塞げん。

同憂の士が諸県から集まり加わってきて、大軍勢となって東京の政府を打ちこわす。そのうえで岩倉、大久保ら内閣の屋台骨を動かしてた奴ばらを降参させたらええ。四民と力をあわせ、大臣、官僚だけが甘い汁を吸う仕組みを砕く。そうなりゃ、立憲政体を望めんことはないが。

しかし立志社がそうであるように、西郷、桐野、篠原らも迷いつつ決起した。迷ってなかったら、立志社はもちろん全国の反政府同志に誘いをかけてるはずや。それをしてないのは、できることなら鎮台を諭して戦うことなく東京へむかい、諸県の兵を集めて政府に対し、なんで刺客を鹿児島へ派遣したかと詰問するつもりやったからや。

そうしたら、岩倉、大久保の悪謀があきらかになり、政府は瓦解する。西郷がやりたかったのはそれだけで、戦をするつもりはなかった。これもまた万余の流血を見ても武力によって政府を打ち崩す方針を確定せなんださかい、熊本城を攻めるという中途半端な動きになったのや」

隆盛は私学校党の鹿児島出発のまえ、幹部の元陸軍中佐・永山弥一郎の意見を聞いた。

「このたび一万数千の兵を動かし上京すりゃ、大久保は先生を国家を倒さんとする逆賊として鎮台、海軍を動かし撃滅するつもりごわす。そのためあやつらの策謀に乗らず、先生と桐野、篠原両少将が東上して政府に問いただせば、曲直《きょくちょく》はただちにつきもんそ」

「そいはよか案じゃ」

隆盛が応じようとすると、桐野が猛然と反対した。

「今度の政府尋問は戦ではなかごわす。こちらより戦はしかけもはん。俺どもは先生を守って東京へ桜見物にゆくだけじゃ」

隆盛のとるべき方針を誤らせるのは、気勢ばかりが先走っている桐野、篠原であった。一万三千の私学校党が上京してゆけば、大久保らはかならず攻撃をしかけてくる。

それに対する戦法をいう者がいた。隆盛の弟・西郷小兵衛は全軍を長崎におもむかせ軍艦汽船を奪い、幾隻かに分乗して横浜に上陸し東京をおさえるのが第一の策であるといった。

第二は熊本城を少数の兵で包囲したのち、主力で下関占領にむかう。

第三の策は全軍で熊本城を攻撃、陥落させたのち、九州全土をおさえて大阪へむかう。第三の戦法は官軍に兵数においてはるかに劣り、戊辰戦争に使った旧式砲三十門で官軍のクルップ野砲百余門に対抗する薩軍にとって、もっとも勝ちめが薄かった。

小銃はすべての兵が持っていたが、弾丸は百五十万発に過ぎない。全軍が二度会戦すればすべて使いはたす。

隆盛は中原少警部らに命を狙われた件については、永山弥一郎のいう通り、桐野、篠原と上京し、岩倉、大久保らと対決して彼らのたくらみをあばく手段をとるべきだと考えていた。

だが火薬庫掠奪をおこなった私学校生徒は、官軍が鹿児島に押し寄せてくれば、叛徒として征伐される。隆盛は生徒らを見捨てることはできなかった。大久保とはちがう、濃厚な感情の持主であった。

土佐立志社の人々は、情勢に応じて挙兵と板垣・後藤の入閣のどちらの方針をとってもよい。政権を手中にするためには態度を豹変させるのをためらわない。

薩軍を率いる桐野、篠原らは明治六年までわが手足のように動かしてきた鎮台兵が、敵として攻めかけてくると思えなかった。

桐野は明治四年陸軍少将に任ぜられ、明治五年には熊本鎮台司令長官であった。西郷下野に従い鹿児島に帰ったが、官等は篠原とともに廃されてはいない。

熊本へむかえば、熊本鎮台は司令長官谷干城以下、西郷以下の大先輩に砲火で対抗するはずはない。もし手向えば「斬い捨つっまでじゃ」と薩兵は簡単に考えている。

薩摩隼人は「議《ぎ》をいうな」といましめをうけて育ってきた。こちらから火蓋を切らねば、戦争はおこらないと思いこんでいる桐野らの考えに従い、旅行気分であった。野山を梅花がいろどる季節である。

薩軍は二月二十一日午前一時頃、別府晋介の率いる先鋒加治木二大隊が、熊本城から一里ほど離れた白川南岸の河尻に到着していた。

そこへ熊本鎮台の二個中隊が夜襲をしかけ、薩軍の幕営に火を放つことにした。堤の下を敵陣へ迫ってゆく兵士が、間近に薩兵の姿を見たので、恐怖のあまり小銃の引金をひいた。

薩兵たちは喚いた。

「クソ鎮がきたか、斬れ、斬れ」

小隊長が制止した。

「西郷先生は戦をなさらんとじゃ。待ちやい」

彼は土手に身を横たえ、呼びかける。

「戦をやるつもいはなか。話を聞け。撃つな、撃つな」

鎮台兵らは制止の声を聞いても怯え、乱射する。薩兵たちは抜刀して横手から斬りこむ。鎮台兵は十数人が斬殺され、川に溺れた。

その夜、薩軍は坪井川の河口に汽船で上陸してきた近衛兵部隊と戦い、斬りまくって全滅させ、武器弾薬を奪った。

薩軍は官兵を蹂躙《じゅうりん》して、前途を白兵戦でたやすく切りひらけようと過信し、ひたすら東上の道をひらくべきときに、熊本城攻略という致命的な敗因となる戦闘をはじめてしまった。

宗光はこの機に政体変更をはかるため、木戸孝允の助力を求めていたが、たがいの方針がくいちがっていた。

宗光と立志社志士たちは、西南の役を好機として政体の主導権を握り、改革を達成したいと思っている。だが木戸は戦乱をまず鎮圧し、ついで政治改革に手をつけるつもりであった。

宗光は西南の役がおこるまえ、大久保が征討軍派遣をためらうであろうと思っていた。後藤、板垣もおなじ予測をしていた。それまで大久保が鹿児島県に対する政府施策をうけいれられないとき、断固として方針をつらぬくことなく、独立国家にするように、県側の希望をうけいれてきた。

そのため西郷決起となれば出兵をためらうにちがいない。その機に木戸に主導権を握らせ、後藤、板垣を入閣させ、大久保の実権を長州、土佐勢力によって奪取することが、宗光と立志社の最初の目的であった。

だが西南の役は、大久保がわなをしかけていたのではないかと思うほど、迅速に征討軍を結成したので、宗光らが政府のあらたな主柱として押したてる木戸の立場が弱くなってしまった。

だが東京へ観光旅行にゆくつもりでろくな戦備もととのえず、重い砲弾などは鹿児島の諸所へ埋め隠してきた薩軍が、実戦になると勇猛な命を惜しまぬはたらきを見せる。

三月中は電信で東京に届く九州の戦況は官軍苦戦である。熊本城攻撃に踏みきった薩軍に、熊本民権党協同隊四百余人が参加している。高知の立志社をはじめ各県士族が暴動をたくらむ、緊迫した気配をあらわしてきた。

反政府士族の蜂起が熊本から他県へ飛び火するようにひろがれば、官軍は窮地に陥る。二月二十二日午後三時、熊本県士族最大の党派の学校党一千余人が、党首・池辺吉十郎の決断により薩軍に協力することとなり、熊本隊と称した。

宗光は三月から四月になっても、熊本城を包囲し、植木、田原坂で激戦を続けている薩軍の情報を見て、東京に残留している岩倉、大隈らに和歌山で募兵するよう要請していた。岩倉、大隈は陸奥の要請をうけいれ、四月八日に関西出張の辞令を与えた。岩倉は陸奥に元紀州兵を採用させるため、京阪に出張を命じたと、京都行在所の大久保に書状で連絡したが、大久保から電報で「陸奥の出張は不要である。和歌山の募兵は可能であるので、彼のはたらきは求めない」という連絡が届いた。

だが発した辞令をただちに取り消すことができなかったので、宗光は関西へ出張した。宗光は知らなかったが、大久保は伊藤博文に四月十日付で、きびしい内容の書簡を送っている。現代文でしるす。

「陸奥の上京は何事か。和歌山県壮兵募集について、よけいなくちばしを入れると不都合きわまりないことになる。三浦安（元和歌山藩少参事）も気遣っている。かならず面会しにゆくだろうから、つまらぬことをいえばお挫《くじ》きするのがよい」

宗光は四月九日に横浜を出帆する汽船で、神戸にむかった。同行者は北畠道龍、山東直砥、島寛であった。

北畠は旧和歌山藩の監軍、聯《れん》隊長をつとめ勇名をとどろかせた和歌浦法福寺の僧侶であった。山東は元神奈川県参事であった和歌山の豪農で壮兵募集に必要な人物である。島は元紀州藩士で元老院議官・津田出の秘書であった。

陸奥たちは四月十一日に神戸に到着、大阪へ出向き伊藤のいる旅館をたずね、和歌山募兵の用務で出張してきたと告げた。

伊藤は実情を伝えた。

「君のところの旧知事徳川茂承もすでに京都で募兵をおこない、陸軍省も協力している。いまは鳥尾（小弥太）中将が熊本に出張しておるゆえ、あれが帰京するまでは何事もきまらんので、とにかく君は鳥尾が帰ってくるまで大阪で待つしかなかろう」

宗光は眼を見張った。

「そんならわしの出る幕はないのか。出張は無効に終ったというんか」

陸奥は狂乱したかと思うほど自制を失い、憤慨した。

彼は京都行在所へ駆けつけ、大久保に事情をたしかめたが同様の説明をうけ、つめたくあしらわれたので、鳥尾の帰京を待つしかなかった。

鳥尾は長州萩藩士であったが、宗光に誘われ紀州藩の兵制改革に参与して戍《じゅ》兵《へい》副都督次席に任じられた人物である。

いま行在所陸軍事務取扱いの職にいる参謀局長鳥尾中将は、密偵の報告により立志社とのただならない関係を保っている事実があきらかになっている宗光を、壮兵募集にあたらせるのが危険であると判断していた。

鳥尾は和歌山旧藩主徳川茂承の協力により、四月五日付で壮兵募集を布達した。

「県下の士族平民を問わず、以前旧藩で軍役に服した者、四十歳以下十七歳以上で召募に応じる者は、至急に申し出よ」

和歌山県で徴募され西南の役に出動した壮兵は千八百余人にのぼった。戦死者の首級は桶に塩漬けにされ送られてきたと、当時の記録に残っている。

宗光は四月二十九日に大阪を離れ、五月三日に東京に帰着したが、その間に彼は政府転覆計画に加担する、軽率としかいえない行動をとった。

怒濤のなか

　立志社の武力改革派の頭領である林有造は、板垣退助と明治十年二月下旬に高知に帰り、立志社と対立している武市半平太《たけちはんぺいた》が残した古勤王党の志士たちを、味方にひきいれようとした。

　古勤王党は立志社の林らが計画を練るばかりで、口先で時勢の波に乗ろうとしているのをあざけり、独力で挙兵し薩軍に参加する動きを見せていた。林はある夜、古勤王党の大石弥太郎ら幹部と会食して、内心をうちあけた。

「俺らは平生より諸君と意見が違うとりますが、今日の国家の危機を見過ごしてはおれませせなあ。その志においては諸君となんら変らんですろう。ただ諸君が高知で挙兵しても、兵器に乏しいき四国すべてをおさえるのもむずかしいですろう。兵を動かす船艦もないですろうが。

俺の策は不意に乗じて大阪鎮台へ突撃し、一気に乗っ取るろう。お前さん方のご意見はいかがじゃな」

古勤王党の精悍《せいかん》な男たちは林の誘いに乗った。古勤王党西組七百人、東組四百人が実戦に参加できる壮兵であった。

林に従う立志社武力派は五百人である。合計すれば千六百人の兵を動かせる。いま大阪鎮台の主力は戦場へ出動しており、大阪城内の守備にあたっているのは一個中隊という情報を、林は得ていた。

林は三月二十四日に海路をとって大阪に到着し、大江卓と会った。大江はいった。

「いまさら鉄砲の荷がつくのを待つのは愚策ぜよ。すぐに壮兵を募って、敵は本能寺にありと突っこむばあじゃ。大阪鎮台はがらあきぜよ。いまやらずにいつやるがか」

林は首を振った。

「土佐者は銃器がなけりゃ動かんぜよ。俺はこれから東京へいく。白髪山の払い下げ金を大蔵省からむしりとってくるきのう」

林は二十九日に神戸から汽船で横浜へむかった。

この頃上海のバンクから三千挺の洋銃と弾薬を林が購入する計画は、政府にすべて探知されていた。旧土佐藩出身の太政官大書記官中村弘毅ら、政府の密偵たちが板垣、林らの身辺を探っており、その行動を詳細に政府へ報告していたのである。

大久保利通は明治十年四月一日付で、東京の大隈重信につぎの書状を送った。現代文でしるす。

「高知県の情況を密偵に探らせたところ、実は決して安心できるようなことではありません。西南の役の発展しだいではかならず叛逆《はんぎゃく》することは疑いありません。

ついてはかねてお買上げになった立志社の官林の代価お下げ渡しの件はお見あわせ下さい。すでにお気付きになっておられるとは存じますが、林有造が今度東京へ出向き、お頼みすると思いますので、念のため申しあげておきます。

いまは西南御征討につき莫大な費用がかかっているのは衆知のことですから、たとえお支払いの約束があっても延期することもあってしかるべきです。

高知県で叛逆者が蜂起しても、なにほどのはたらきができるでしょうか。海を渡るに汽船はなく、銃器はなく、児戯《じぎ》にひとしい行動をとるのみです。しかし注意を怠ることはできません。

少額といえども金を渡すのははなはだ拙策《せっさく》です。県の貢納金も立志社が管理しているそうで、小池（知事）、伊集院（県参事）へひそかにその処置につき命じています」

東京の政府にいる岩倉具視も四月八日、京都へ出張する土方久元《ひじかたひさもと》につぎのような内容の覚書を託し、大久保らに注意を促した。現代文でしるす。

「高知県の事情はもっとも重大である。決して軽んじてはならない。詳細については土方の説明を受けよ。
一、外国人と内談している銃器・弾薬、汽船について。
一、立志社の保持する税金二十万円について。
一、林有造東京へもどり、山林代金要求について。
一、政府為替方より四万円ばかり融通、弾薬について。
一、政府の士族徴募の場合について。
一、彼らが西郷に協力しないことは信じうるが、石室《いしむろ》といえども類焼を免れないことがあるので、深くご注意なさるよう祈ります。（中略）
一、暗殺論について」
林は政府に立志社の実情を詳細に探知されているとは気づかないまま、上京して大蔵卿の大隈に会い、白髪山買い取り代金を受領したいと懇請をくりかえした。

「立志社は、白髪山を払い下げてから、間伐の人足代やらなにやら雑用《ぞうよう》ばっかりかかって借財せんならんわ、その利子もかさむばっかりで難儀を重ねておるがです。一日も早う代金をお下げ渡し下さらんですか」

大隈は機嫌よく林の語るところに耳をかたむけたのち、答えた。

「ご事情は充分に承知しました。きっと近日のうちに払い下げるようはからいましょう」

　大隈はそのあと林に聞く。

「高知県士族はすでに挙兵した。あるいはその寸前であるなど、おだやかならぬ噂《うわさ》が聞えているが、いかがでしょうか」

　林はよどみない口調で答えた。

「士族らあは一時激論しよったけんど、近頃は静かなものですねや。薩州が民権拡張の論をふりかざして出てきたなら、俺がこうして東京におるわけがないですろうが。薩州は民権を唱えよらんき、俺らあは動かんですらあ。こげなことは座興じゃいえんですきに」

　大隈はその言葉を聞きおおいに笑い、信用した様子であったと、林は『林有造自歴談』で語っている。

　四月十五日、林は兄の岩村通俊が鹿児島県令に任ぜられたので、桜が満開の向島料亭でひらかれた送別会に出席し、別盃をあげていた。鹿児島前県令大山綱良は三月十二日に勅使に同行し鹿児島を去っていた。私学校党に協力したとして官位を奪われ、囚獄で処断を待つ身であった。

　三味線にあわせ、唄い踊る盛宴の最中、午後三時に通俊に政府から通報が入った。官軍が軍艦で八代《やつしろ》海岸に上陸し、北上して熊本城の鎮台と十四日に連絡をとることに成功したという電文であった。同席の男女は歓声をあげ、躍りあがってよろこぶ。林は皆とともによろこんでみせたが、身中には黒雲のような暗い思いがひろがってきた。

陸奥宗光は関西出張の目的である募兵計画を禁じられてから、大阪、京都の知己、立志社の同志らと会合する日をかさねた。

宗光は京都で病を養っている木戸孝允と幾度か面談した。内閣顧問の木戸と、元老院幹事の宗光は、いずれも政府の然るべき地位についてはいるが、政府主力からは遠ざかった立場にいた。ともに岩倉、大久保の策略によって手玉にとられているのであった。

木戸は四月二十二日に宗光と会ったと日記にしるしている。

「陸奥宗光、二月末の事情等細々と相語れり」

若葉の緑が光をたたえる季節であった。まもなく世を去る木戸は、宗光からどのような内実をうちあけられたのだろう。

宗光は京阪に滞在するうち、立志社の政府転覆活動に林とともに尽力している大江卓と会った。大江は林よりも過激で迅速な展開を望んでいる人物である。

大江は後藤象二郎と血縁のある元土佐藩士で、宗光より三歳年下であった。彼は慶応三年（一八六七年）長崎へ砲術修業に出向いたが、まもなく上洛して陸援隊士となり、倒幕運動に参加した。この頃から宗光と交わり後輩としての縁をつなぐようになった。

維新後、大阪会計官、兵庫県外国事務御用掛、民部省、工部省に出仕。明治五年七月には宗光が神奈川県令辞任のあとをうけ、同県権令《ごんれい》（副知事）となった。

明治七年に大蔵省理事官となったが翌八年に辞職。後藤象二郎の蓬莱社《ほうらいしゃ》に身を寄せ、西南の役がおこると、立志社の挙兵運動に身を投じた。

神奈川県在任中、ペルー国船マリア・ルーズ号の中国奴隷売買の不法行為を摘発し、独・仏・伊・蘭など外国公使の反対を論破し奴隷解放をおこなったことで、名を知られた。

この経歴を見ても、彼が宗光と深い関係をむすんでいたことがわかる。宗光を立志社の倒幕運動に誘い入れたのは、大江であったとの説がある。大江は林が兵器購入に奔走するうちに、好機を逸することになりかねないと見ていた。

「洋銃が不足しゆう、それまでは動けんと有造はいうちょるけんど、いまなら大阪鎮台の兵は一個中隊じゃき、千人ほどで押し入ったら全滅しよるきに。戦機というものがあろうがよ。それにつけこむばあで、どげな難敵でもかったし往生しよるぜよ」

宗光は聞く。

「いま土佐でどれほどの壮兵が集められるのや」

大江は答えた。

「先月の末頃に高知から東京へ出向いた有造と大阪で会うたが、立志社からおよそ五百人、東西古勤王党から千人余りが立つじゃろといいよったぜよ。まあ二千、三千は集まるろう。そのときゃ、お前さんは紀州の兵をあげて味方してくれるろうが」

宗光は肩を落した。

「いまの有様では無理や。鳥尾らに募兵されてるときに、こっちが手を出せんやろ。そやさかいなにもできん」

宗光は高知県士族が団結して、決死の行動に出ることはないのではないかと疑う。西南の役がはじまってからもはや五十日が過ぎていた。

官軍はいまだに熊本城を包囲している薩軍を撃退できず苦戦しているというが、鹿児島は軍艦をさしむけた官軍がすでに占領しており、緒戦のあわただしさはなかった。

大江はさらに、挙兵すれば一味となってくれるかと聞く。宗光は重い口をひらいた。

「俺は長く京阪にいるわけにはゆかん。俺がここにいる間に君らの運動が成功したときは協力しないでもない。しかしもし失敗したときは俺は知らんぞ。俺は君らの運動に口出しすることは何もないが、君らは事を急いだほうがよかろう。やるなら電光石火にやれ。これは俺の意見や」

この会話は、大江が政府転覆の計画をたてた疑いで逮捕され、検事の訊問をうけた明治十一年七月二十八日の供述にもとづいている。

宗光も逮捕訊問されていたが、同年八月十二日の供述にこのときの大江との会話を語っている。現代文でしるす。

「大阪で大江に会ったとき、高知の事情、林有造の挙兵計画についてうちあけられた。挙兵の目的は立憲政体成立のためだという。そのとき、板垣の考えはどうだと聞いた。

大江は板垣はこの計画に加担していない。また民撰議院は流血のなかでなければ取れぬという。

私は彼を諭した。流血のなかでも平和のうちにでも時期がくれば民撰議院はできるだろうが、流血のなかの設立は望まない。しかしいかなる手段によっても民撰議院が立てば、そのあとは国家が幸福になる。ただそうするために過激な毒を流さぬよう望むばかりだよ」

宗光の供述はつづく。

「このとき私は考えた。大江は過激派であるというが、実際に挙兵できるほどの実行力は持っていない。林有造は人柄をくわしく知らないが、その性格を聞けば暴動をひきおこす首領になれる者と思える。

しかし土佐士族の巨頭である板垣が挙兵に反対するといえば、多数の壮兵を募ることはできないと察した。だから林の決起はあまり信用できないと思った」

宗光は京阪の地で活動している立志社岩神昂が、土佐名物の暗殺をやると大江がいうので、誰がやるのかと聞くと、川村矯一郎という返事であった。宗光はその未知の人物を岩神が用いて、大久保ら京都滞在の参議を血祭にあげるつもりだと聞くと、到底彼らにできることではないと思ったが、決して軽はずみなことはするなと諭した。

宗光の供述はつづく。

「そんな様子であったので、大江、林、岩神では挙兵もできないと推測したが、林らの行動はいくらか世間を騒がせ、政府も反省する。そうなれば私が望む立憲政治の進展をきたすことになると思ったので、土佐の騒ぎがもっと過激になればよいと望んだ。土佐では暴挙のおこるおそれはなく、政体改革をはやめるよう、このまま黙視《もくし》していようと思ったのである」

大江と宗光の供述において、宗光のきわめておだやかな対応がうけいれられたのは、大江があきらかに宗光をかばっていたためであった。宗光も大江、林らのたくらむ挙兵は口先だけのことで西南の役に刺戟《しげき》をうけた彼らが政府打倒に動くことはありえないと見たと供述するが、政府密偵は立志社の内部に幾人かひそんでいた。

川村矯一郎という刺客は旧豊前中津藩士であった。明治八年、彼は代言人（弁護人）であったが翌九年にある事件に連累して大阪裁判所に拘留され、十年三月に保釈出獄を許された。そのとき政府密偵としてはたらくことを命ぜられていた。

明治十年四月十四、十五日の宗光と大江の会談は、供述内容とはまったくちがう緊迫したものであったことが、密偵中村弘毅が政府へ提出した報告書に記されている。

書中には宗光、大江、岩神らが林のように政府から白髪山買収代金の下げ渡しをうけ、兵器弾薬をととのえてのちに挙兵するのではなく、ただちに土佐の挙兵と参議暗殺を実行するという、切迫した策謀を練っていたことが記されている。現代文でしるす。

「土佐にいまあるだけの鉄砲を持ち、得意の白兵戦の威力を発揮して大阪へ攻めいれば、鎮台の兵はわずか数百だ。兵器庫にある銃、砲弾薬はどれほどか。京都にいる兵隊、巡査の数までこまかく調べあげ、板垣に報告する。岩神は刺客の数をなおふやし、高知での挙兵が早急にまとまれば、京都行在所の参議らを仕損じなく刺殺するのだ。

そうなれば三条太政大臣は輔佐役を失い孤立してなすすべもなくなるので、かならず宗光に参議就任を頼んでくるにちがいない」

宗光は政府募兵計画への参加を果せず、屈辱《くつじょく》と憤怒《ふんぬ》に身内を焼かれる思いをしているとき、大江、岩神らと会い挙兵、暗殺を話しあううち、火に油をそそぐように謀叛《むほん》の激情をたかぶらせたのである。

このような切迫した宗光らの相談の内容はすべて政府の大久保らの耳に達してい

た。岩神昂とともに立志社過激派として東京と京阪の間を往来し、岩神、大江らとともに行動し、岩神としばしば同宿していた林直庸《なおつね》という人物がいた。

彼は土佐出身で後藤象二郎に推され政府の権少使《ごんしょうし》となった。後藤門下で政府要職にある土方久元、中村弘毅と親交があったので、西南の役がおこると岩倉、大久保らの意をうけ、京阪を往来する立志社過激派をよそおい、同志に加わった。

彼は二月二十日に東京を出発して、四月二日に神戸から海路帰京した。その間、過激派志士と交流し、ともに策謀を練った。その間に岩神らとしばしば同宿し、実情を知りつくしており、四月十四、十五日に宗光が大江と語りあった内容も、詳細に政府へ通報していた。

林有造は林直庸が単身で、あるいは岩神と同道して宿所へたずねてきて、碁を打ったことなどがあったが、その生い立ちを知らなかったので秘事は洩らさなかった。雑談をかわすだけであり、直庸もその心中を読んだのかこみいった事情を聞き出そうとはしなかった。

林有造と岩神は胸中に直庸への疑念を抱きながら深く追及することがなかったので、政府の罠にかけられたのである。

九州の戦況は京都にいる政府顧問木戸孝允から大江卓が聞きとってくる。熊本城は薩軍に包囲されているが、まだ陥落したとの情報は伝わっていない。宗光はいらだっていた。

彼は岩神昂と参議暗殺についてくわしく打ちあわせた。宗光は岩神を信頼しており、彼の京阪においての運動費を与え、後藤象二郎にも彼への資金寄与を頼んでいる。

大江は上京して林有造に会い武器調達を急がせるため、ただちに汽船で横浜へむかうことになった。このとき宗光は大江に告げた。

「東京と連絡するのに手紙では日数がかかるさかい、電報を打て。戦時には政府は私電をすべて検閲するさかい、元老院の暗号をつかうことにするよ」

大江が明治十一年五月十五日、宗光が同年六月十日に国事犯として逮捕され、法廷で判事の訊問に答えたたがいの供述により、とりきめた電報連絡の方法があきらかとなった。

二人はまず第一、第二、第三の秘密暗号をとりきめた。第一は銃器、第二は刺殺、第三は挙兵であった。三件が成功すれば、銃器が入手できて参議らの刺殺は成功し、即刻挙兵することになる。

また大江と宗光のあいだの連絡文は、元老院の暗号をさらにあらため、電文から秘密の洩れないよう配慮した。大江は法廷での供述でつぎのように秘密暗号に触れている。

「陸奥に送る電信の文字を使った。暗号は『イ』を『ロ』と読み、『ロ』を『イ』とするなどで、その他の文字もすべてこれに準じた読みかたであったと記憶している」

大江は四月十七日、神戸から海路横浜へむかい、東京に着くとただちに林有造に会った。有造の『自歴談』には大江と面談した席に林直庸が同席していたと語られている。

大江らの行動は、密偵らが逐一政府に通報していた。大江は後藤と林有造に宗光、岩神らと決めた暗殺と挙兵について報告した。後藤らは異議なくうけいれたが、白髪山下付金は大蔵省から何の連絡もない。林有造は力なく大江に告げた。

「高知の挙兵は銃器弾薬がととのわざったら、議論ばっかりで一致しようらんきに、大蔵省へかけあいに毎日出向いちょる。もし事が成らんときはお前さんらあの策を臨機に進めとうせ」

このような鬱屈《うっくつ》した林有造の言葉を、大江は宗光に電報で知らせるのをためらった。大阪に待機している宗光と岩神には、大江が上京すればただちに電報で連絡の約束をしていた。宗光は東京の後藤、林有造らの決起準備がととのっておれば、ただちに岩神を京都行在所の参議暗殺にむかわせ、自分は高知、和歌山の壮兵を集め大阪鎮台を襲撃する行動をはじめようとしていた。

だが宗光は四月十五日、軍艦で熊本南方の八代方面に上陸した有力な官軍が薩軍の背後から攻撃して、十六日に野津、三好両少将が熊本城に入ったとの情報を木戸からうけていたので、大江からの連絡を早急に受けたかった。

彼は大久保以下の政府首脳に自尊心を傷つけられた惨憺《さんたん》たる心情のままに猛《たけ》りたち、大江らの謀《たく》らみに乗り、暗号電報まで打つ約束をしたことを悔む。

――えらいことをやったようやな。これで西郷が負けてしもうたら、俺の電報は隠せぬ罪状の証拠になるやろ――

その反面、火のような闘争心が湧きおこってくる。林、大江らがぐずついているなら、岩神に岩倉、大久保らを殺させ、俺が大阪鎮台をつぶしてやると歯ぎしりをする。

宗光は大江の電報を待ちかね、四月十九日に元老院議官津田出に電報を打った。その事情も政府密偵に把握されていた。

津田は紀州藩で宗光の先輩である陸軍少将、元老院議官であった。彼は立志社の挙兵計画にかかわっていなかったので、宗光は密偵の眼を避けるため、彼に打電して大江からの連絡をうながしてもらおうと考えたのである。

津田は大江のもとへ出向き、電文を渡し大江の返事を聞きとり、宗光へ返事の電報を打った。

「東京の同志も君の考えに同意している。大江は次便で出帆し、帰阪するようである」

大江は後藤の母が亡くなり、ほかにも用向きがあって、帰阪は遅れた。大江は上京ののち宗光に電報連絡をしたいが、現況はいかにも貧寒としている。

だが大阪の宗光は津田からの返電を受けると、疑念と不安がいっそうたかまった。大江、後藤、林らの策謀が政府に探知されるかも知れないと思うと、冷汗がにじみ出てくる。

――あいつらにここまで肩入れするのやなかった。いまのうちに妄動《もうどう》せんように連絡をとらなんだら、俺もいっしょに破滅の淵へ落ちこむことになるぞ――

四月二十一日、宗光は政府に探知されたときは、命取りの証拠になる暗号電報を思いきって大江に送り、「計画の進行はどうなっているか」と問いあわせた。

大江は宗光への返電を打たねばならなくなったが、東京の現状を知らせれば宗光は立志社の計画への協力をすべて打ちきってしまうおそれがあったので、翌二十二日に政府役人である弟暹の名義で暗号電報を宗光に送った。

「第一、第二ともによろし。岩神氏は是非とも大阪におれ」

第一、第二は銃器、暗殺の暗号である。大江は法廷でその電報を発したときの事情をつぎのように語っている。

「陸奥へ送った電報には、林有造が十分にやるつもりだと記したが、実は林は意気衰えていた。白髪山代金下付はいつともわからず、銃器買入れのめどもたたず、とても挙兵のめどは立たない情況であったが、林が意気消沈しているなどと知らせれば、陸奥は計画から手をひくかも知れないと思ったので、実情は隠した。

また川村矯一郎らが計画の遅延を待ちかね暴発しないよう、岩神が大阪を動かないで彼らをおさえてもらいたい。自分は五、六日のうちに大阪へ帰るとしるし、陸奥らをつなぎとめた」

宗光は法廷で当時の事情を供述している。

「大江は東京から林有造の決心の様子と後藤象二郎の意向を、暗号電文で連絡してきた。しかし林有造の決心といっても電文では何の意味も読みとれない。

四、五日うちに大江が帰阪するとのことであったので、会ったうえで詳細をたしかめようとしたが、大江は帰ってこない。

林の決心というのもいままでと別にかわったこともないという事情も察したので、すぐに帰京しようと決心して四月二十五日に神戸までいったが、その日に下痢がはじまり、汽船に乗れない病状になったので大阪に戻った」

宗光は立志社の計画は遅延をかさね、成功のチャンスを完全に逸したと判断した。

このうえは彼らとの関係をたちきり、破滅の淵から逃れねばならないと判断したが、数日間を大阪の宿で療養しなければならなかった。そこへ東京深川の清住町の自宅に住んでいた父伊達宗広の病気が重態になったとの電報が宗光のもとへ届いた。

宗広は四、五年前に大阪から東京へ移住し、近所に和歌禅堂と称する寓居を設け、有志に和歌と禅を教えていた。

宗光は陸路をとり四月二十九日に大阪を出発し、五月三日に東京へ到着した。宗光の屋敷へ大江がたずねてきた。

大江はそのときの様子を『大江天也伝記』に記している。宗光は非常に憤怒し口調を荒げて叱責した。

「君らのやる事は到底ものにならん。だから僕が最初にいったではないか。このことは拙速《せっそく》を尊ばねばならぬと。

ところが土佐のやりかたはすこぶる悠々たるもので、もはや熊本で官軍の連絡がついた今日においても、鉄砲がどうだとか騒いでいるではないか。そこで君らはもうやめ給え。今頃からやったとて何の役に立つものか」

大江は宗光の指示に曖昧に応じるしかなかった。

「高知には立志社もいよるき、俺らぁがいってとめるわけにもいかんぜよ。乗りかかった船じゃき、いくところまでいくしかならんきに」

宗光は法廷での判事の訊問に、当時のことを供述している。

「五月初旬に大江卓が私の宅へきたので高知の様子を聞き、もはや決して暴発してはならぬときびしく忠告したが、大江は私はお言葉に従うが、他人はどうするか分からぬと答えた。それで君の力の及ぶかぎり制止せよとすすめた。

大江は数日後にまた顔を見せ、高知県はいよいよ暴発をやめ、建白をすることにきめたので安心してくれといった。

私はやっぱりはじめからそれくらいの事しかやる気がなかったんだろうと思ったが、大江にはきっと君らの尽力でそうなったのだろうが、これで僕も安心したといってやった」

宗光の父宗広は、五月十八日に七十六歳で亡くなった。そのあとまもなく岩神昂が上京して宗広の逝去をいたんだ。

宗光は供述している。

「そのあと雑談をしたが、大阪でもご忠告をいただいたように、あの事（政府転覆）についてはもう断念したといったので、私はたいへん安心した。ほんとうに断念すべきだとよろこんだ」

岩神が伊達宗広の弔問に出向いたとき、大阪で旅宿などの支払いにさしつかえているため、どうか金円を借用させてほしいといったので、貸したことを宗光は述べている。

岩神は判事の訊問に際し、宗光から百五十円を借りたいきさつを詳しく供述している。

だが宗光と岩神は、ともに重大な事実について口をとざしていた。宗光は岩神に金にそえて黄金づくりの大刀を与えていたのである。岩神が東京を離れたのは、五月二十三日であった。

その事実は後に『自歴談』に記されたもので、岩神が京都で参議と伊藤、鳥尾ら政府高官暗殺の実行をまだ断念しておらず、宗光も同調していたことを証するものと判断されるが、表面に出ることなく終った。

宗光が、高官暗殺の企みを捨てていなかったのは、なんとしても政府中枢に座を占めたいとの願望があったためであろう。

宗光は父の没後四十九日の服喪期間を休職し、明治十年七月七日に忌明し元老院に出仕している。彼は服喪の間に、右大臣岩倉具視あてに募兵についての建白書をさしだした。

五月三十日、山口県萩の士族で前原一誠の残党であった町田梅之進、井上次郎らが同志二百余人を率い、山口警察署を襲って数百の銃器と弾丸五十、六十万発を奪い、西郷党に合流しようとした。だが駆けつけた広島鎮台兵らにより鎮圧された事件を宗光は冒頭に記した。

「山口県は福岡、大分とくらべはるかに重要である。天下不平の徒が長州で乱がおこったと知れば虚言がひろまり、人心が煽動され呼応しようとする者が出てくるでしょう」

西郷軍は熊本から退いたが、まだ威勢は衰えず、薩摩、日向、大隅の三州をおさえている。

政府陸海軍は五万余人が出動しているが、賊の防備は固く、これを撃破するにはいまの二倍の兵数がいると宗光は説く。

「山口県すでに叛き、高知の動静はいまだたしかにつかめない」

宗光は政府転覆のため深くかかわっていた立志社を見捨てても、生き残りたい。各県で募兵をしたところで、数百か千ほどの人数が集まらないので、全国の士・農・工・商から一挙に五、六万の新兵を募集せよという。

大兵を募集して戦が終ったとき、彼らが世間を乱すのではないかというおそれなどは、現在の危急を鎮定することにくらべれば軽いものだと宗光はいう。

彼は立志社の計画が曝露《ばくろ》されたとき、自分が彼らと距離を置いた交誼をおこなっていたと強弁できる証拠をつくろうとしていたのであろう。

宗光は建白書の結語として記した。

「いま東京、京都、名古屋、広島の鎮台に待機する兵が幾大隊あるかお考え下さい。いったん予想しなかった乱がおこれば、どこに頼ろうとするのですか。私がただちに大兵を募って変事にそなえ、西南の戦場に派遣すべきであるというのは、そのためです」

伊達宗広は明治九年、宗光への書状にその日常の行動をたしなめる記述を残している。現代文でしるす。

「才学があって世に志があり、官職に就いている者は昼夜間断なく考えをめぐらし、気づかぬうちに疲れはて、身体の健康が保てない。考えが湧き立ってくると心の火が燃えあがり水気はかれはて、怒気が満ち寛大な度量を失う」

宗広は自分の血をうけた宗光の身内にひそむ叛骨を見抜いていたのである。

暗雲

陸奥宗光は父伊達宗広の葬式を、和歌山県日高郡由良《ゆら》町出身の士族由良守応《もりまさ》の邸宅でおこなった。

由良は実業家で雉子橋《きじばし》外飯田町一丁目一番地に広大な自邸を構えていた。彼は東京へ出てのち郷里由良町の屋敷には、湯森久三郎という人物を留守居に置いていた。由良と湯森は書状をやりとりしており、それによって当時の情況がおぼろげながらわかってくる。

宗広こと自得翁の葬儀は馬車二十六台、騎馬の弔問者の数ははかり知れない盛大なものであった。馬車が多数出たのは、由良守応が乗合馬車会社の経営者であったためである。

由良は明治六年十一月まで皇室御馬車掛長をつとめていたが、辞職後明治七年八月に「千里軒」という会社をおこし、二階建乗合馬車を、浅草雷門・新橋の間に走らせ大盛況であったが、人身事故をおこしたので雑踏する東京での営業をとめられた。守応はその後、東京・宇都宮・日光・奥州白河まで連絡する乗合馬車を走らせ、操業成績は上昇するいっぽうであった。

宗光の『小伝』年譜によれば、明治十年に住居が深川より木挽町に移っている。深川清住町の屋敷は大邸宅であったようである。

ここに星亨《ほしとおる》、神鞭知常《こうむちともつね》、島田三郎、岡崎邦輔、竹内綱《つな》、大江卓、牛場卓蔵、島寛、原敬、内田康哉《こうさい》ら、国家を代表するはたらきをあらわす才能をそなえた若者を、書生、食客として養っていた。

星亨は宗光がとりわけて将来を嘱望《しょくぼう》していた人物で、各種の官職に就任させたが酒豪のうえに争論をひきおこして辞職してしまう。

星は陸奥の食客であるのに、自分の食客も幾人か養っている。職を離れると自分は宗光の扶養《ふよう》を受けるが、給料で食わせていたわが食客たちまで宗光に面倒を見てもらうわけにはゆかないので、蔵書を叩き売って養う。

やがてその事情を知った宗光は星にいった。

「本を売って居候《いそうろう》を食わせてるらしいが、そこまでやるな。俺が養ってやるさかいなあ」

星はさすがに遠慮して自宅にいる食客のうちから、三人だけを残して宗光に養ってもらうことにした。

ほかの食客たちも、わが友人を連れてきて衣食の面倒を見てもらう。深夜に帰宅した宗光が、いつのまにか住みこんで玄関番をしていた男に、座敷へあがるのをことわられたという珍談もある。

大勢の居候を養えたのは、亮子夫人の協力がなければできることではない。宗光は自分を支えてくれるかけがえのない良妻に恵まれていたのである。

だが宗光は明治十年のうちに深川から京橋木挽町へ移ったと、年譜に記している。宗光がなぜ木挽町の自邸で父宗広の葬儀をおこなわなかったのか。その事情を由良守応は、故郷の湯森久三郎にあてた手紙に記している。現代文でしるす。

「宗光さんは今春、家屋を六千五百円で外国人に売り、小さな家に仮住居として移住した。宗広翁が大阪をはなれ深川大橋の近所へ寓居《ぐうきょ》を設けたのは明治八年であった。そこに和歌禅堂という学塾をひらき、門人を集め禅話に日を送られるうちに亡くなった。ついては宗光さんから頼まれ、雉子橋のわしの家から出棺することにきめた。わしはもとより宗光さんの知己の人々のなかで、もっとも深い縁で結ばれているものであるから、葬式はひきうけ、そのあともひきつづいて住んでいただくことにした。わしと家族は屋敷の長屋で住むことにした」

宗光が外国人に売った家屋は、深川か京橋木挽町のどちらであったかはわからないが、ただごととは思えない。まもなく自分が政府の逮捕の手を逃れられないと見て、その後の妻子の生活資金をととのえておこうと、考えていたようである。守応の屋敷に家族を預けておけば、安全に保護してもらえると考えたのであろう。

宗広が亡くなって間もない五月二十六日、木戸孝允が京都で病没した。伊藤博文は宗光にあて木戸の他界を知らせ、宗広の長逝《ちょうせい》をいたむ書状を同日付で送っている。現代文でしるす。

「このほどお聞きしたのですが、ご尊父自得翁がご遠行されたとのことで、ご愁傷《しゅうしょう》のほど深く拝察申しあげます。かねてご病気のことも存じることなく、ほんとうにお便りもさしあげずにいたことを悔んでおります。どうかおゆるし下さい。

当地でも木戸が先月から肝臓と胃病で重態となり、いろいろ療養をしたのですが、ついに今朝六時半に死去いたしました。

来る二十九日に埋葬することになっています。かねてご親密な間柄でまことに残念でならないであろうと存じあげます。小生は積年の恩義があり、公私ともに悲嘆《ひたん》にたえません」

宗光は伊藤への返信をただちに送った。

「木戸君が長く御病気のところ、ついにご逝去と承《うけたまわ》り、おどろくばかりで痛恨の至りです。国家の柱石を失ったことはいうに及ばず、あなたは積年のご交誼があり、深くお歎きなさっておられると拝察いたします。

私もまた木戸君のご情愛をいただくことがすくなからず、実に師父の恩を受けましたので、公私のために涙をとめることができません」

宗光はさらに追伸を書いている。

「小生はこのほど父の喪に服し、日夜痛哭《つうこく》していたところ、さらに木戸君の凶報を得て、実に一層の悲痛の思いを増しています」

宗光が信頼を寄せた木戸が早逝し、西郷隆盛を相手の西南の役に、優勢をあらわしている大久保があとに残れば、宗光はやがて土佐立志社の志士たちとともに粛清《しゅくせい》される運命を辿らされるにちがいない。

政府軍が熊本城と連絡して、薩軍を後退させたのち、立志社では林有造の挙兵運動を盛りたてる熱気がひえこみ、板垣が主唱する立憲政体設立の建白書提出の運動が頭をもたげてきた。

五月初旬、できあがった建白書を、片岡健吉ら総代が京都行在所へ持参し、天皇陛下に奉呈しようと大阪へ到着すると、東京から帰阪した林に会ったので、事情を告げ建白書の稿本を読ませた。林は読みおえて片岡に告げた。

「俺は大事を挙げんがため、この二カ月は死ぬ覚悟で準備に着手しゆうがは、お前さんらも知っちゅうがよ。それをいまになってこげな手ぬるい建白なんぞで政府を改革するのに、賛成なんぞできん。しかし大阪まで出てくりゃ、いまさらやめられもできんろうねや。俺が見たこの稿本は、かなり修正が必要じゃろうと思うきに、後藤さんの校閲をもろうたほうがよかろう」

片岡らは翌朝横浜へむかう汽船に乗り、東京の後藤象二郎に稿本の校閲をうけることにした。

高輪の屋敷で片岡らと会った後藤は稿本に眼を通しあざ笑った。

「いまさら建白書を奉《たてまつ》るなんぞは、何事ぜよ。まあやるだけやってみりゃよかろう。議論文章の修正は大江に任せりゃええじゃいか」

大江卓は竹内綱、吉田東洋の子息吉田正春らと建白書の文字を修正し、高知の板垣の了解を得るため大阪へ戻り、在阪の同志を呼び集め、紫雲楼という料亭で協議会をひらいた。

政府密偵といわれる林直庸も同席しており、緊迫した情勢のなかでも遊興を好む志士たちが島之内の富田屋で、酔いつぶれて翌日まで流連《いつづけ》したことをのちに法廷で語っている。

林有造、大江、吉田らは校閲を終えたのち五月三十日神戸から汽船で高知に帰り、板垣に検閲を乞うた。建白書は約一万三千字、政府の専制を指摘する八カ条に分けられ、民撰議院設立の必要であることを強調していた。

いろいろと手間のかかった建白書は、六月九日行在所に提出された。片岡健吉は接見にあらわれた内閣書記官尾崎三良に告げた。

「この建白は陛下に奉るもので、その趣意は民撰議院設立を期するものであります」

尾崎は答えた。

「然《しか》らばこれを大臣に差しだしましょう。何分のお沙汰があるまでお待ち下さい」

六月十二日、片岡は尾崎からの連絡を受けて行在所に出頭すると、にべもない返事を告げられた。

「建白の趣旨は民撰議院設立にあるようですね。民撰議院については、陛下には思召《おぼしめ》しあらせられますが、書中に不都合の文章があるので却下します」

片岡は怒った。

「この建白は陛下に奉ったもので、内閣官吏に呈したものではない。まして民撰議院は陛下におかれては深き思召しありといわれたではないか。

この書ははたして天覧に供されたものであるか。もしその通りならば、内閣諸公の判断によってかような取扱いをすれば、われらの本意にそむくことははなはだしい限りである」

尾崎は片岡の反論を一蹴した。

「今日の政府では、陛下と内閣は一体であります。大臣の命はとりもなおさず陛下の命であります」

片岡は落胆してひきさがったが、政府では建白書を重視していた。

大久保利通は六月九日付で尾崎書記官に、つぎの書状を送っている。現代文でしるす。

「高知県士族片岡健吉よりさしだした建白書は、三条公からご下付されたか。まだ下されていなければお伺いしてご用が済みしだいこちらへお回し下されたい。私もまだ熟読していないので、このように申しあげるのです」

建白書に記された民撰議院設立の議論は、当時全国に重大な影響の波紋をひろげ、叛逆の罪に問われない反政府運動として、国民の注視を集めていたのである。

高知県立志社が、西南の役がおこったのち武装蜂起しようとしているあいだに、戦況が官軍の優勢となったので武力闘争を見あわせ、建白書奉呈をおこなった事情は政府のすべて察知するところであった。

だが政府の薩長閥に対し言論によって対抗しようとするデモクラシーの波動が、いまは弱いがいずれはうけいれざるをえない力を持ってくることを、大久保たちは欧米視察によって感知していたのである。

建白書奉呈に失敗した立志社の壮士たちは、政府を攻撃する言動を隠さないようになった。権力者に対する反感のはけぐちがなくなってきたためである。

当時高知に帰っていた元老院議官佐々木高行の日記『保古飛呂比《ほごひろい》』には市中の情況がしるされている。

片岡健吉たちが建白運動に失敗して戻った六月十九日以降の市中では毎晩のように人家で立志社の演説会がひらかれ、聴衆が押しあうほど集まり混みあっていた。

六月十八日、蓮池町の演説会で、吉田正春という志士は、政情について激語した。

「今日のごとき苛税は政体が悪いからじゃろうが。えいかよ、これは政府で一、二の大官が私心を出して政治をしゆうためよ。

三条らぁを斬って政体を変えざったら国は立たん。西郷隆盛は天下の兵を率いて戦をしよるじゃろうが。あれは英雄ぜよ。俺らぁも今日の危難を見過ごすわけにゃいかんぜよ」

それを聞いていた田舎からきた書生はおおいに驚き、「高知は間なしに戦場となるろう」といって立ち去っていった。

このような日記を書いた佐々木は、立志社員のうちから反政府活動をしていた者を逮捕するために高知に来ていた。彼とともに行動しているのは、旧土佐藩士の陸軍中佐北村重頼であった。

北村は佐々木と同様に、板垣ら立志社とは接近していない。彼は五月下旬から高知にきており内務卿大久保の命令をうけ市中の銃器商中岡正十郎の所有する小銃約千五百挺、雷管約二十万発、火薬約一万七千斤を陸軍省が購入するという名目で押収する危険な役目をすでに果していた。

武器弾薬を積んだ汽船を六月五日に浦戸湾から出港させ、翌六日に神戸に無事に着いた。北村は神戸で佐々木高行と待ちあわせ、六月十三日に高知に戻った。

林有造は白髪山買収による政府交付金下付が遅れ、小銃三千挺を入手できないいま、叛乱の好機をやりすごしてしまう絶望を抱き、高知へ六月一日に帰った。

彼はその夜親友の立志社員山田平左衛門、池田応助、島地正存と酒盃を交す店で、内心をうちあけた。

「俺は鉄砲を買う金がなんとしても手に入らんきに、戦機を何遍ものがしたねや。この先に日を重ねりゃ、もういかん。俺はこのままでおるより死ぬるほうが楽じゃき、鉄砲を持たずに大阪鎮台へ斬りこんで死ぬがぜよ」

林の胸中からしぼりだすような声を聞いた山田らは、たちまち激情を湧きたたせた。

「おんしの思いは、俺らぁもいっしょじゃき、ともに国事に殉ずる時はきたがじゃ。大阪城へ斬りこんで屍をさらす覚悟はできちゅう。いっしょに連れていっとうせ」

「おおきによ。命を捨ててくれるか」

決死の壮士を六月三日までに八百人は集められると山田らはいった。

立志社員は建白を推進する社論に従わせ、決死行をともにするのは古勤皇党《こきんのうとう》らの壮士を選べばよい。

林は神戸から乗ってきた汽船平安丸が、浦戸を離れるのは六月四日であるから、それを奪おうといった。

「三日の夜までに八百人を集められりゃ、四日の夜明けに手に入るだけの鉄砲弾薬を分けて、すぐに平安丸を乗っ取って、午後一時に浦戸を出りゃえいろうが。午後十二時に堺港へあがって大阪城へ斬りこむぜよ。決死の八百人とともにあとのことは何ちゃあ知らん。天下の有志が応じてくれりゃ、事は成功するがじゃろ。応じる者がなけりゃ、全滅するだけじゃいか。愉快ではないがか。俺らぁのほかの壮士は建白の方針を決めちゅう立志社員をとらず、ほかの勤皇党の人数を集めりゃえいがじゃろ」

山田ら三人はよろこんで同意した。

「それでえいろう。愉快ぜよ。俺らぁの望むところじゃがえ。いっしょに大阪城を攻める同志は、呼び集めりゃいくらでも寄ってくるがじゃ。いきりたっちゅう決死の男らぁで攻めりゃ、城を木っ端《こば》のように叩きつぶせるろう」

林の挙兵策は立志社員たちによろこんでうけいれられた。六月二日には立志社副社長谷重喜《たにしげき》が同意し、多数の社員が出撃に参加したいと望んできた。

彼らは政府に迅速な打撃を与えられない建白策よりも、ただちに挙兵することを望んだ。

社員たちの急激に変わってきた動向を見た板垣退助は、このまま放置すれば立志社が崩壊しかねないと見て、挙兵策を解消させようとした。

林はこの事情について、のちにあらわした『自歴談』に述べている。現代文でしるす。

「林君の方策はたいへん賞讃すべきもので、予も同意すべきところであるが、惜しむべくは決起の人数がすくないことだ。決行するならば同志をこぞって大挙出動してほしいものだ。ぜひこれまで苦心してきた小銃三千挺を、高知で金策して上海へ汽船を派遣し、浦戸なり須崎なりの港へ廻航させ、その汽船を奪って大阪へむかい大阪鎮台を撃滅せよ」

林には板垣の真意があきらかに理解できた。小銃三千挺はいまとなっては入手する手段がなくなっていた。それを購入する金策にこだわっておれば、挙兵実行は夢想に終わってしまうのである。

林は板垣に心中をうちあけ、理解を得ようとした。

「私も高知士族の全力をあげて出撃するよう尽力してきました。しかし現況では大挙行動の支度をするうちに、好機を失うおそれがあります。

そのため、今回の挙兵は立志社とは無縁であることとして、私は三、四人の主立った同志と大阪城で戦死を遂げるつもりです。

率いる八百人ほどの壮士は立志社員ではなく、古勤皇党らの壮士らを集めます。立志社は後日、建白の宿志を遂げられることを願っています」

林の挙兵策は立志社に関係なく決行するというが、彼らが失敗すれば立志社もまた政府の弾圧をうけ、壊滅するほどの打撃をうけると板垣は判断し、結局同意せず、林は最後の武力闘争の機会を見逃すことになった。

その後間もない六月十四日、北村陸軍中佐は警官を指揮して立志社員村松政克、藤好静を逮捕した。いずれも旧土佐藩士で村松は明治六年に東京師範学校に入学してのち教育者としてはたらいていた。

藤は明治四年に御親兵として上京し、除隊ののち英学を学び、明治八年に立志社員となった。

彼らは社員としての地位は低かったが、明治十年五月二日から二十九日までのあいだ九州の戦況を見聞するため、戦場におもむいた。彼らは野村忍介《おしすけ》、桐野利秋に会い、高知県志士が薩軍に呼応して蜂起するとの約束を交したという行動を、政府密偵に探知されていた。

高知には政府密偵が多数潜入しており、二人が九州へむかう旅費百円を、片岡健吉から与えられたことも知らされていた。ついで六月二十五日に大阪で岩神昂、政府密偵であったといわれる自称刺客川村矯一郎が捕らえられ、ただちに東京へ護送された。

林有造は武力蜂起策を板垣に潰されたあと、しばらく高知にとどまっていたが、白髪山買収代金を政府に請求するという、あいも変わらぬ用向きのため、七月二十日に高知を出て海路をとり、八月二日に上京した。

彼は八月八日朝午前十時に竹内綱の屋敷でポルトガル人ローザーと会うため人力車で旅宿の門を出たところで警官に拘引され、警視庁へ連行された。

同日、土佐出身の内務高官土方久元は、高知の佐々木高行につぎのような書状で連絡をとった。現代文でしるす。

「高知県不穏の徒を一斉に捕縛《ほばく》する方針が今日決定し、林有造はすでに拘引した。明日の郵船で警部巡査の精選した者数十名を、貴地へ出張するよう下命したので、到着しだいただちに着手して下さい。

しかし十五人の立志社幹部を捕縛するのは、一度ではむずかしいので、罪の軽重により個別に着手して下さい。現場の状況をよく観察して注意を怠らず、権令（副知事）と協議して、然るべきお取扱いをお願いします。

しかしこのことで小規模な騒動がおこるかも知れないので、警戒して進めて下さい」

政府は立志社社長片岡健吉、副社長谷重喜ら幹部を捕縛すれば、彼らを奪い返すため暴動がおこる危険があると見て、武田中尉を高知に出張させ、兵隊によって鎮圧する手段を講じていた。

片岡ら十数人が捕縛されたのは、八月十七日の夜から翌十八日の明けがたまでの短時間のうちであった。

彼らはただちに汽船で高知から神戸、横浜へ送られ、八月二十三日東京警視庁へ監禁された。

片岡らを捕縛の際、立志社員は憤激して腕力で彼らをとり戻そうとし、なぜこのようなことをするのか政府に質問しようという声が湧きおこった。

その緊迫した状況をとりしずめたのは板垣退助であると、政府密偵が佐々木高行に知らせている。

「そのとき板垣は社員らにいいました。いま腕力を用い質問をすれば、かえって片岡にとっては不利になるのだ。よってまずわが立志社の民権を一町から一区にひろめ、一区から一県にひろめ、全国の各県にひろめて全国有志が一致して政府に対抗する道を進むだけだと」

板垣が諭すと、それまで大阪城頭に屍をさらすと激語していた壮士たちは静まりかえって、挙兵を思いとどまった。

熱してはたちまちさめる高知県の壮士たちは、西郷隆盛の激発に応じて大阪城を襲い政府転覆を実行する計画を、夕空に消える虹のように忘れ去った。

宗光は片岡、林らが捕縛された明治十年八月には、亡父伊達宗広の遺言に示された、大阪天王寺の北方数百メートルを隔てた夕陽岡という土地に墓を建て、傍《かたわら》に「夕陽岡阡表《せんぴょう》」という石碑をならべ、そこに千字に及ぶ宗広の生涯を記した碑文を刻んだ。

夕陽岡は宗広が名づけたものである。付近の丘陵には新古今集の選者の一人であった壬生《みぶ》二位家隆卿の墓があり、家隆塚と呼ばれていた。

宗広はかつて塚を買いもとめて修理し、家隆卿の和歌のうちから言葉をえらび、夕陽岡と名づけていた。

維新ののち宗広はしばらくここに「自在庵」という小さな住居を設け、住んでいたことがあった。

陸奥家の墓所は八百坪という、寺院の規模にひとしい広大なものであったというが、墓所は昭和二十八年にアメリカの財団に売却され、鎌倉へ移された。

この頃宗光は住居を借りていた由良守応に、辞官して和歌山へ帰省したいという内心を洩らしていた。守応はそんなことをすれば、なおさら政府から疑念をむけられると、おしとどめている。宗光はいつ捕縛されるかも知れない危険が身に迫っているのを、察知していたのである。

警視庁で訊問されていた林有造、岩神昂らは判事に対し供述した内容を、たがいに書付けをとりかわして知らせあい、今後の対策を相談していた。内務省は探偵をはたらかせ、反政府運動の偵察を徹底しておこなっていたが、政府の秘事を外部へ漏洩されることも多かった。

警視庁の看守たちはわずかな金銭で買収され、書付けを被疑者の間で授受させるのである。秘事は警視庁の外へ洩れ、宗光にまで知らされたこともあったようである。

明治十年九月二十四日、西郷隆盛は故郷鹿児島の城山で自刃し、西南の役は終わった。

林、岩神らに対する訊問はきびしさを増していた。挙兵、参議暗殺の計画につき、供述を拒んできた岩神が、一月二十日、林に書付けを送ってきたと、『自歴談』に記されている。現代文でしるす。

「裁判官はこの先に真実の内情を供述するのであれば、いまうちあければ寛典《かんてん》を与えてやる。この際に供述するのが身の為だぞ。どうだとしきりにいう。どうであろうか」

林は岩神が判事に好餌《こうじ》をもって誘われ、心を動かしているのを知ると、返書を送り決心を変えないようはげます。

「この先内情を供述するのであればとは、何たる言葉であるか。大丈夫がいまになって脅されたからといって内実をうちあけることができようか。

俺は拷問《ごうもん》を受けることになると想像して、ここに至って大丈夫の真価があらわれると覚悟をきめている。

判事に脅されたからといって、いろいろの秘事を供述するなどの卑劣のふるまいができるものか。俺は切迫とか内情を供述するなどの言葉は理解できない。しかしやむをえない事情があるなら、精細に書いて知らせよ」

林は岩神とその配下として参議暗殺をくわだてた川村矯一郎との間で、三人が協議したうえでなければ死んでも供述をしない約束を変えないと誓いあった。

林、岩神は政府密偵の正体をあらわさないでいる川村を、味方と信じて内情を暴露していたのである。

明治十一年二月頃、逮捕者の訊問が深夜に至ることが多くなり、拷問がおこなわれるとの不安が流れたので、林が収監されている立志社員に書付けを送った。

「拷問のために、無いことを有りといい、有るを無しと答えて汚名を後世に残してはならぬ」

その書付けは官吏に発見され、林は監房を変えられた。だがその後も林らの書付けによる連絡は房内はもちろん、外部にまで絶えることがなかった。

土佐派志士は長期にわたる訊問に堪えかね、しだいに供述を洩らしはじめる。その結果竹内綱は明治十一年四月二十四日、中村貫一は五月一日、大江卓、岡本健三郎は五月十五日に逮捕された。

大江は求められるままに供述をするが、肝心なことは語らず、監房に戻ると岩神と林有造に連絡をした。林の『自歴談』にしるされている。

「君らが供述したところまでは、僕も供述しなければ話があわない。君らは判事に詰問されても、ここまでは供述してここでくいとめるという目途《めど》がなければならない。また陸奥について岩神君は供述するつもりか。今後書付けで連絡できなくなることもあるだろう。だから君が供述するつもりなら、監房の廊下を通行するとき、口をあいて僕に見せろ。供述しないつもりならば、口をとじて通れ。僕は他人に関係することは供述しないつもりでいる」

林も判事の取調べに際し、自白を求められた。岩神、川村らはすでに自白している。先日拘置した大江、岡本もすべて自白した。こういっても疑うだろうから、他の諸士の供述書を読み聞かせてやると判事はいい、一枚を読みあげた。

自白すれば刑をおおいに軽くしてやると、林は延々と説諭されたが、従うわけにはゆかなかった。だが、政府密偵である林直庸、川村矯一郎と協議している志士たちの言動は、すべて判事側に知られており、しだいに窮地に追いこまれていった。

林は『自歴談』に記している。

「五月十四日朝、判事の訊問をうけていた。午前十時頃、役人が一人部屋に入ってきて判事に何事かささやく。

私も口をつぐみ判事を見ると、玉乃、巌谷の両判事は非常な驚愕の表情をうかべていた。私は大事件がおこったのだと察した。玉乃判事は私に告げた。にわかに御用ができたので、今日の訊問はこれでやめ、また呼び出すことにする。

私は監房に戻る途中、国事にかかわるほどの事件が突発したのにちがいないと思った。

監房に戻ると警視庁内がなんとなく騒然としている様子であった。私の隣の一番監に新来の者が入っていた。

獄卒がきて、『隣監に入った者は事件をおこした犯人である。収監者が隣監にいる者との談話を獄則で禁じているのは知っての通りだが、事件者となれば格別で決して口をきいてはならぬ』という。

私は承知したが、やはり国事犯が入ったのだと察し、獄卒がいなくなると隣監にいる人に、どなたであろうかと聞いた」

林の耳に返事がとどいた。隣人は因州（鳥取県）の士族某と名乗り、貴公はどなたかと聞いたので私は姓名を告げる。

相手は林を知っていた。

「貴公らが長きとらわれの身であることは存じています。さだめしお困りのことでしょうが、やがては放免される日がくるでしょう。

僕らはこの先十日ほどのうちに死罪になります」

林がどのようなことをしたのかとたずねると、おどろくべき返事が戻ってきた。

「大久保参議を刺殺し、馬車から引き出し、首を落とし、一刀ずつ体を貫き、顔に唾を吐いたのです」

林が一人でやったのかと聞くと、加賀人の同志五名とともになし遂げたと答えた。

翌日の午後、彼らの首領島田一郎は監房の廊下で大江に出会うと、いった。

「君らは時代物の大芝居を企てられたので、中途で仕損じた。僕らはちょっと手軽く茶番をしてみせたまでじゃ」

林、大江は彼らの昂揚した言葉を聞き、あらためて挫折の苦い思いを味わった。

参議兼内務卿大久保利通は五月十四日朝、赤坂御所へ参内の途中、紀尾井坂で石川県士族島田一郎ら六人に襲われ殺害された。享年四十九歳であった。

宗光はこのあと間もない六月十日に捕縛された。

彼は当日の朝八時、元老院議長有《あり》栖《す》川宮《がわのみや》熾《たる》仁《ひと》親王に自邸へ招かれ、辞職を命じられた。警視庁からその日に捕縛の警吏が宗光のもとへむかうことがわかっていたのである。

宗光は帰宅して入浴したのち仙台平袴、黒縮緬《くろちりめん》羽織をつけ、警吏の到着を待つ。午後五時に警視局から警部が到着したのち夕食を終え、中島信行に見送られ警視局へむかった。

流《る》謫《たく》

警視庁に勾留された陸奥宗光に対する訊問は、六月十日の当日からはじまった。まず明治十年四月、和歌山での壮兵募集に京阪で活動した際、大江卓の弟大江逞名儀で宗光に連絡した暗号電報に含む意味についての説明を、判事は求めた。

その日の供述は、つぎのようなものであった。「第一、第二、トモニヨロシ」という電文の第一は、後藤象二郎が再出仕を承諾したことで、第二は高知の志士たちの行動も武力暴動までには至らないであろうという意であるというのである。

判事は宗光に告げる。

「大江は林有造に会い、暴動計画を中止したかどうかを問えとそのほうが命じたといっている。また大江は高知の暴動には自分も参加すると、かねてそのほうにいっているという。

岩神昂も、高知で挙兵するとき刺客を京都へ派遣し、重臣を暗殺する計画をそのほうに語ったと申している」

宗光は六月十日から八月十一日まで十九度の訊問をうけたが、立志社有志の企む政府転覆の陰謀につき、大江、岩神らに何事も聞かされていないという供述を変えることがなかった。

だが明治十年四月二十四日、林直庸が大阪で宗光と策を練り東京に帰った大江に会うとこのように語ったと供述した。

「大江は私に告げました。大阪では暗殺の計画にも着手していると。それは誰を暗殺するつもりかと私が聞くと、大江は木戸・大久保・伊藤・鳥尾の四人ともやるつもりだといいます。

私は聞きました。なるほど木戸・大久保はやるべきだろうか。伊藤・鳥尾もやるのはなぜだ。大江はいいました。伊藤は事務家だ。鳥尾は参謀局の人物なので、この両人をやることを、陸奥も了解している」

大江が木戸・伊藤・大久保・鳥尾の暗殺実行を企んでいたとは真実とも思えないが、林直庸の供述では、宗光は大久保、木戸ら政府の実権の中枢にある人物を殺害する計画にかかわっていた。そのうえ親友の伊藤・鳥尾も抹殺しようと決めていたことになる。

大江は法廷における供述で林直庸の供述が虚構をつみかさねているとして、このうえ直庸に問いつめることは無用だと、直庸と討論弁駁《べんばく》をすすめられても応じなかった。

宗光は八月十二日の訊問のとき、判事に答弁した。

「立志社における政府転覆計画に加担したのは立憲政体樹立という大義があったためである。政府は立憲政体を樹立するか、その方向にむかい進むことをはっきりと表明すれば高知志士らの蜂起をくいとめることができると見ていた。

土佐の暴動の刺戟によって政体改革を建言し、政体の改革によって土佐の暴動をおさえるのである。そのため大江らが内情を知っていてもこれを隠し、いずれは成功する政体改革の結果の推進力として温存しようと考えたのである」

玉乃判事は宗光のような明晰な判断力をそなえている人物が、立志社系の政府実現がまったく成功の見通しを欠いていることを知りつつ、計画に同意していることを、ふしぎに思っていたので、その本意につき問いただそうとする。宗光が政府転覆に同意するか、とめるかではなく、ただ聞いただけだと供述せよと、玉乃判事はすすめていた。

その考えをうけいれたら二年ぐらいは罪が軽くなっただろうが、男子が他人の謀叛を聞いて、とめるか同意するかの二つの決断のいずれかをするほかはないと宗光は思う。そのため本心をうちあけざるをえなかった。彼は六月十日に収監されてから約二カ月間で二十回の訊問を経て、八月十四日につぎのように供述した。現代文でしるす。

「西南の役は大戦ではあったが、この機会に立憲政体を立てるのは、天上に政府を設けるような現実を無視した空論であるとは思わない。

米国の憲法は英国と交戦中にできあがった。仏国の憲法は外敵と内乱に戦況騒然としているさなかに、布告された。

伊太利《イタリー》の憲法はローマ包囲のうちに成立した。いまわが国が経験した西南の騒乱は激戦であったとはいうが、前記の数カ国の例に比べれば比較できないほどの小規模なものである」

戦乱の最中に政体改革をおこなった前例はいくらもあり、欧米諸国はそれにより国家の危機を乗り切ってきたと宗光はいう。だが立憲政体樹立のために反政府運動を企てた実情は、大審院において供述せざるをえなくなった。

宗光に判決が下りたのは、明治十一年八月二十一日であった。判決より前、明治十一年八月三日、宗光は二十三歳の後妻亮子に手紙を送った。現代文でしるす。

「私はもはや近日中に刑の申し渡しをうけることになると存じます。まあ二、三年は面会もできないだろうと思っています。母様は申すまでもなく、子供のことをよろしくお頼み申します。

私の留守中は、何事もあなたがせねばならぬので、お身は大切に無理をせず、私のことはくれぐれも心配しないで下さい。さほど苦しくもありません。このうえ二年や三年のしんぼうはなにほどのこともないと思っています。

お父様が昔十年のご辛抱をなさったこともあるのは、あなたも承知していることでしょう。何事も天命だとあきらめおたがいに身体を大切にし、めでたく面会するときを待とう。

何事も津田、中島にご相談なされればよろしい。津田にはとりわけて頼んできているので、あなたも時々は同家をたずね、妻女なども心やすくするほうがいいでしょう」

宗光よりも十二歳年下の亮子が養う家族は、七十歳の母政子、先妻蓮子の遺子長男広吉十歳、次男潤吉九歳、亮子が生んだ長女清子六歳であった。

八月二十一日、宗光はつぎの判決をうけた。

申渡書

和歌山県紀伊国海上郡小松原通一丁目一番地久野《くの》宗灝《むねひろ》方同居

当時東京飯田町一丁目一番地由良守応方寄留

和歌山県士族　陸奥宗光

其方儀《そのほうぎ》明治十年鹿児島賊暴挙ノ時ニ際シ、元老院幹事ノ職ヲ以テ京都府行在所御用出張中、大江卓ガ林有造ト共ニ兵ヲ挙ゲ政体ヲ顚覆《てんぷく》セントスルノ企ヲ承知シ、又岩神昂ヨリ重臣暗殺ヲ謀ルコトヲ聞キ、同人等ガ暴挙ノ勢焔《せいえん》ヲ仮リテ政府ヲ改革セント企テ、大江卓ト通謀シ、明治十年四月二十一日京都ヨリ暗号ノ電信ヲ以テ卓ニ約シ置タル密謀ノ報知ヲ促シ、其翌二十二日卓ガ電信私報ノ禁令ヲ犯シ、元老院ノ暗号ヲ用ヒシ詐称官員ノ電信ヲ以テ挙兵ノ密謀ヲ牒合スル報知ヲ得テ、卓ノ下阪ヲ待受タリ。右科ニ依リ、除族ノ上禁獄五年申付候事

明治十一年八月二十一日　大審院

立志社員を中心とする政府転覆計画にかかわった逮捕者二十余人は、八月二十日までに判決をうけていた。そのうちもっとも罪の重かったのは林有造、大江卓、岩神昂、藤好静で禁獄十年であった。

宗光は自分に下される判決が禁獄二、三年であろうと推測していたが、予想よりはるかに重い結果となったのは、林、大江、岩神ら立志社でもっとも危険な行動をとったと見られる三人と、緊密な関係をむすんでいたことが原因であったといわれている。

ただ大久保利通が暗殺され、旧友の伊藤博文が政府の中枢に歩を進めたことが、彼の再起の大きなきっかけを与えてくれる契機として、大きな夢想をえがくことを許してくれた。

大久保が殺害されず政府の主導権を握っていたときは、宗光は刑期を終え社会に戻

ってきたところで、政界で手腕を発揮できるほどの地位につく可能性は、まったくなかったであろう。

伊藤は政界に戻ってきた宗光をあたたかく迎え、二年間をイギリス、ドイツへ外遊させ、帰国後外務省に席を与えた。明治二十年四月に、特命全権公使勅任官一等に任ぜられた宗光は、明治二十一年二月、四十五歳でアメリカ・ワシントン在勤を命ぜられた。

そのような運命の展開を見れば、明治十一年九月から明治十六年に至る禁獄の生活は、将来のめざましい発展にそなえる読書、思索の貴重な時期であったといえる。

判決をうけた二十余人の国事犯は仮禁獄所とされた八つの獄房に収容された。それぞれが刑期を過ごす地方の監獄へむかい、出発する日を待つのである。

宗光は同房で日を送ることになった岩崎長明という高知県人と夜がふけるまでさまざま語りあっていた。

その夜更けに日本で前例のなかった兵士の叛乱である竹橋事件がおこった。麴町竹橋の近衛砲兵大隊の兵数百人が、西南の役の論功行賞が情実により左右されたことへの不満と、政府の財政難によって給料を削られた鬱憤《うっぷん》が高まり、週番士官を殺害して大砲を曳き出し、大蔵卿大隈重信邸へ発砲する騒動をおこした。

兵舎を出た砲兵九十人は、太政官のある赤坂離宮にむかう。叛乱は約四時間後に鎮圧されたが、一時は大変な騒ぎとなった。

飯田町の大隈の屋敷の隣が、宗光の家族が身を寄せていた由良守応の屋敷である。亮子夫人は家族とともに、その頃牛込砂土原町に建てかけていた新居へ走って逃げ、無事であった。

由良は和歌山の留守居を頼んでいる湯森に八月二十七日付の手紙で無事を知らせている。現代文でしるす。

「今度の椿事《ちんじ》は、参議大隈氏を目当てに大砲、小銃を撃ちだしたので、わが家はその隣で非常に危なかったが、家族は無事に避難した。

騒ぎが収まったが家は焼けうせたであろうとあきらめて帰ってみたら、天の幸で大隈参議殿、わが家も無事であったのは、昨日電報で知らせた通りである」

竹橋事件がおこったのは、宗光が判決をうけた二日後で、首謀者として捕縛された陸軍近衛大尉岡本柳之助は、宗光の紀州藩政改革、徴兵制度実施の際には砲兵隊長として活躍し、幾つもの事件をおこした荒武者であった。彼は宗光が捕縛投獄されてのち、獄中へ密書を送った。

「まもなく近衛兵が騒ぎをおこすが、兵隊が監獄へ入りこんで君を救出するから、そのときは案内に従ってくれ」

宗光はおどろいたが、事件はすぐに鎮圧され、迎えの兵はこなかった。

明治十一年九月一日の早朝、仮禁獄所にいた宗光は、他の国事犯とともに送致される地方刑務所を告げられた。

彼は三浦介雄という高知県人とともに、山形監獄へ送られることになった。三浦は鹿児島の私学校党に協力し、土佐で乱をおこそうとした罪で、宗光とおなじ禁獄五年の刑をうけていた。

当日の午前中に、囚人は幾組かに分かれ、東京を出発し地方へむかった。宗光と三浦は秋田へゆく岩神昂と藤好静、青森へゆく池田応助と中村貫一、新潟へゆく竹内綱と佐田家親らとともに北へむかう。

一行は午前九時に警視庁を出て千住で昼食をとり、その夜は草加の宿に泊った。竹内綱長男明太郎は父のあとを追ってきて、千住で衣類と金六十円を手渡し、そのあと新潟までともに旅をかさね見送った。後年に首相となった吉田茂は竹内の五男で、このときはまだ母の腹中にいた。生まれたのはこの年の九月二十二日であった。

宗光は旅の途中、詩をつくる岩神とたがいの思いを七絶にこめて、胸中の鬱懐《うっかい》を伝えあう。

白河の駅を過ぎると街道は秋色濃い東北の原野を下ってゆく。宗光はこの頃から福堂の号を用いるようになった。福堂とは中国での牢屋の意味である。

秋田へむかう岩神、藤と別れたのは、上山《かみのやま》であった。この辺りまでくれば九月なかばに達していないが吐く息は白く見えることもある。禁獄十年を秋田で過ごす岩神らと別離の情をかわす森閑とした酒宴の情景を、宗光は詩文にあらわしている。

離別の情に兼ねて秋夜深し　灯前に対座して涙襟をうるおす

宗光が三浦と二人で山形監獄に到着したのは、明治十一年九月中旬であった。宗光は山形へ着く前、亮子夫人に手紙を送った。古河市兵衛《ふるかわいちべえ》が経営する山形県幸生《さちう》銅山の操業にあたっている、伊藤和一という人物が、宗光が山形県に入るとただちにたずねてきて、東京の亮子らの消息を伝えてくれたためである。

伊藤は宗光の兄伊達宗興、中島信行、由良守応ときわめて親しい間柄であった。宗光の手紙を現代文でしるす。

「和一がきて、留守宅の様子を聞いておおいに安心した。今度の私のことについては、さぞかし苦労をかさねているだろうが、何事も天命とあきらめてほしい。

旅の様子は和一も見た通り、すこしも体に障りがないので、くれぐれも安心してほしい。五年といえば長いようだが、そのうちにめでたく逢えることになるのだ。

留守のことは、何分にもあなたがひとりで何事もひきうけねばならないので、くれぐれも体を大切にするようにと、これればかりを祈っている。私はかねての気性であるから、ほんとうに安心していてほしい。私の留守の間は思いきって気儘《きまま》になんでもやればいい。大体のことは津田出氏に頼んでいるが、日常のことはすべてあなたの思いのままにしてほしい。

私はこんな身の上になったが、突然おおいに落ちぶれた生活などをしてはならない。奉公する人も必要に応じて雇いなさい。

津田夫妻とはねんごろに交際しなさい。津田宅へ同居したので、おおいに安心している。月々の生活費は百円ぐらいであればいいだろう。都合によってはそれよりふえてもすこしもさしつかえはない。

何分にも五年間はともかく安楽に暮らしていてほしい。

お亮どの　　　光」

宗光の家族は津田邸の隣に、庭つづきの新邸を建て、十月上旬頃に移住する予定であったが、世情不穏の折柄由良邸から津田邸へ移り、同居することになったのである。

宗光はそれをよろこび安心したといっているが、東京にいる親族、友人は彼の肺患が東京とは気候のちがう山形の監獄にいる間に、悪化するのではないかと懸念し、その対策を相談していた。

宗光の山形到着に数日遅れ、由良守応が山形に到着した。由良は、旅籠町《はたごまち》で大きな旅館を経営する後藤又兵衛に会い、監獄の宗光の食事ほかの差し入れ品について、つぎのような契約書を交換している。現代文でしるす。

為取換約定証《とりかわせしょう》
一、陸奥宗光殿当県へ御預り中、日々賄《まかな》いその分差し入れもの等に至るまで御依頼をうけたので、予定する条目を列挙する。
第一条　金十五銭　弁当料
　同五銭　持参の運賃
右は昼食一度分で、二人分の弁当にして差し入れる。
第二条　弁当のほかに好みの食物や臨時に買い入れる品物の註文があったときは、ただちにととのえて渡す。この代金は別途に払ってもらう。
　ただし預り金五十円によって当分の支払いをすませ、月末に至って東京へ精算を求める。
第三条　食物の代金は月あたりおよそ六円と決め、三カ月分を前払いで受領する。
右三カ条の通り取りきめたので、双方が署名捺印をして約定書をとりかわす。
山形県第一大区二小区旅籠町
二百六番地主

後藤又兵衛　印
明治十一年九月十九日
陸奥宗光殿親戚総代
由良守応殿

この配慮によって宗光と同囚の三浦介雄は、監獄の弁当よりはるかに恵まれた食事を与えられ、日用品にも窮することがなくなった。

後藤が宗光らの獄中生活をなるべく快適に送れるよう尽力を惜しまなかったのは、明治九年から山形県内の幸生銅山、明治十一年夏から同県永松銅山の買収にとりかかった古河市兵衛が、彼を地元の交渉にあたらせていたためである。

古河は天保三年（一八三二年）に京都岡崎村の木村家に生まれた。代々庄屋をつとめる家柄であったが、彼の生まれた頃は落魄《らくはく》していた。

十八歳のとき、陸奥国盛岡の叔父をたずねてゆき、同地の鴻池支店につとめ、生糸の買いつけをおこなう。

そのうちに京都小野組の番頭で欧州の生糸購入にあたっていた、近江商人の古河太郎左衛門の養子となり、江戸に戻って養父の代理として生糸売買の責任者となった。

横浜が開港されてのち、生糸輸出がきわめて有望になったと見て、本店にことわりなく独断で大量の生糸を輸出し大きな利益をつかんだ。彼はそのうえ輸出生糸の品質改良をはかればさらに利幅がふえると見て、横浜の貿易商シーベルと相談し、機械を輸入して技師シューレルを雇い、小野組製糸場を開いた。

だが事業が軌道に乗るまえに明治七年小野組が破産して事業は頓挫《とんざ》してしまった。その後、小野組が所有していた新潟県下の草倉鉱山が相馬氏に売却されたが、その管理にあたるうち、自分も鉱山を買収して大成功を遂げた。

明治十年には渋沢栄一、相馬氏と資本提携して足尾銅山を買い、古河財閥を形成するまでに六十九の鉱区を所有し鉱山王と呼ばれるようになった。

後藤又兵衛は古河のもとではたらき、恩恵をこうむっている。古河は事業経営のうちに宗光の才能にふかく心服し、自分の嫡男がいるにもかかわらず、宗光の次男潤吉（九歳）を養嗣子にもらいうけることを決めていたほど、たがいを理解しあう仲であった。後藤が宗光の世話に専心したのは当然であった。

宗光が山形監獄に入って間もなく、その感懐をうたった詩をしるす。

山形繫獄《けいごく》
弁は懸河《けんが》の如く　胆は天の如し
ただ杯酒を愛して　銭を愛さず

踏破す　五大洲の山海
よみつくす　人間《じんかん》の書万篇
常に笑う　管仲《かんちゅう》の器のなんぞ小なるを
またあざける　孟軻《もうか》の学の未だ全《まった》からざるを

弁舌は急流のようで胆力は天に満ちている。酒を愛して金を愛さない。世界を見てまわり、万巻の書を読破した。管仲という高名な斉の宰相や孟子の器量の小さいことを常にあざ笑っていると、宗光は万丈の自尊心をあらわしている。

自らをいう　巧名　手に唾して取らんと
粗豪　身を誤ること三十年

三十五歳の宗光は、過去三十年の身のうえをふりかえり、粗豪のふるまいによってわが運命を幾度も暗転させたことを悔む。
明治期のはじめ官界に入ってから、事にのぞんではくりかえし辞表を提出し、政治の中心を占める薩長閥にさからい攻撃の姿勢を見せた「日本人」という論文を発表した。

それらの行為は宗光の内部にわだかまる叛骨のしわざであったが、彼を政界の中枢からひきはなす結果を生みだした。

宗光はそのため廟堂《びょうどう》で経綸《けいりん》をふるう機会から遠ざけられるばかりであった。

最後に大江、岩神らの策謀に乗り監獄につながれたことは、どれほど悔んでも足りない無残な現実であった。

世機は由来　夢よりも幻
朝《あした》に台閣《だいかく》に列し　夕《ゆうべ》に謫遷《たくせん》さる
檻車《かんしゃ》は万里　荒夷《こうい》に投じ
荒夷の山川　ことごとく腥羶《せいせん》

世情は夢幻のように入れかわる。朝廷に列した大官も、あっという間に流罪になり、荒涼とした辺地へ流される。眼に見える山川はすべて荒れはてていると、宗光は胸奥の思いをあらわす。

咄咄《とつとつ》　空《くう》に書するは　皆怪事

満腹の経綸　徒然《つれづれ》に帰す
君見ずや　屠龍《とりゅう》の技　無用に終るを
黒獄　坐守《ざしゅ》す　蒲団禅《ふとんぜん》

なんとまあ、獄中で空間にむかいえがくのは、皆怪しい妄念ばかりである。身内の経綸の才も使い道がない。

武器を持てば龍を屠《ほふ》れるほどの技も、用もなく眠っているばかりで、ただ獄舎の蒲団に坐っているしかないという詩の行間には、宗光の悔恨の感情が流露している。

宗光は山形県令が薩摩出身の強硬派として知られる三島通庸《みちつね》であることを、きわめて危険と見ていた。彼は亡き大久保利通の配下にいて、宗光とは政治のうえで常に対立していた。

明治七年、山形県庄内でおこった、ワッパ騒動と呼ばれた農民一揆の処理につき、宗光は元老院副議長として、明治十一年六月に三島県令側に非ありとする決定を下していたので、獄中で毒殺されかねないと考えていた。

それで監獄から出す食物には、すべて箸をつけなかった。

明治十二年元旦、三島県令は餅と黒砂糖をたくさん贈った。宗光は同囚の三浦がそれをよろこんで食い、体の様子が変らないのを見すましてから、ようやく手を出して食ったといわれるが、用心をかさねていたのである。

獄舎には机、書物、筆硯《ひっけん》を入れることを許され、座敷牢のようなもので、三島県令は窮鳥の立場に陥った宗光に辛くあたることのない人物であったようである。

だが積雪深く寒気のきびしい土地での獄舎の生活は、肺患を持つ宗光にとっては大きな負担を強いることであった。

山形監獄から明治十一年十二月十九日付で長男広吉に送った手紙には、わが病状について伝えている。現代文でしるす。

「私はこちらへ着いてのちもとにかく持病が全快とはいえない状態で、近頃はとりわけての大雪と寒気で、病状がいっそう悪くなり困っているが、監獄から医薬のお手当てもして下さり、自分も養生に心をつくしているので、今日のところはとりわけて危ない状況でもない」

宗光は新年に詠じた詩のうちに、わが身の健康について自信がないという暗い感情をもらしている。

残軀《ざんく》痼疾《こしつ》をおそれ
気骨日にようやく衰う

死生いずくんぞ必《ひつ》すべけんや

刑期を終えるまで生きのびられるかどうかは、わからないと思っているのである。

明治十二年三月二十八日の「東京曙新聞」は宗光の現況を報じている。前年の暮れからしばらくの間吐血され、いまは衰弱がはなはだしい。山形は非常な寒冷地で、現在も東京の一月頃の気候と変らないので、寒気に苦しめられて、体をいためられたのではないかという内容である。

宗光は健康をとりもどすために、後藤にさまざまの食品を差し入れてもらっている。当時の注文書にはつぎのようなものが記されている。

肉類、塩魚、野菜。
隔日に餅入り菓子。
鶏卵一日に二個。
砂糖、塩湯。
氷餅、片栗粉、葛粉。
浅草海苔。
パン、ビスケット、バター、チョコレート、スープ、牛肉ロース、かすていら。

蒲団、衣類など身のまわりの品も特別に注文している。香水、バスタオル、シャボンも使っていた。

春から初夏にかけ、宗光の健康はしだいに回復していった。

宗光は体調が回復してくると、精力を読書に集中するようになった。彼は東京から書籍を続々と送らせた。その冊数は二百三十冊に達した。

明治七年、板垣退助、副島種臣らが民撰議院設立建白書を提出し、翌八年には立憲政体漸立の詔勅《しょうちょく》が下された。そののちもいきおいが盛んな西洋政治デモクラシーについて、宗光はその根源にさかのぼって研究、理解しようとして、元老院在院の頃から立志社の有志らと読書、討論をおこなっていた。

カトリック教復興をはかったイギリス王ジェームス二世の専断を逃れるため議会の指導者らが、一六八八年新教徒の王女メアリとその夫ウィレムに助けを求め、ジェームスを海外に追放し、翌八九年メアリ二世、ウィリアム三世を王位につけ、立憲政治の基礎を確立した名誉革命。

アメリカ独立、フランス革命があいつぐなか、ヨーロッパでは政治についての関心が高まってきた。その風潮のおこるところについて考えてみればふしぎなことはいくらでもある。

ルソーは所有権が存在する理由を追求することによって、国家の構造をえがきだそうとする。

ベンサムは法律の存在理由を探る。法律は人の行為を拘束することで見れば悪であるが、その規制によって社会の利益をふやすことは善であると考える。

その結果、法律は最大多数の最大幸福を保つものであるという理論にたどりつく。

マルクスは資産の売買によって生じる利潤《りじゅん》はいかなる道程を経てあらわれ、いかなる者に属すべきかと考えた。

宗光はベンサムにもっとも共感を抱いていた。彼らは徹底した合理主義者であるという特徴で、一致していた。

宗光が山形へ送らせた書籍のなかには英国の原書がある。『万国歴史』一冊。ベンサム著『プリンシプル・オブ・レジスレーション』一冊。同『プリンシプル・オブ・モーラル・レジスレーション』一冊である。

ベンサムの二著書の前者は『立法論』で、フランス人デュモンが三巻にまとめて出版していた。そのうちの『民法論綱』を明治九年に何礼之《がのりゆき》が和訳し、林董《ただす》が二巻めの『刑法論綱』を和訳。明治十一年には島田三郎が三巻めを『立法論綱』として和訳した。

この三人は宗光の門弟というべき人物たちであった。宗光のもっとも親密な門弟であった星亨も明治十年十月に三年間のイギリス留学の結果、日本人で最初のバリスター（司法試験合格者）となり帰朝した。彼もまた熱心なベンサム研究者であった。

宗光を中心とする彼らのベンサム法律論の研究は、頭領の入獄によって発展をとどめられた。だが宗光は屈することなく原典を読み、ベンサムの思考系路をわがものにしようという努力を怠らなかった。

宗光はベンサムとともに荻生徂徠《おぎゅうそらい》の著書を身辺から離さなかった。徂徠の著書は一読すればなんともいえないおもしろみを覚えさせられ、興趣をかきたてられる。彼のいうことは徹底した現実主義で、切れ味のよさに酔わされるためである。

徂徠は生涯をかけて朱子学《しゅしがく》と反対した立場をとった儒者であった。

朱子学は南宋の儒者朱子（一一三〇～一二〇〇）が、儒学の『大学』『論語』『孟子』『中庸』の四書の思想のすべてを哲学として解釈し、ひとつの方向にかさねあわせた学問である。

朱子は天からあらわれ永遠にすたれない「道」という徳があり、それが人間の意識の内にもあって天が人に与えた「理」というもので、仁義礼智信をわきまえた「性」となると説く。

徂徠は自分の古文辞学において孔子や孟子は道というのは天から下るようなものではなく、古代の先王の道だと説いているといった。万古不易の道などはなく、堯《ぎょう》、舜《しゅん》ということな古代のすぐれた王者が天下を統一した技法を「先王の道」と説いている。王者が善政を敷けば国家はおだやかに栄える。

「そのよく億万人をあわせ、しかしてその親愛、生育の性を遂げしめるものが、先王の道なり」

徂徠の解釈は結局、「最大多数の最大幸福」を得るための法律の意義を思いついたベンサムの意見ときわめて接近してくる。ベンサムはいう。

「人は苦と楽の二つの君主に支配され、そこから逃げられない」

宗光は忠義などは弱肉強食の別名であるといっている。彼と徂徠、ベンサムに通じているのは透徹した合理主義であった。

雌伏《しふく》のとき

明治十二年五月、陸奥宗光《むつむねみつ》は春をむかえた山形監獄で、北国の季候に慣れてきた様子を妻亮子《りょうこ》への手紙に記している。現代文でしるす。

「この頃は暖かい季節になったので気分もよく、毎日読書をして、また人に教え、庭前の草木を眺めて日を送っている。

楽しみというものはないが、苦しいこともない。早くも半年あまりの月日が過ぎた。こんなことなので、こちらのことはすこしも案じないでほしい」

宗光の監獄における待遇は、特別にゆるやかであった。

彼は山形市中の散策を許されていたようで、最上《もがみ》氏の城を見物に出向きいくつかの漢詩を詠じている。

月に一度は亮子のもとへ長文の手紙を送った。彼女に寄せる情愛に満ちた情感をたたえたつぎの漢詩がある。

離合は常理といえども
相思の情に何ぞきわまりあらん
南北ふたつながらに地を異《こと》にするも
夫婦この心はおなじ

別れては逢うことは世の常であるが、たがいに思いあうことは尽きない。南と北に住む地は離れていても、夫婦の愛慕しあう心は同じであるという、当時の書信の文章では表現できない纏綿《てんめん》の情があらわれている。

亮子が写真を撮影して送ってくると、彼女への切ない情愛をおさえきれない思いを詠じる。

夫婦天涯別るること幾春
相思空しく覓《もと》む夢中の真
あわれむべし倩《せん》たる分身の術
来り侍す幽牀独臥《ゆうしょうどくが》の人に

夫婦が遠くわかれて幾度の春を迎えたことか。たがいに相手を思い、夢のなかでその姿を空しく求める。あわれなものだ、かわいらしく笑みをたたえる写真という分身の術よ。

うっとうしい寝床にひとり寝る者のそばにきてくれるではないかという繊細な詩句である。母政子を思う詩もつくった。

人生幾間関あるを歎かず
母をなつかしめば　宵宵《しょうしょう》　涙おのずから潸《なが》る
首《こうべ》をめぐらせば家山千里の外
夢魂髣《ほう》髴《ふつ》として慈顔を拝す

人生に幾度も難事があるのは歎かないが、母をなつかしめば、涙が滂沱《ぼうだ》と流れるばかりである。首をまわし千里を離れたわが家の方を眺めると、夢のなかのようにありありと慈顔を拝むことができるというのである。

宗光は内務卿《ないむきょう》伊藤博文が彼の処遇について注意をはらっていることに、気づいていなかった。政府の重鎮として活躍している旧友が国事犯の宗光を、かえりみることもなくなって当然だと思っていた。だが伊藤は宗光が国家の今後の治政のために、欠くことのできない偉材であると信じていた。

伊藤は明治十一年九月、太政官が宗光の従四位の位階を剝奪したことを知ると、ただちに右大臣岩倉具視《ともみ》につぎのような抗議の書状を送った。現代文でしるす。

「陸奥宗光位階のことについて、今日ご機嫌を損じるのを承知のうえで愚見を申しあげます。

いったん指令されたことであればお取り消しもできないであろうし、ご評議をなされるのは無理と存じます。しかし同人は御維新前から勤皇のためには東奔西走して、維新にのぞんではことさら尽力したことは、私が目撃したことであります。

彼は才力も乏しくない人物で、時機によってはご登用あってしかるべしとしばしば申しあげている通りです。

閣下は彼をあまり評価されないので、しいて申しあげかねておりましたが、位階だけは賜っておいたほうが至当なお取扱いであろうと存じます。もし陸奥が薩長の士族であれば、ご維新以来の功績を考えると決してこのようなわけにはしておけないだろうと、愚考いたします。

私は陸奥に味方するような私心はありません。ただ朝廷が人材を用いるに、えこひいきのないことを願うばかりです」

伊藤の書状を受けた岩倉は、即座に返書を送った。現代文でしるす。

「書面を一読しました。宗光の位階についてさらに召され、特別位階宣下《せんげ》はいかにも不都合です。それによって過日特別の理由によって、位階をそのままにしておくべきところ、史官の不都合によって行き違いとなり、あのような結果となったのです。位階はもとの通り仰せつけられるよう土方（久元）が手配りをしますので、そのようにお心得下さい」

伊藤は宗光の獄中での生活に常に注意していた。肺患を抱える彼が、山形のような寒冷地に身を置けば、体調を崩しかねないと懸念《けねん》している。明治十二年九月二十五日の夜、山形監獄で火災がおこった。殺人強盗犯として終身刑をうけ入獄していた日本浜之助と称する男が脱獄するため、ともに服役していた子分に放火させたのである。

獄舎の一棟が全焼し、受刑者数人が火に包まれて死に、宗光焼死という誤報が東京の新聞に報じられ、彼の家族、知人たちをおどろかせた。このとき伊藤内務卿はただちに宮城県令松平正直に親展状を送り、山形よりも温暖で安全な宮城監獄へ移す手配をするよう依頼した。宗光の取扱いについては、法規のゆるすかぎり便宜をはかるようとの伊藤の内命をうけた県令は、ただちに移送の支度にとりかかった。

宗光が宮城監獄への移転を通知されたのは、明治十二年十一月十日であった。彼は亮子につぎのような内容の手紙を送っている。

「私は今度宮城県のほうに移されることになった。どんな事情かは知らないが、たいして変ったこともないだろう。

いまの立場であればどんな取扱いをうけたところで、しかたがない。しかし宮城は山形より寒くないので、養生のためにはかえっていいかも知れない」

宗光は移監の命令をうけると、持病の肺患を配慮して山形を出発する日取りを、十一月三十日に延期してほしいと申請し、うけいれられた。この間に、宗光の生活を支えてきた後藤又兵衛が仙台へ出向き、自分にかわり尽力してくれる人を求めようと探したが、思わしい人物はいなかった。

十一月二十七日に、宮城県六等警部監獄掛の水野重教が、部下二人を伴い、山形県庁へ到着して、旅籠町《はたごまち》の後藤又兵衛の宿に泊った。翌日、山形監獄へ出向き署長と会ったあとで、宗光と三浦介雄に会い移監の事情を告げた。

「あなたの身上については、県令松平正直から聞かされており、伊藤内務卿からの親展状も拝読しております。小生は旧沼津藩五万石の家老の職を相続し、江戸留守居役を勤めた者です。

あなたは元大官ですが、いまは禁獄の御身です。すべて事情はわきまえておりますので、内務卿のお指図に従いご便宜をはかるつもりでいます」

この日宗光らの監送につきそうため、宮城県巡査四人が山形に到着した。

十一月三十日午前九時、水野警部は宗光と三浦介雄の二人を引きとり、山形監獄を出て後藤又兵衛の家で、山形県六等属海上胤平《うながみたねひら》、古河商会の別府真彦らとともに昼食をとった。

海上は山岡鉄舟《てっしゅう》、千葉周作のもとで剣術修行をかさね、江戸で道場をひらいた剣客であり、旧紀州藩の加納諸平《もろひら》のもとで、宗光の父宗広とともに国学を修めた歌人としても、世に知られていた。

午後三時に宗光らは山形を出発して仙台へむかった。宗光と三浦は駕籠《かご》に乗せられた。宗光の駕籠は後藤の宿屋に備えていた乗心地のいいものであった。

仙台に到着したのは十二月二日である。仙台の入口である大崎八幡社で昼食をとったのち、午後四時に宮城県監獄に入った。「仙台日々新聞」はつぎのような内容の報道を、十二月四日に掲載している。

「陸奥宗光氏はいよいよ一昨二日、山形より当地の監獄へ到着しました。氏はながく獄中にいたのですが、まったく憂鬱のかげもなく、至って快活とのことです。

しかしリョウマチスを患われて足はことのほか不自由ということです」

宗光と三浦が収容されたのは、旧仙台藩以来の宮城県監獄であった。宮城県にはこの年の九月に落成した、フランス中央監獄の設計を援用した、独居房七十二、雑居房二百七十二の宮城集治監があり、西南の役の国事犯が収容されていた。

宗光らが集治監に入らなかったのは、県監獄に置くほうが特別待遇をするうえで、便利であると松平知事、水野警部らが判断したためだといわれる。

後藤又兵衛が山形で宗光の生活を支えた役目は古河市兵衛商店の古河良助という人物が、山形から仙台に移り、南町に井筒屋という旅館を構えて引きうけることになった。

監獄は片平町にあった。現在は毀《こわ》されたが、旧制東北大学農学部研究所のあった辺りである。西南の方角に評定《ひょうじょう》河原という広大な低地がひろがり、巨岩が流水に押され轟々《ごうごう》と打ちあう音が付近の岸壁にひびきあっている広瀬川がある。

その対岸には伊達政宗の廟所《びょうしょ》瑞鳳殿《ずいほうでん》のある大年寺山が緑濃い樹林をひろげていた。

十二月七日、由良守応《ゆらもりまさ》が宗光親戚として仙台に到着し、面会した。彼はまだ仙台に逗留していた後藤又兵衛とはかり、水野警部と宮城監獄署員二人に、宗光の今後の生活に便宜をはかってもらうため、高橋楼という料亭へ招き接待した。

水野は日記にしるしている。

「高橋楼に至る。おおいに興あり。由良氏の技芸驚くにたえたり」

粋人の由良が歌舞音曲をつとめ、座敷をにぎわした様子が想像できる。宗光は仙台においても山形在監のときよりもなお寛大な扱いをうけており、市中独歩を許されていた。

明治十二年十二月二十六日、元老院議官中島信行が、仙台監獄の宗光を訪問した。宗光より二歳年下の中島は、宗光の妹初穂の夫である。彼は仙台に十日ほど滞在し、政府の現状を宗光に詳しく説明し、伊藤内務卿が宗光の健在を望んでいることを告げた。中島は伊藤の「添書」を持参していた。その内容は不明であるが、中島は病気保養のため仙台へ旅行したいと願い出て許可をうけているので、伊藤の意向がはたらいていたと考えられる。

宗光は中島と会い驚喜してつぎの漢詩を詠じた。

故人来れり故人来れり
謫居《たっきょ》汝を夢む知んぬ幾回ぞ
相逢う今日なお夢かと疑う
旧情を訴えんと欲し涙まず催す
都門の風月はいま如何ぞや
朔北の霜雪に雁語哀れなり
苦楽をわかち嘗《な》めし当年のこと
よし手を携えて去って寒梅を嗅がん

旧友がきた、旧友がきた。

獄舎にいる間にお前を幾度夢見たことか。今日逢っても夢ではなかろうかと疑う。東京の情勢はいまどうなっているのか。

北国の霜雪のなかで啼《な》きかわす雁の声は哀れである。苦楽をわかちなめあった頃のことを思いだし、手をたずさえて飛んでゆき寒梅の香を嗅ごう、という内容である。

歳末に中島が獄舎を訪れたとき、宗光は終日熱狂して話しあった。彼はつぎの前書をつけて一詩を詠じた。

除日中島議官来訪。劇談終日。頗《すこぶ》る爽快を覚ゆ。此を賦して以て再会を期す。
経綸言い畢《おわ》りて雲煙を説く
墨を出でて儒に入《い》りまた禅に入る
終日劇談して談いまだ尽くさず
余はまさに一半を明年に付さん

国政の議論を終え、書画を語る。そのあと儒学にいい及び、また禅問答に移る。終日劇談して話は尽きない。語り残した分は明年のことにしよう、という。

中島は明治十三年一月五日に仙台を出発して東京に戻った。

水野警部は同年一月三日の日記にしるしている。

「矢野東（県五等属）同行、中島議官を訪い、同道梅林亭に至り緩談す。帰路大書記官へ案内す」

矢野は県令の側近である。彼は一月六日に遠山千里六等警部を連れて宗光に面接した。遠山は旧水戸藩士で宗光が山形監獄にいるとき山形県警部であったが、大蔵省へ転任した。

明治十三年には宮城県警部となった。水野よりも上席である。遠山は宗光の力量を高く評価し、いずれは政府顕官に返り咲く人物であると敬仰《けいぎょう》していた。山形県官吏のうちには宗光を崇める者が多かった。

宗光は山形監獄にいた明治十二年三月二日付で、妻亮子あての手紙につぎのように遠山の紹介をしている。現代文でしるす。

「今度遠山が大蔵省へ転任し、東京に在住することになるので、そのうちにわが留守宅へ足しげくゆくことになるだろう。彼はまったく遠慮する相手ではないので、何事も隠さず話せばよい。こちらへ伝えたい用事などは彼に頼んでもまちがいはない」

遠山が山形県から大蔵省へ移り、さらに宮城県へ転勤したのは、水野と協力して宗光への便宜をはからせようという、伊藤内務卿の意向であったという推測もできる。

宗光は亮子夫人への手紙に、宮城県の自分に対する方針が、きわめて懇切であるのを示すような内容をあきらかに記している。

「遠山へ何事を頼んでもよく、別に礼物などを与える必要もない。実は彼のことはこれまで私からいろいろと世話をしてやったこともあるので、すこしも遠慮せずにいていい」

この文面を見れば、遠山警部の転任についても宗光の協力があったのではないかと考えられる。

伊藤が大久保利通《としみち》にかわり、政府の重鎮となったとき、宗光は一介の国事犯としての扱いを受けなくなっていたのであろう。

宗光の監房については獄舎とはちがう独立した住宅であったといわれている。外部に洩れるのをはばかっていたためか、その事実は明治十五年四月に古河市兵衛商店の木村長七という者が宗光を訪問したときの見聞により判明した。長七はのちに古河合名会社理事長に栄進した人物である。

このとき彼は宮城県北部の細倉鉱山視察にきたついでに、監獄へ出向いた。

彼は『木村長七自伝』をのこしたが、このなかに宗光を訪問したくだりが記されている。

木村はまず井筒屋という旅館を経営して宗光の世話をしている古河良助に会い、警察署に面会の許可を得てもらった。

宗光は起床が遅いというので、昼前に出向いた。案内されたのは監獄とは名ばかりで、士族屋敷である。

宗光のいる病室は、縁側のついた八畳間である。次の間は六畳敷で、国事犯三浦介雄がいた。座敷はやはり庭にむいていて、縁先に二～三寸角の格子戸が打ちつけてあった。

宗光の座敷は床の間も違い棚も洋書がつみかさなっていたという。宗光は布団のなかに寝そべっていた。

木村が問われるままに東京の情勢、古河家の現況について語ると、たいへん機嫌よく応対され、自らコーヒーをいれてくれた。

「これは私の新発明のコーヒーや」

栗を炒って粉にしたコーヒーの代用品は、たいへん味がよかったと木村は記している。

宗光らは、獄舎ではない快適な住まいを与えられてはいるが、伊藤の後楯があると思えば、一日も早く刑期を減等され赦免をうけ、東京に戻りたい希望が湧きおこってくる。

明治十三年一月、中島信行が帰京して間もなく、三浦が宗光にすすめた。

「俺の知っちゅう明治十年事件の薩摩の罪人は、河野主一郎以下のおおかたが赦免になったらしいですろう。減等されたわけは、風呂場の小火《ぼや》を消しとめたとか、同囚に読書を教授したというほどのことじゃねや。

先生もひとつ減等の考案をなさったらどうですろうか」

宗光はうなずいた。

「よし、ちと考えてみるか」

宗光は水野警部に申し出た。

「私はしばらく日課の読書をやめ、囚徒に修身の談話をしたいと思います」

「それはまことに結構なことです」

水野らは宗光の希望をよろこんでうけいれた。

水野警部は一月十四日から十七日までの四日間、松島東方の野蒜《のびる》の築港工事の監督に出向いたが、十六日夜に宗光と三浦が風呂場で失火する事件をおこした。

二人がともに入浴しようとしたとき、突然黒煙が湧きおこり風呂場に立ちこめた。宗光はそれを消そうと湯桶の湯をまいたが、煙を吸い倒れた。

三浦は戸外から雪の塊を運び、懸命のはたらきでようやく鎮火した。

事件の結果、宗光と三浦が鎮火のため奮闘したことを理由に、松平県令は政府へ減等を申したてることとなった。

水野警部は四月二日の日記につぎのような記述をした。

「東京の由良守応へ手紙を送った。禁獄人の陸奥宗光、三浦介雄減等について、検事局より司法省へ今月一日に上申されたことを通知した」

水野はまた四月十六日の日記に記した。

「議官中島信行より来状あり。禁囚陸奥宗光等一件についてなり」

その後、減等についての記述は絶えた。

六月三日、仙台の新聞「宮城日報」にめずらしい記事がのった。「大阪新聞」紙上で、当県監獄にいる陸奥宗光が病死し、郷里和歌山の親族へその旨通達したという記事が掲載されたが、同氏は病死どころか、病気をしていないので誤報であろうというのである。

山形の後藤又兵衛は「大阪新聞」の報道を耳にして、さっそく水野に問いあわせた。水野は六月七日付の手紙で宗光の死去はまったく虚報であると知らせているが、そのなかに宗光減等が実行されると記している。現代文でしるす。

「特典の儀は小官より請求しています。目下は太政官に提出しており、たぶん減等になるだろうと思っています。

この判決が出ればただちにご通知します。減等の一件は、他言は堅く禁じて下さい」

水野は宗光の減刑を信じていた。宗光について「本刑、明治十六年八月二十日満期。一等減ズレバ、明治十四年八月二十日満期」、三浦介雄も同様の特典減等を要請する上申が、明治十三年九月二十日に司法省から太政官にさしだされていた。

この上申が許可されると、宗光と三浦は刑期を二年短縮され、明治十四年八月に出獄することになる。

十月二十日、「陸羽日日新聞」につぎのような記事が記載された。

「当県監獄署にある陸奥宗光君が、かって獄中出火の節大いに尽力されたるにつき、県令より減等の措置をされたいと、数カ月前に上申したところ、このほどいよいよ司法卿から内閣へ減等を請求したようである」

だが十一月十八日、「江湖新報」が宗光の身辺につき、変化があったという内容の記事を報じた。

「陸奥宗光君が在獄中に失火したとき、力をつくし特別の功があったので、県より減等を願い出た。司法省ではほかならぬ同君のことなので、いろいろ評議した結果、内閣へ伺い出たが、同君に限って減等は許可されないとのご指令があった。いったいどういうご意向であろうか」

宗光の減刑が閣議を通過しなかったのは、他の国事犯とはちがう大きな影響力を持つ人物であるので、天皇の宸断《しんだん》を仰いだ。ところが、宗光のような重職にいながら政府転覆をはかった者は、前例に従い許すべきではないとの叡慮《えいりょ》であったためであった。

政府では宗光の義弟中島信行が元老院議員を辞職し、民権運動に挺身する矢先に減等すれば、政情にどのような異変をきたすか計りがたいと警戒していたので、叡慮に従ったのであった。

宗光は宮城監獄で読書執筆に励んだ。彼は明治十三年三月に『面壁独語《めんぺきどくご》』を脱稿し、『福堂《ふくどう》独語』『資治性理談《しじせいりだん》』を著述しはじめた。

宗光は『面壁独語』の序文に内心を吐露している。現代文でしるす。

「獄中に人なく、兀兀《こつこつ》と独坐し終日壁にむかっている。余はもとより達磨のような境地にいる者ではない。常に妄念が雲のように湧いて、休息しているときがなく、意馬はほしいままに駆けまわり、心猿はやかましく騒ぎたて、ときに楽しみ、ときに悩み、ときにはひとり笑い、ひとりで泣く。

その有様は狂った者と同様である。この一篇にしるす内容は、皆その妄念の余波である。それで日月の久しいあいだにかさなって一巻となったので、『面壁独語』とした。

根も葉もないあやしげな話は、暇つぶしの一計に過ぎない。いう者の罪がないのはもとより当然で、聞く者もなんの戒めを得ることもない。昔斉国の捕虜は口舌の力をふるい大官の座についた。いま余は口舌をもって罪の苦しさを忘れようと欲するのだ。咄《とつ》」

宗光は書中で専制主義は人類の自由とあいいれないものと説く。

ただし彼は自由を人に本来そなわっている天から与えられた権利ではないと見た。強い政治体制によって定められた法律によって、保障される自由が真実の自由であるという。

「君権、民権、父権などというものは、世人がこれをいいたてるばかりで、その原理を講究する者はいない。

元来それらの権利は決して独立して存在するものではなく、自然に天与のものとしてできあがるのでもない。かならず人がつくりあげ確固とした存在とするものである。国法の約束がこれらの権利を保証するのだ」

宗光は専制主義を廃し自由を尊重することを説く。

専制横暴の政治をつづければ、その弊害は人民の生活の幸福を消滅させるにとどまらず、文化をも衰えさせ、智脳の発達をもさまたげ、古来の野蛮な慣習に戻ってゆかせることになる。

薩長のような強藩はわが威勢を頼んで望むがままの政治をおこない、私欲をたくましくして政権の指針を誤たせ、国法を軽んじてはばからない。

政府は藩閥に圧迫されて彼らの意向に従い、施政の目的を変更させられる事例を黙認せざるをえないことになる。

これらの偏見に満ちた藩閥政治家は小胆で度量が狭く、小智恵をふるって権力を濫用して国民の自由な発展を妨げ、農・工・商のあらゆることに干渉する。

彼らが社会の指導者になれば、いたずらに繁雑な法規を設け、すべての事業を取締り、社会のさまざまの分野に干渉する。

国民が営業を新規にはじめることを禁止し、あるいは反対に新事業への転換をうながす。

ある事業には必要のない援助をおこない、無視する事業にはやたらに制限を加える。さらに深刻な影響を与えるのは自分の主義に社会のすべてをつくりかえ、自分の考えた鋳型にはめこんでしまおうとする場合である。

その口実として掲げるのは、全国の産業をおこし収益をふやすためであるという。国内の産業をさかんにすれば外国からの輸入を減らせるし、奢侈《しゃし》の風俗を節倹にあらためられる。

また人類の品行を改良して社会秩序をととのえられるともいう。いろいろの表現でくだらない政見を飾りたててみるが、その結果は人民の心身の自由を奪い不幸を重ねさせることにとどまる。

こんな偏見をおしつけようとする政治家は、たとえ人民のためを思う誠意によっておこなったことでさえ、結果は目的を達することができず失望せざるをえなくなると、宗光はいう。

こんな偏見しか持てない政治家は「頑陋《がんろう》な宗教家」「ふるびた道学者」らと同様に人智の進歩を阻害するばかりであると指弾する。

彼はいう。

「こんな偏見政治家は善美な理想を機会あるごとにいうが、自分の施政能力の能力才智の乏しさをかくすために、人民が愚かであることを口実とするのだ」

偏見政治家が国民を愚物視し、偶然の機会によって統治者となった彼らが、社会の指導をおこなうことでまきちらす弊害を排除するには、法律で政治権力の影響範囲をさだめ、できるだけ縮小せねばならない。そのために憲法を制定する必要があるというのが、宗光の持論であった。

彼は著書のなかで持論を展開してゆく。

「国家の憲法制度は、できるだけ政府の権力を狭小として、国民が自由に動ける余地を保たしめるべきである。

その理由は、政府がややもすれば国民の不遜《ふそん》不順を口実として、彼らの要請を権力により制圧することが多く、それが一度功を奏すればかならず二度三度とおなじ手段を用いようとするためである。

このような行動がかさなると、政治の禍根を取りはらうことができなくなる」

宗光は国民がまず得るべきは出版、言論、集会の自由であり、国民の外国への旅行と移住、外国人の内地への旅行、移住の自由であるという。

この自由を与えたことで、「異端」「邪説」があいついで出ても政府はこれを弾圧してはならぬ。邪説、異端は一時流行しても、やがて消えうせてしまうものだ。

だが偏見政治家はそうはさせず、職権を濫用して、法律の威力を用いてただちに抑圧しようとすると、宗光は指摘した。

「出版、言論、集会にはすべて苛酷な条例、規則を設け、はなはだしいときは全面禁止する。検稿官、検察官に委《まか》せておけば、言論弾圧、集会を開閉する権利を駆使して、すこしでも条令、規則にさしさわるもの、また一方的に官吏が抵触すると判断したものは、ただちに刑罰を加えるとは何事であろうか。

考えてもみよ。これらの官吏がはたして有識の士であったとしても、現代の教育によって成長した者ではないか。この程度の人物に国民一般の智識のほどを判決させる権力を与えるのは、正しいといえるだろうか。

国民の智識が官吏のそれを上まわることを欲していないのか。これは出版者、演説者の自由を抑圧するのではなく、実に公衆の自由を束縛し、その智識の発達を妨げるものだ」

宗光は専制政治から立憲政治への脱皮を実行すべきだと見ていた。天賦人権論によらず、国法の約束であるベンサムの功利主義にうらづけられる立憲政体の樹立が、宗光のゆきついた理念であった。

彼は著作中に坂本龍馬の思い出を述べている。

「私の旧友に土佐人坂本龍馬という者がいた。その人は本来は剣客で文学の素養はなかったが資質が聡明で、識見もまた当時の志士たちのうちで傑出していた。

徳川時代の末期で、時勢の混乱を憂い、郷里を出て天下に奔走し、のちに薩長同盟をとりまとめ、志士たちの信望を得た。不幸にも慶応三年（一八六七年）の冬、京都において暗殺され横死《おうし》した。

この龍馬はいった。人はいやしくもひとつの志望を抱けば、常にこれをおし進める手段をはかり、挫折する弱気をおこしてはならない。たとえまだその目的をなし遂げるに至らなくとも、かならずそこに到達する旅の中途に死ぬべきである。ゆえに死生は度外視しなければならないと。

この言葉をあらためて考えてみれば、さほど深い意味のないもののようであるが、精細に味わってみれば至極の名言である」

獄中にいるが、伊藤らの尽力によって政界復帰の望みもあらわれてきた宗光は、龍馬の言葉を思いだし、政治理念確立のために読書、著述をすすめ実力を養おうとした。彼の獄中における勉励の時間は、毎日八時間であったといわれる。

減刑の通報はないが心を乱されることはない。鬱憤をまぎらすために詠じた漢詩の数もすくなくなり、ひたすら勉学に集中する毎日であった。

（下巻へつづく）

初出　「潮」二〇一四年二月号～一六年四月号
単行本　二〇一六年九月　潮出版社刊

叛骨——陸奥宗光の生涯〈上〉

潮文庫　つ－2

2020年　3月20日　初版発行

著　者　津本 陽
発行者　南 晋三
発行所　株式会社潮出版社
〒102-8110
東京都千代田区一番町6　一番町SQUARE
電　話　03-3230-0781（編集）
03-3230-0741（営業）
振替口座　00150-5-61090
印刷・製本　中央精版印刷株式会社
デザイン　多田和博

ISBN978-4-267-02216-6 C0193